MW01235667

Le Pacte des Loups

Du même auteur
dans la collection Rivages/noir

Natural Killer (n° 343)
Le Méchant qui danse (n° 370)

Pierre Pelot

Le Pacte des Loups

D'après le scénario original
et les dialogues de Stéphane Cabel.
Adaptation de Stéphane Cabel et Christophe Gans

Rivages

Ouvrage publié sous la direction de Doug Headline

© 2001, Stéphane Cabel pour le scénario original
et les dialogues

© 2001, Stéphane Cabel et Christophe Gans
pour l'adaptation

© 2001, Éditions Payot & Rivages pour la novélisation
106, bd Saint-Germain 75006 Paris

ISBN : 2-7436-0707-6

1

Sur les forêts vibrantes de septembre et sur les landes recuites par trois mois de sécheresse et sur les plaies croûteuses des ruisseaux, les pluies revenues déferlaient brusquement, cohortes safres surgies des brumes en ululant.

Les gens qui vivent sous le ciel de ce pays de pierres soiffeuses disent qu'il faut deux saisons, pas mieux, pour franchir l'année : neuf mois d'hiver et trois mois d'enfer. L'enfer consumé s'éteignait.

Seul un regard de bête, ou de spectre, ne se serait pas enlisé à plus de vingt pas dans la brouillasse qui faisait de la terre et du ciel une même sagne grise fourragée par le vent.

Le loup ne bronchait pas, son regard d'ambre étréci scrutant sans ciller la grisaille.

Immobile, de pierre, comme le granit usé du calvaire à quelques pas duquel il se tenait assis dans la boue ruisselante de la sente, taillé dans un semblable bloc, pareil au crucifié et, comme lui, adressant aux deux courants du temps un même signe de souvenance et d'avertissement, il fixait par quelque entrebâillement de lui seul remarqué dans les rideaux de pluie, l'approche de quelqu'un, de quelque chose, l'apparition, sans doute, de chairs et de sang ou de ce que les loups savent seuls voir et entendre, qui proclamerait par des cris ou du silence à sa mesure la venue annoncée de l'*eivar*.

C'était un loup de forte taille, qu'à première vue les mois secs d'enfer n'avaient pas trop méchamment damné. La boue gantait de crottes baveuses ses pattes antérieures, jusques aux coudes. Son pelage épais, gris sur les flancs, fauve et sombre de l'échine au râble, lui faisait comme une cotte d'écailles épaisses et lisses qui s'ajustaient à ses muscles raidis quand passait la bourrasque. La crinière drue qui lui pendait du garrot au poitrail en un collier de mèches filiformes découvrait, s'il tournait légèrement le cou vers la gauche, une estafilade sombre qui pouvait aussi bien avoir été ouverte par la griffe, le croc ou l'épine. Une égratignure, rien de grave, qui ne lui avait même pas fait tomber le poil et datait d'avant le retour des pluies.

Il regardait la brume écorchée par l'averse. Parfois clignait d'un œil si une goutte s'écrasait proche des noires pupilles fendues sur son âme de loup ou becquait un peu fort une partie sensible de son museau.

Assis là, sur le bord d'une trace depuis longtemps sans odeur, gardien et surveillant attentif des ombres camouflées dont le calvaire de granit rongé et déserté ne soupçonnait même plus la possible existence.

Ce n'était pas un loup solitaire, il n'en avait ni l'allure ni le peu de patience, à rester là comme sa propre dépouille pendue au-dessus de sa présence pétrifiée sous les coups en écharpe des ébrouements diluviens. Ce n'était pas un banni, rogue et abandonné. La marque de la solitude n'avait pas imprimé son regard, ni son attitude. C'était un loup de meute, sans aucun doute un des meneurs. Probablement le mâle du couple meneur

Les autres, ceux dont il savait l'odeur depuis l'instant de leur venue au monde, étaient ailleurs. Les femelles, les mâles, les anciens d'avant lui, les jeunes de longtemps après, les siens, qui étaient la harde, et, dans la harde, la femelle qui d'entre toutes portait à la fois son odeur à elle et la sienne de mâle aussi, sa compagne de tant de jours et de nuits et de saisons, de froidures à fendre les pierres et de chaleurs à les faire suer. Du ventre de cette femelle, les petits qui avaient pris leur taille et leur force, et qui avaient marché au centre puis à la traîne, puis à l'écart de la harde, ceux qui étaient encore là et ceux qui étaient partis – mais dont l'odeur était restée dans les marques du vent, parfois revenue au bord d'une trace et d'un moment.

Les autres.

Les autres, à cet instant, l'attendaient – ailleurs, au profond de la forêt piquée des premières rouilles et déversée de toutes parts sur les pentes des combes, agrippée aux ravines, aux escarpements, à l'abrupt des torrents râleurs, au fond des serres de roc éventrées par le soc des siècles. Quelque part. L'attendaient.

Comme lui-même patientait.

Il était sorti des broussailles dans les reflux de l'aube baveuse, flairant le vent porteur de pluie, et il avait suivi un moment la lisière et traversé les genêts agités de révérences tournoyantes, jusqu'à cet endroit de la pente pierreuse, à découvert, où il s'était campé, les pattes postérieures bien à plat, assis la queue raide et le cul dans les ruissellements, comme si c'était de cet endroit et de nul autre qu'il pouvait voir ce qu'il avait à voir et attendre ce qu'il avait à rencontrer peut-être.

Une fois glissé hors des ténèbres, le jour pointu s'était mis en place à petits pas, à petits glissements, et, pareil à un chien qui cherche une place ronde où se coucher, il n'en finissait pas de tourner et de tourner sur lui-même dans les remous de brume et les rafales de pluie. Nulle part et partout à la fois, le soleil improbable n'était pas loin d'atteindre le faîte de sa quotidienne ascension.

C'était donc comme au bord d'une insondable faille dans le temps et les choses du monde empoisonnées aux haleines sombres du ciel effondré et des brouillards suintants.

De loin en loin, la puissante bête que la pluie semblait caparaçonner levait l'arrière-train, se campait sur ses pattes tendues et s'ébrouait, irisée dans le souffle suspendu du vent blafard, au centre tremblant d'un halo sphérique de gouttelettes argentées, puis reprenait sa position assise, sa fourrure un instant hérissée par le secouement aussitôt repeignée à la carde de la pluie.

Quelque chose bougea, au fond du temps noyé, dans la plainte oppressée du vent.

Avant même que frémisse ce qui n'était pas encore un mouvement perceptible sur le front hachuré de l'averse, les oreilles aplaties du loup se dressèrent, il leva la tête et tendit son museau, huma. Le granit ruisselant du calvaire tavelé de lichens, avec ses courts bras ouverts en crétine supplique au vide aveugle et sourd de la pente, n'était pas plus raide ni plus parfaitement immobile. Pareils à deux pièces d'or liquide sous la pâle barre sourcilière hérissée, les yeux ronds de la bête restèrent écarquillés un instant avant de s'étrécir jusqu'à se clore presque, comme un regard d'homme. On devinait chaque muscle graduellement tendu sous la fourrure détrempée.

Et le hallier – le chaos rudement barbouillé à grands traits sur le fond grisailleux – s'ouvrit, écartant les rideaux de pluie pendus sur la broussaille qui dissimulaient une sente, une trace, à peine marquée dans les bruyères vineuses, et les deux cavaliers débouchèrent, l'un derrière l'autre, au pas.

Ils furent là. En lisière. Surgis de rien, de la forêt sans nom et de ses ombres incertaines qui rampent et grouillent et pourrissent en silence sous les ramures épaisses. On entendait crisser les brides et cliqueter les mors. La première monture s'ébroua brièvement.

La bourrasque rendait un son caressant et creux sur le long manteau de cuir, couleur de grasse terre, fendu depuis la taille en deux pans qui recouvraient cuisses et bottes du cavalier de tête et tombaient plus bas que le ventre de sa monture. Un tricorne avachi et dégoulinant le coiffait, enfoncé au ras des sourcils, et le col droit relevé de son manteau cachait le reste de son visage.

La mise de l'autre cavalier n'était pas plus discrète, coiffé d'un étrange chapeau à large bord informe et mou, court et relevé sur le front, qui retombait sur ses épaules comme une capeline ; sous la longue cape de drap lourd fermée au col, la veste d'un uniforme qui n'était pas de France faisait une tache colorée ; il portait un pantalon de peau fauve, le dessus des cuisses assombri, avec une ligne de franges drues soulignant la couture, était chaussé de bottes de même peausserie souple emperlées et frangées et lacées sous le genou... Sa longue chevelure noire, rasée haut sur les tempes, pendait en mèches et en nattes serrées de sous le chapeau...

Ils marquèrent un instant d'arrêt. Regardant devant eux la pente dont ils ne voyaient pas plus loin qu'un mauvais jet de pierre, qui n'avait même pas l'aspect d'une pente et ne descendait de rien vers rien, dans la déchirure de brume. Le cavalier au tricorne tourna la tête vers son compagnon à qui il adressa quelques mots d'une langue étrangère heurtée et sourde comme des raclements de gorge. Celui à qui s'adressait ce semblant d'interrogation n'y répondit que par un vague hochement de tête qui fit battre les bords de son couvre-chef comme des ailes d'oiseau couvant. Le cuir, les mors et les éperons crissèrent et cliquetèrent. Les chevaux s'ébrouèrent encore, le premier renâclant soudain brièvement, l'esquisse de volte fermement empêchée par les rênes courtes, poussé en avant d'un battement des genoux de son cavalier au long manteau.

Ils passèrent, suivirent la sente, fantômes sombres accompagnés par le bruit sourd des sabots ferrés frappant le sol pierreux sous les bruyères emperlées d'argent.

Ils passèrent, s'éloignèrent, les chevaux apaisés.

Avant de disparaître dans la brume déchirée, le cavalier aux cheveux longs nattés tourna la tête et son regard trouva sans avoir cherché ni hésité une fraction de seconde celui du loup, assis là-haut en lisière de brume, qui les avait suivis des yeux sans broncher.

Et quand ils eurent disparu, estompé puis fondu le sourd staccato racleur des sabots, quand les frappements de la pluie furent redevenus les seuls bruits sous le ciel écharpé, le loup demeura ainsi un moment, immobile, taillé dans cette pierre dont savent être faits les loups, puis il cligna des yeux, puis il quitta la méchante clairière à son tour, s'éloigna, rebroussant son chemin du matin.

Comme si ce qu'il avait attendu là était venu et l'avait rassuré.

2

La pluie avait cessé en fin de matinée. Le ciel arraché aux sommets, ses nuages en guenilles rampant au flanc des pentes. Le vent qui s'en était allé courir ailleurs avait laissé derrière lui les herbes et les feuilles à peine frissonnantes. Tout était resté ainsi un long moment, comme l'hésitation suspendue et frémissante d'une grande présence rapace invisible, avant que les nuages lourds et ventrus réapparaissent et occupent le ciel d'un bord à l'autre, regroupés en un puissant reflux pour affronter, le moment venu, l'orage dont on entendait gronder la menace.

L'homme et la fille marchaient à bonne allure sur le chemin de chèvres qui serpentait à flanc de crête, tantôt sous le bois et tantôt à ciel ouvert, serrant la lisière.

Il allait à quatre ou cinq pas devant elle, et tout le temps qu'ils gravirent la pente du sentier à découvert, depuis l'instant où ils débouchèrent du front des bosquets coiffant les pâtures communes, au-dessus du bourg encastré dans la montagne noire, il ne se retourna pas une seule fois pour s'assurer qu'elle suivait; comme s'il n'était pas avec elle; comme si non seulement elle ne l'accompagnait pas mais au contraire le poursuivait, lui faisant tout son possible, sinon pour lui échapper, en tout cas pour allonger la distance qui le séparait d'elle.

C'était un homme entre quarante et cinquante ans, sans doute. Les bandes de cuir clouées sous ses galoches amortissaient la violence de son pas frappant avec une même détermination les caries du sol dur et les flaques. Sur plusieurs couches de hardes loqueteuses, usées, déchirées, aux coutures éclatées, il portait une grossière veste à manches courtes et amples faite de peaux de loup gris plus ou moins galeuses, serrée à la taille par un ceinturon de cuir tressé. En bandoulière, une besace de vilaine toile ravaudée que son contenu bosselait lui battait le cul. Il accompagnait chacun de ses pas, comme s'il en faisait le compte, en piquant le sol du bout ferré de son bâton de buis dur.

La fille, elle, ne produisait en se déplaçant d'autre bruit que le froissement lourd de ses jupes et jupons dont le bas, gansé de boue sur plus d'un pied, frottait et balayait le sol sans qu'elle prît la peine de les relever. Elle aussi tenait un bâton, mais pas plus gros qu'un gros pouce, pas plus long qu'une écartée de bras, coupé à un bouquet de noisetiers depuis moins de deux heures, à peine sortie du village. Elle aurait pu tout aussi bien aller nu-pieds, ou chaussée de légères et souples espadrilles. Elle n'avait pas vingt ans, élancée et bien faite, la poitrine serrée dans sa casaque étroite et les hanches roulant sous les cottes. Comme l'homme qu'elle suivait, elle portait un gilet long sans manche fait de quatre peaux de loup cousues au fil d'archal. Échappée de la collerette de la capuche, son opulente chevelure de jais lui tombait dans le dos jusqu'à la taille.

Si ces deux-là partageaient une même allure, une même façon de jeter le corps sur leurs longues jambes et de grimper sans presque se pencher, le dos à peine voûté, si une indéniable ressemblance les liait par l'expression et le dessin des traits, ce que l'âge et la mâle rudesse avaient chez l'un buriné à grands coups accordait à l'autre un charme sauvage et allumait, par la grâce de la jeunesse et de la féminité, de noires incandescences dans le regard.

C'était assurément le père et la fille.

À cet endroit à flanc de coteau d'où on aperçoit une dernière fois le bourg encastré sous la tour blafarde et quelques maisons tassées comme des bêtes aux yeux clos et aux carapaces luisantes, l'homme ralentit le pas, puis s'arrêta.

Mais ce n'était pas pour attendre la fille, ni pour reprendre souffle après la vigoureuse grimpée. Ni même pour jeter – comme on le fait ordinairement quand on arrive en hauteur d'où on peut se satisfaire du trajet parcouru et débâter un peu du pesant de fatigue rien qu'en portant le regard par-dessus la distance accomplie – le moindre coup d'œil vers le bas. Elle le rejoignit sans qu'il bronche et l'aurait dépassé s'il ne l'avait barrée de son bâton ferré brusquement tendu à bout de bras. Elle grogna de surprise, lui jeta un regard interrogateur.

Le ciel était devenu très noir au-dessus d'eux.

– 'coute, souffla-t-il à mi-voix.

Elle appuya sur lui son regard questionneur. Il désigna d'un doigt son oreille, puis, prolongeant le geste, les frondaisons proches, et fit le signe du silence en se pinçant les lèvres entre le pouce et l'index. Elle écarta d'abord son capuchon, puis le baissa lentement. Comme l'homme, elle écouta.

Et il n'y avait rien à entendre. Le friselis des feuilles jaunissantes sous le vent qui passait, le gargouillis des dégoulinades et ruissellements de pluie dans les rocailles. Rien d'autre. Pas un oiseau.

L'homme et la fille aux aguets, sans bouger, un instant. Et ils avaient maintenant le même regard un peu vide, un peu aveugle, détaché, sur le morceau de pré grimpant devant eux du sentier au bois et où se lisaient encore, malgré le vent et les pluies battantes de la nuit et du matin, les échos muets de l'horreur qui avait hurlé la veille : les bruyères et les herbes fripées, le gazon arraché, aux rameaux des fuseaux de hérissonnes [1] couchés et brisés les flocons de laine des moutons affolés qui avaient dévalé la pente à cet endroit, le sang peut-être (mais ces traces-là n'étaient pas remarquables depuis le sentier), le sang des moutons massacrés et aussi le sang de la bergerette de treize ans emportée

1. Hérissonne (adj.) : acariâtre, capricieuse, qu'on ne sait comment satisfaire.

par la Sale Carne et dont on avait retrouvé la tête ici, de ce côté du bois, et le corps déshabillé, éventré, à une petite course de là, dans la clairière derrière le replat.

Ils écoutèrent, non pas comme des gens cernés par l'épouvante, ni même frôlés par la peur qui rôdait alentour – et n'importe qui d'autre ne serait même pas passé là, en tout cas ne se serait pas arrêté, n'importe qui d'autre aurait fui à toutes jambes ce bien trop grand silence, car tous savaient le drame et le lieu et les circonstances et les détails de l'abomination, une fois de plus, encore, les gens de tous les villages à la ronde de ce Gévaudan coincé entre Aubrac et Margeride, et sans doute au-delà, avaient parlé toute la nuit, ou s'étaient tus toute la nuit après avoir prononcé le nom de la petite malheureuse, et le nom de la petite malheureuse avait volé dans les bourrasques sur la lande pour éclore cent fois à la lueur papillotante des chandelles de résine qu'on tarderait le plus possible à moucher et celle des foyers qu'on ne couverait pas –, mais comme des gens chez eux, qu'ailleurs on nomme *pantres* sur leurs hauteurs, sauvages *barabans*, *pagels* en leurs montagnes, et qui devinent et reniflent l'approche d'un intrus qui sera, sinon un ennemi déclaré, en tous les cas une irruption dans l'ordre des choses, toute forme d'irruption dans l'ordre des choses ne pouvant être que désordre à repousser.

Et les oiseaux toujours se taisaient.

Après un temps pendant lequel rien ne bougea, rien d'autre que le frémissement des feuilles et la grande coulée des nuages assombris, l'homme eut un tressaillement des épaules sous la peau de loup et s'élança à grands pas sur la pente fripée, et la fille lui jeta un regard circonspect avant de le suivre, ses jupons de bure marquant derrière elle un sillage éphémère de bruyères retroussées. Il avait repris sa distance, quatre pas devant, quand il atteignit le bois, où la fille s'enfonça à son tour au moment précis du premier éclair déchirant les nues.

Le tonnerre roula, dix secondes comptées après le coup de lardoire aveuglant au-dessus du mont Mouchet. Comme un signal, tombant du ciel de bronze dans un grand trou de lumière verdâtre. Et puis un autre, et puis encore. Le bourdon s'amplifia, bientôt les grondements se succédèrent sans interruption.

Pendant quelques secondes, un temps de souffle suspendu, le frémissement des feuilles s'interrompit complètement – puis les premières gouttes s'abattirent et fissurèrent cette pétrification et y creusèrent des trous comme des brûlures chuintantes, les gouttes violentes et lourdes frappèrent les bruyères, les pierres affleurantes, la terre dure du sentier, claquèrent dans les flaques dont l'argent martelé se changea vite en boue, et alors, brusquement, le vent fut de retour et s'abattit à travers les arbres qu'il secoua en tous sens dans un grand tourbillonnement de feuilles arrachées.

L'orage avait crevé, engloutissant la lumière en un instant sous le ciel effondré pêle-mêle. Des cris rageurs, des cris de rabatteurs hachant le vacarme qui claquait maintenant à un rythme soutenu s'élevèrent soudain dans cet informe et brutal chaos furibond. De la lisière sombre secouée par la bourrasque où ils étaient entrés quelques instant plus tôt, l'homme et la fille en long pardessus de loup ressortirent, jaillirent, propulsés, l'homme d'abord, elle ensuite, courant après leur équilibre en battant des bras, dévalant la pente, bondissant au-dessus des genêts, et s'ils ouvraient grande la bouche au fouettement de l'averse c'était pour happer l'air et souffler l'eau, non pour cracher la braillerie : les gueulées claquaient à leurs basques et leur fumaient au cul.

Leurs cris lancés comme des pierres, les poursuiveuses jaillirent hors des arbres, à moins d'une demi-douzaine d'enjambées des fuyards. D'abord une, massive et gesticulante dans sa cape et ses jupes et son capuce de guingois, l'instant d'après, ensemble, quatre autres, puis une cinquième encore. Toutes costaudes, de la panse aux épaules, fagotées comme les guenuches crucifiées de sac et de foin qu'on dresse au bord des semailles pour apeurer les freux. Des dragons de Langogne n'eussent pas braillé mieux ni plus haut ni plus grave en coursant la Sale Carne.

Dressées soudain au sommet de la pente, les matrones se turent ; on eût dit que de revoir brusquement les deux fuyards leur tranchait le sifflet.

La première surgie du bois, et qui menait la bande, lança son bâton sans s'arrêter, ni même ralentir sa course, d'un geste vigoureux qui lui tourna les jupes et la cape. Le gourdin s'envola, tourniqua sur lui-même en battant dans la pluie, et la fille qui avait guigné le lancer par-dessus son épaule baissa la tête et évita le projectile tournoyant, mais glissa et s'affala de tout son long, et la course du bâton s'acheva en piqué entre les épaules de l'homme, avec un son mat. Il esrila [1] un hoquet sourd. Le choc le jeta en avant et il s'écroula, roula et culbuta jusque sur le sentier où il se retrouva en même temps que la fille y achevait sa glissade et s'aplatissait dans une flaque à son côté ; elle se redressa aussitôt, alors qu'il demeurait, lui, à quatre pattes, le visage tordu, grimaçant à la recherche de son souffle coupé.

Les grosses bringues avaient dévalé la pente de maigre sainfoin et de genêts à toutes jambes, capuches aplaties par le vent, pèlerines claquant dans la pluie, jupes troussées sur leurs mollets guêtrés de noir, avec une sûreté de pied et une agilité étonnantes pour leur corpulence. La horde se referma comme une volée d'oiseaux sombres, à grands coups d'ailes, sur ses deux proies rattrapées. La meneuse qui avait ramassé son bâton fut la première à cogner sur l'homme à terre – avec, fort heureusement pour lui, plus d'ardeur brouillonne que de précision. Les autres frappaient aussi, et tentaient de l'atteindre, et les gourdins croisaient leurs coups et se heurtaient davantage qu'ils touchaient la cible.

L'homme ne cherchait pas à riposter. Il s'efforçait juste de se défendre en parant la bas-

1. Esriler : cracher avec effort.

tonnade comme il le pouvait, maladroitement, de son bras levé et de sa canne de buis ferrée, roulant dans la boue et se projetant d'un bord à l'autre du cercle des viragos. La rossée claquait sur et autour de lui, contre le sol, et bois contre bois, roncier, houx, buis, et rendait en frappant les os et les chairs ces bruits mouillés qui pètent à la mèche d'un fouet, foirant aux habits détrempés de longues éclaboussures d'eau et de boue. Et puis du sang, quand son cuir chevelu s'ouvrit. Un grand coup fauchant lui arracha des mains sa canne noueuse. Il tenta de la reprendre, une volée l'en empêcha et le rejeta sous les talons qui cognaient à travers les plis lourds des jupons crottés. Grondant de rage impuissante et de douleur, il s'offrit aux bâtons à visage découvert – un éclair aspira les couleurs des alentours et noirçit le sang que la pluie barbouillait sur son visage livide, la déflagration du tonnerre vibra profondément dans le sol ruisselant –, le temps de déchausser le sabot pointu et clouté qu'il n'avait pas perdu et qu'il brandit à la fois comme une arme et comme un bouclier, sur lequel les bâtons de la grosse femme et de deux de ses compagnes s'abattirent et qu'il dévia habilement les uns après les autres ; il tournaillait maintenant à quatre pattes dans le sentier, agenouillé et appuyé sur une main, brandissait son sabot en soufflant bruyamment et en secouant la tête pour écarter ses cheveux et la pluie et le sang qui lui battaient les yeux.

Les trois autres fortes garces s'occupaient de la fille qui s'était mise dès que redressée à leur houssiner le dos et qu'elles avaient désarmée d'un revers de gourdin puis attrapée par la capuche à l'instant où elle s'élançait, la serrant rudement, à demi étranglée, l'agrippant au corsage, et la maintenaient à deux tandis que la troisième tentait de lui arracher ses jupes et cotillons tout en évitant ses ruades. Elle poussait des cris rauques et inarticulés de bête. Ses cheveux en broussaille battaient son visage et ses seins d'une violente blancheur qui ballaient dans les lambeaux trempés de sa chemise. La gueulée qu'elle poussait se brisa, sa voix s'érailla, se changea en grincement piaulé.

Un sursaut violent de ses forces défaillantes, au bord de se résoudre à l'abandon, lui leva les jambes et la jeta en arrière ; des deux pieds joints, elle frappa celle qui s'acharnait sur sa jupe, l'atteignit en pleine poitrine, droit sous le cou.

Dans la fulgurante lividité d'un nouvel éclair, le fichu dénoué de la femme révéla une trogne moustachue, une bouche ouverte vilainement cailloutée de chicots sur un juron senti. « Elle » battit des bras et s'affala sur le dos, cul en l'air – un cul très décemment culotté sous la robe, des jambes bottées de cuir et les talons guinchés par l'éperon –, se redressa, cracha, fonça sur la fille, poing levé. Le cri interrompu de celle-ci, ses yeux ronds ahuris pareils à ceux des soudards encapuchonnés qui la tenaient, et ces regards ensemble braqués vers quelque chose au-delà, dans son dos, coupèrent l'élan du rouquin moustachu et lui retinrent les pattes, les empêchant de s'abattre sur la dépoitraillée. Il tourna la tête pour voir ce qui stupéfiait ses acolytes et la gueuse – ce qui avait, dans le même temps, figé en pleine ardeur les trois autres dragons déguisés de la bande, dont les bras s'inclinaient lentement. Et tous – comme l'homme à terre dans le cercle de bâtons retombés – regardaient dans la même direction.

Les deux cavaliers se tenaient au replat du sentier, pétris dans une sombre et terrible impassibilité saillie du sol de roc et de boue, non pas taillés, ni sculptés, simplement issus de quelque improbable marbre sous le feu craché des nuages et les rafales cinglantes de l'orage.

Ils regardaient la scène qui se déroulait à vingt pas et qui s'était figée.

La « grosse femme » qui avait conduit la poursuite et dont le déguisement malmené par la gesticulation se défaisait de toutes parts, révélant de l'uniforme camouflé les galons de brigadier, fut le premier à réagir. Il assura son gourdin dans une main, de l'autre se décapuchonna, et comme l'informe coiffe détrempée ne se rabattait pas à sa guise, l'arracha avec sa collerette et jeta le tout au sol. Il avança vers les cavaliers. Quelques pas. Prudent, les yeux mi-clos sous les sourcils épais et le froncis du front. Une barbe de plusieurs jours, poivre et sel, maculée de boue, couvrait ses joues rondes. Il cala son bâton dans sa paume gauche, le tenant à deux mains, et fit encore un pas. Les autres, derrière lui, attendaient. L'homme en veste de loup se redressait, s'écartait de quelques enjambées vers la fille que les deux soldats avaient lâchée et qui se tenait là, le dos voûté, rassemblant sur son torse le vêtement défait, la bouche ouverte et les yeux ronds, subjuguée par la double apparition équestre. Puis les soldats dépenaillés dans leurs oripeaux de gotons se rassemblèrent à pas glissés derrière le brigadier.

Les chevaux secouaient la tête en mâchant leur mors.

À un jet de chique des cavaliers droits et ruisselants sous l'orage, le brigadier s'immobilisa.

– Qui va là, vous autres ? lança-t-il sur un ton menaçant.

En guise de réponse, celui des cavaliers chapeauté de ce qu'on aurait pu prendre pour une capeline de dame descendit avec souplesse de sa monture, et se tint debout là, les pans de sa cape lui tombant aux chevilles, tenant d'une main nue à la peau cuivrée les rênes lâches du rouan. Le col de sa cape et celui, dessous, de sa veste rouge lui remontaient jusques aux pommettes, sous le regard noir qui flambait dans l'espace étroit entre la broderie argentée et la calotte enfoncée du capel.

– Qu'est-ce que vous avez à faire ici ? gronda le brigadier. Personne a rien à faire ici !

Il fit tomber le gourdin de sa main gauche et le balança. La claire menace ne fit pas broncher d'un poil l'homme au teint sombre – au contraire, eût-on dit : l'enracina.

Et le second à son tour mit pied à terre en un mouvement fluide, grand et svelte dans son long manteau de cuir à deux pans, au col droit fermé par trois gros boutons de bois, qui finissait sur les épaules en collerette de capuce. Comme de son compagnon, ce col relevé ne laissait voir que les yeux, sous le tricorne au bec pincé qui faisait gouliche à la pluie recueillie dans les bords roulés.

Cette attitude et le mutisme qui l'accompagnait apparurent comme une provocation aux yeux du brigadier qui gronda et souffla la pluie coulant dans sa bouche puis leva le gourdin en avançant d'un pas. Un pas ou deux. Mais pas trois.

Et même les plus proches ne purent voir ni ne comprirent dans le détail ce qui se produisit, car cela se produisit à la vitesse fulgurante des éclairs qui continuaient d'éclabousser la montagne.

L'homme au teint cuivré et aux yeux noirs sous le large chapeau fit un pas, lui aussi, au-devant de cette matrone costaude déguenillée pour le moins équivoque et à l'attitude ostensiblement comminatoire... Il fit un saut bref sur place, sa jambe se détendit, jaillit d'entre les pans de sa cape à peine frémissante, toucha le bras armé du brigadier. Et ce que tous entendirent, ce fut le couinement douloureux et surpris du brigadier, et ce que tous virent, ce fut le gourdin arraché de sa main et qui s'envola et grimpa haut, très haut, en tournoyant et moulinant l'averse drue que la foudre argentait à la verticale du soldat au poignet brisé, puis qui se stabilisa un bref instant à son apogée avant de piquer vers le sol, et ce que virent ceux qui s'écartèrent prudemment (et les autres qui se tenaient à distance), ce fut cet homme en cape sombre qui avait lâché les rênes de sa jument rouanne et qui avait retiré son chapeau et qui l'avait accroché au pommeau de la selle – tout cela en une suite de gestes à la fois vifs et coulés dont ceux qui en furent témoins n'eurent l'impression de les avoir vus qu'après constat de leur effet –, cet homme, à présent nu-tête et avec de longs cheveux très noirs curieusement coiffés, en partie nattés et les tempes rasées d'une largeur de pouce en ligne droite au-dessus des oreilles, rattraper d'une main le gourdin avant qu'il se plante au sol et envoyer valser à plusieurs pas d'un formidable coup en pleine gueule le soldat le plus proche qui avait inconsidérément gardé, entre l'envolée haute du bâton et maintenant, sa propre trique levée et prête à frapper.

Avant même que le soldat emberlificoté dans ses jupes et crachant le sang eût conclu sa titubation à reculons par une lourde chute sur le dos dans la gadoue, toute la bande se précipitait en jurant et grondant – à l'exception bien sûr de l'homme en veste de loup et de la fille qui n'avaient d'yeux trop grands pour apprécier goulûment le spectacle offert.

Le premier s'élança, canne haute, choisissant de s'en prendre au cavalier en tricorne qui avait au moins (calcula-t-il sans doute instinctivement), au contraire de son compagnon, les mains vides... mais qui ne les eut pas longtemps : l'homme au teint mat poussa un sourd et bref cri de gorge pour attirer son attention et lui lança le gourdin qu'il attrapa au vol, et avec lequel il frappa d'un geste très naturel, à peine violent, comme s'il ne faisait que continuer le mouvement de rattrapage du gourdin. On vit s'écrouler droit à genoux le soldat, dont il était malaisé de comprendre sur le moment la raison de sa génuflexion soudaine, on le vit qui tentait de se redresser, on vit le gourdin manipulé de main de maître par la silhouette élancée dans le long manteau luisant s'abattre et décapuchonner le malheureux, le crêter d'une giclée de sang, et puis on vit le bâton s'envoler vers celui au teint mat et aux cheveux nattés qui le saisit en pleine trajectoire en même temps qu'il sautait en l'air, eût-on dit – mais c'était peut-être une illusion (et quand plus tard Chastel le raconta à ceux qui voulaient savoir qui étaient ces deux-là, quand il le raconta plutôt dix fois qu'une, il ne savait plus s'il avait véritablement vu ou s'il lui plaisait de raconter de la sorte juste pour coller au plus près à son impression) –, en même temps qu'il s'élevait plus haut que sa propre taille, jambes pliées dans l'essor et le battement de sa cape, et l'éclair qui décolora la scène la calcina une fraction de seconde et incrusta dans les airs cette silhouette envolée, noire, cette silhouette qui frappait des deux jambes détendues sur un autre soldat puis retombait au sol en même temps que l'homme valsait.

Ce fut ainsi un très court moment, dans les fulgurances qui tranchaient dans la scène livide des ombres aussi dures et profondes que fugaces.

Les chevaux s'ébrouaient tranquillement sous le déluge.

La fille poussait de petits cris inarticulés absolument stupéfaits, et l'homme à la veste de loup, dont le regard incrédule s'écarquillait toujours davantage, laissait couler le sang et la pluie sur son visage sans y accorder la moindre attention, grimaçant et secouant la tête de temps à autre.

En un rien de temps, les soldats et leur brigadier se retrouvèrent au sol, désarmés, leurs bâtons piqués ou gisant alentour, les os secoués, fendus, déboîtés, brisés, la peau ouverte, crachant des pleines goulées de sang et des esquilles de dents. Pour en arriver là, les deux cavaliers n'avaient dégainé ni sorti aucune arme de sous leurs manteaux, n'usant l'un et l'autre que du gourdin qu'ils se lançaient et rattrapaient avec grande adresse, et frappant non moins précisément, celui au teint mat utilisant aussi ses bonds et ses pieds chaussés de souples bottes frangées et emperlées. Le dernier à avoir mouliné du gourdin, qu'il tenait toujours en main et laissa retomber faute d'adversaires à estourbir, fut le cavalier au tricorne. Il échangea avec son compagnon un regard satisfait, approbateur, et l'homme au teint cuivré rassembla à deux mains ses nattes qu'il releva sur le sommet de son crâne et il alla reprendre au pommeau de sa selle le chapeau qu'il coiffa. La fille battit des mains. Elle oubliait son corsage et sa chemise déchirés qui collaient en lambeaux sur ses seins fermes et arrogants, elle l'oubliait sans doute un peu avec de l'intention, et elle ne cillait pas sous le regard de l'homme aux cheveux nattés...

Le cavalier au tricorne s'approcha du brigadier qui se tenait le poignet et qui marqua un temps dans son redressement et esquissa un mouvement de recul quand l'homme au grand manteau jeta dans sa direction, au sol, le gourdin. Les autres soldats se relevaient en désordre, crachant ici et grognant là.

– Eh bien, mes belles dames ? dit le cavalier au tricorne. Pouvons-nous maintenant faire conversation ?

Il défit les deux boutons de son haut col, dégageant son visage. C'était un homme jeune, qui avait à peine dépassé la trentaine, aux traits fins mais volontaires, le nez droit et la bouche décidée, les lèvres marquées, joues et menton dorés par la pousse d'un jour d'une barbe blonde. Quand il porta la main, après l'avoir dégantée, à l'entrebâillement de son manteau, le brigadier eut un nouveau mouvement de recul qui parut à la fois amuser et irriter le cavalier.

– C'est assez, malheureux, gronda-t-il – et regardant autour de lui les soldats qui se redressaient sous l'orage : On m'avait figuré le Gévaudan sous de sombres auspices, certes, mais nul ne m'avait dit que les dragons du roi y dansaient de telles mascarades... C'est une coutume, que de se déguiser de la sorte pour rosser les gens du lieu ?

Le brigadier grimaça d'un air sot, laissant filer le temps autour de l'interrogation en espérant, c'était criant, d'autres propos qui ne réitéreraient pas la question...

Le cavalier blond ne redemanda point. Il avait sorti une blague de cuir de sous le boutonnage étroitement serré de son manteau, il en déroula le rabat, découvrant un contenu qui n'était pas du tabac mais un document de papier plié en long. Il se pencha vers le brigadier, l'attrapa par la blouse, et tira dessous sur la veste d'uniforme pour protéger le document de la pluie. Si le brigadier ne prit pas la peine de lire, il reconnut le cachet au premier coup d'œil.

– Chevalier Grégoire de Fronsac, dit le cavalier en fourrant la blague ouverte et son document sous le nez du brigadier. Tu sais lire ?

Le brigadier secoua la tête de gauche à droite.

– J'en aurais été surpris, dit le chevalier, repliant le document dans la blague et la replaçant sous son gilet sous le manteau, et se reboutonnant. Le marquis d'Apcher nous attend.

Le brigadier dans ses loques détrempées salua des deux mains, la gauche soutenant la blessée. Ses soldats mêmement attifés et en pareil désordre s'étaient rapprochés, la tête basse et le regard torve.

À l'écart, attendaient l'homme et la fille – il avait ramassé son bâton ferré, elle avait ragrafé au mieux les lambeaux de sa blouse et recoiffé son capuchon.

Fronsac les désigna du menton, et demanda :

– Pourquoi cette bastonnade ?

– C'est Chastel, répondit le soldat sur un ton d'évidence, comme si le nom donné suffisait à tout expliquer.

– Et alors ?

– C'est un voleur, mon chevalier.

– Et elle ?

– Sa fille. Ils l'appellent La Bavarde, ici. Parce qu'elle est muette. Une cucendron [1] chaude du cul comme une marmite à la crémaille.

Le chevalier et son compagnon regardaient la fille qui avait tressailli et s'était reguindée à l'écoute de son nom. Un éclair l'éblouit et lui mit le feu aux yeux, tandis que le déchirement du tonnerre lui serrait les épaules.

– C'est pour rompre le cou à un chapardeur et parce que sa fille a les cuisses accueillantes que vous vous embusquez, dans des hardes de mégères, sous l'orage ?

– Ch'uis pas voleur ! protesta l'homme en veste de peau de loup.

Il s'approcha, s'arrêta quand un des soldats, hésitant, fit mine de s'interposer. Tout en se frottant le crâne du plat de la main, il dit :

– Mon nom c'est Jean. Ch'suis guérisseur et j'ai soigné leurs chevaux, demandez-y si j'mens, et y refusent de me payer mon soin, demandez-y qui c'est les voleurs ! Demandez-y comment qu'y pensent attraper la Sale Carne ? Dans leur giron, p't'êt' bien ?

Fronsac hocha la tête, échangea avec son compagnon silencieux un long regard fatigué – l'autre ne cilla point –, puis reporta son attention sur La Bavarde et son père, lamentables sous la pluie cinglante, sur le brigadier et les soldats moustachus et barbus, sales et boueux dans leurs capuchons et leurs nippes. La fatigue

1. Cucendron : personne malpropre.

augmenta dans ses yeux, sur son visage que les bords du col déboutonné du manteau encadraient.

– L'écoutez pas, mon chevalier, dit le brigadier d'une voix qui trahissait chez lui aussi une soudaine et grande lassitude. Ces gens-là, c'est tout ce qui reste de la racaille en camiso... S'ils vous parlent, c'est pour des menteries.

Tous se tenaient là, plantés dans les fulgurations, au bord du sentier torrentueux, englués eût-on dit dans un même accablement sourdant du ciel bas.

– Les chevaux ont-ils guéri ? demanda Fronsac.

Le brigadier tourna la tête de côté et le bord de sa capuche de grosse toile lourde de pluie lui cacha le regard.

– Alors ? pressa Fronsac.

– Les chevaux sont pas morts, admit le brigadier.

– Alors...

Le brigadier se fouilla, visiblement à contrecœur, et finit par sortir de sous ses hardes ce qu'il fallait, qu'il lança à Chastel. L'homme faucha d'un coup de patte la trajectoire miroitante de la pièce qui disparut sous ses loques aussi prestement qu'elle avait eu peine à sortir de la poche du soldat. Sans ajouter un mot qui fût de rouspétance ou de remerciement, sans demander son reste ni se préoccuper de savoir si La Bavarde le suivait ou non, il s'en fut. Elle le suivit après une courte hésitation, prise de court par la prompte virevolte, sur un dernier regard appuyé au cavalier compagnon de Fronsac. Le bonhomme et la fille traversèrent avec arrogance le groupe des soldats et reprirent la grimpée du sentier, disparus l'instant suivant, balayés par un rideau de pluie, et on aurait pu croire qu'ils n'avaient jamais été là, il ne restait pas une trace au sol ruisselant de l'échauffourée qui les avait opposés aux dragons, excepté la baguette de la fille abandonnée dans les genêts (ce qui n'était guère une marque de violence).

Le chevalier retira son tricorne qu'il claqua contre sa hanche, faisant jaillir une grande éclaboussure. Il remit en place, lissant ses tempes avec les doigts écartés de sa main gauche, les mèches libérées de sa pâle et épaisse chevelure coiffée en catogan qui tombaient sur ses joues, recoiffa le couvre-chef.

– Alors, brigadier ? dit-il. Le marquis d'Apcher ?

– Vous y serez bientôt, mes seigneurs. Saint-Chély est au bas de cette colline, dans la trouée, en suivant le chemin. Le château du mar... de monseigneur le marquis d'Apcher se trouv' su' l'aut' bord, au-dessus, une fois le bourg traversé.

Fronsac remercia d'un hochement de tête, se tourna vers son compagnon à qui il adressa quelques mots dans un langage étranger. L'homme au teint brun approuva.

Ils mirent le pied à l'étrier, s'élevèrent et enfourchèrent avec un ensemble parfait – seul le chevalier exprima son désagrément par une brève grimace, au contact de la schabraque en peau de mouton qui avait eu tout le temps de se gorger de pluie... Ils s'éloignèrent, côte à côte.

Les soldats, qui s'étaient mis à se délacer, se déboutonner, se dépiauter de leur accoutrement, s'écartèrent.

Le brigadier sursauta, la tête rentrée dans les épaules, quand le ciel s'effondra dans un nouveau coup de tonnerre, puis il rouvrit les yeux, les narines piquantes d'une odeur soufrée, et les deux cavaliers disparaissaient dans la bourrasque lancée à l'horizontale : la crinière lâche et la queue de leurs montures et les pans de leurs cape et manteau flottant dans le même sens, ils s'enfonçaient dans le sol pentu au-dessus du village invisible.

– Bienvenue au pays de la Bête, mes seigneurs ! cria le brigadier. Pouvez pas vous tromper, mais prenez garde aux pièges à *lops*, si vous quittez la sente !

Il sourit. Le fard rouge dont il avait barbouillé ses joues poilues, pour paraître plus femme, dégoulinait avec la pluie dans son cou, comme le sang du nez du soldat à son côté.

– C'est qui, encore, ceux-là ? dit le soldat, un doigt sur une narine et reniflant précautionneusement.

– Des messieurs, dit le brigadier. Des malins, des qui savent tout et qui sauront faire... Deux de plus.

Il cracha dans le vent qui tourna et lui colla le mollard dans la moustache.

3

D'abord la nuit humide (le conduit de cheminée refoulait quand la flamme montait plus haut que les chenets, et pleurait et aspirait le vent dans un grand raclement de catarrhe) dans l'auberge d'un mauvais bourg dont il fallait pour prononcer le nom, eût-on dit, trois fois plus de sons que n'en pouvaient produire les lettres qui l'écrivaient; ensuite, dix lieues à chevaucher sous les couteaux du vent et de la pluie, sans avaler mieux que des goulées de bourrasque puisqu'une branche piquant à hauteur de troussequin avait débouclé la courroie de la besace contenant le pain, le jambon à couenne rouge frottée d'épices, la bouteille de vin achetés à l'auberge, et ce où le sentier surplombait un à-pic que Mani lui-même avait considéré d'un œil fataliste, rejetant radicalement toute tentative de récupération du manger et du boire dispersés parmi les rocs et les broussailles... Après dix lieues donc, sans rencontrer âme humaine, en s'égarant souvent de sentiers salébreux en passages de sangliers frayés dans le taillis épais, et de ce fait, forcément, donc, dix lieues qui de « royales » étaient devenues « du Gévaudan », avant de rencontrer avec l'orage les soldats grimés et costumés en matrones qui dragonnaient ces deux bougres de pantres... Après, encore, la traversée du village noir enkysté dans la montagne, ses maisons aux murs et toits de pierre, comme une grappe de tiques, résistant au vent geignard et à la pluie, tassées autour de ses ruelles de boue, et l'enfant dans une peau de mouton brun à la laine pendouillante serrée sur ses loques, son regard blanc pas moins bovin que celui des deux vaches maigres qu'il menait, comme un spectre apparu fort à propos au détour de quelque venelle improbable pour leur indiquer d'un mouvement de sa grosse tête et d'une grimace retroussée et fendue sur ses dents brunes de lièvre, la grimpée vers le château du seigneur... Après tout ceci et cela encore – l'arrivée au château, au bout d'une nouvelle raideur, enfin, puis l'accueil du marquis volubile et de son petit-fils empressé, puis la séance de séchage des effets détrempés à laquelle Mani avait refusé de se soumettre comme il avait refusé de passer une autre tenue qu'on lui proposait de choisir dans la garde-robe de la valetaille (il avait fallu expliquer que le statut de Mani n'était certes pas celui d'un valet...), puis l'installation dans la chambre (une seule était digne de recevoir confortablement les visiteurs et, une fois de plus répété, Mani n'était pas un valet à loger aux communs) et son aménagement pour deux, puis le choix et l'essayage proposés au chevalier d'une robe de chambre qu'il passerait en attendant le réchauffement confortable de ses effets, puis la visite d'une partie du château que le maître des lieux s'efforçait de rendre habitable, puis le repas dans la grande salle obscure bourrée des échos que multipliaient la moindre parole et le moindre tintement de vaisselle, le moindre son, enroulés sur le pourtour de l'éclairage papillotant des bougies et de l'âtre comme des présences guetteuses grouillant dans la pénombre du plafond de poutres –, il fallait maintenant continuer de subir et d'alimenter la conversation trépidante, inextinguible, rebondissante, que fouettait au galop l'infatigable marquis.

Claude Aloïs d'Apcher déclarait obscurément la septentaine passée (de cinq années, officiellement) avec un flottement de sourire clandestin, un petit air mystérieux de défi épaté.

Thomas, unique petit-fils du marquis et pour l'heure dernier du nom, en comptait à peine plus du quart.

De l'un ou de l'autre, Grégoire de Fronsac n'aurait su dire lequel était le plus soûlant : le vieux par son exubérance soudainement délivrée d'une très noble et très provinciale solitude que l'événement brisait opportunément ? Le jeune par son insatiable curiosité inconditionnellement acquise à l'admiration et à l'émerveillement ?...

Le chevalier s'efforçait de faire bonne figure à l'un comme à l'autre, qui n'étaient certes pas de méchantes personnes et se seraient à l'évidence coupés en quatre pour le bon agrément de leurs hôtes, d'acquiescer aux affirmations de celui-là et d'éclairer les interrogations de celui-ci, sans bâiller ni laisser retomber trop bas la paupière, après cette éprouvante journée de chevauchée dans la sauvagerie froide de la montagne. Le souper avait été revigorant, la chaleur des mets et du vin comme celle provenant de l'âtre prenaient bienheureusement possession de son être.

Le sombre vin aux reflets de rubis que Thomas d'Apcher versait dès qu'un verre menaçait de se vider n'était pas étranger à l'engourdissement des chairs et de l'esprit, et, sans doute, le sang noir des vignes quercinoises faisait-il briller en bonne part les yeux du jeune homme (et pas uniquement cette autre soif qu'il tentait d'assouvir aux réponses que faisait aimablement le chevalier au mitraillage de son questionnement) comme il empêchait de renouer la langue du vieux marquis après l'avoir déliée.

Ils étaient assis à la table, au centre de la pièce. Tout autour, aux différents niveaux de la pénombre, des reflets caressaient les fers dorés des reliures des volumes qui tapissaient les murs. Cette seule table flanquée de six fauteuils meublait la bibliothèque, qu'apparemment le marquis tenait en grande fierté. Sur le plateau du meuble, avoisinant les verres et les carafes dans la lumière de deux girandoles, le portefeuille à dessins que le chevalier de Fronsac à peine arrivé avait extrait de son enveloppe de toile imperméabilisée à la cire, constituant le principal de son ballot de voyage recouvert par la schabraque – dont le marquis ne se serait pas moins senti responsable et protecteur s'il se fût agi d'un trésor de lourdes pièces d'or –, était ouvert. Il avait été feuilleté plusieurs fois déjà, les esquisses et dessins qu'il contenait vus et revus, soigneusement rangés d'un côté, les feuilles vierges de l'autre.

Dehors, la nuit râlait sur le gros dos des montagnes et les assauts du vent, qu'on entendait venir de loin, déboulaient le long des grandes crevasses des vallées ; sa plainte coulait parfois jusqu'aux pointes des flammes par le conduit de fumée en même temps que la pluie donnait de grands coups de griffes aux carreaux secoués dans leurs plombs.

Les billots de bouleau qui brûlaient dans l'âtre donnaient plus de hauteur et de lumière de flammes que de braises durables. Mani se tenait debout dans la blancheur de la flambée qu'il fixait comme s'il en espérait, ce soir, la réponse à une interrogation lancée depuis bien longtemps et patiemment attendue d'un feu à l'autre au hasard de sa route. Les tresses serpentées de sa chevelure de jais luisaient, de part et d'autre de son cou. Il avait consenti à confier son chapeau et son ample cape à la servante chargée de leur séchage (regardant toutefois d'un œil inquiet s'éloigner ses vêtements dans les bras de la goton), mais n'avait pas retiré ses bottes souples frangées, ni sa jaquette rouge d'uniforme indéniablement anglais aux brandebourgs, revers et autres passementeries arrachés, dont il avait simplement dégrafé le col et le premier bouton. Il avait posé son verre de vin sur la tablette de granit du manteau de la cheminée, après en avoir bu la moitié, et Thomas d'Apcher qui s'était pourtant chargé durant toute la soirée de pencher la carafe ne s'était pas employé à remonter le niveau bas du vin, non pas qu'il jugeât inconvenable à sa noblesse de servir le suiveur au teint de bronze du chevalier de Fronsac, mais comme s'il craignait un peu, et sottement sans doute, quelque redoutable et imprévisible réaction de l'homme dérangé dans sa réflexion.

Le marquis dont les pommettes n'étaient fardées que de leur couperose humecta ses lèvres de vin, approuva d'un lent clignement de paupières, reposa le verre, frotta du bout d'un doigt bagué le haut de son front au bord de sa perruque et du même doigt désigna le portefeuille de papier à dessin ouvert sur la table.

– Nos gens, dit-il, nos gens, voyez-vous, chevalier, ne craignent pas les loups. Les simples loups, veux-je dire, comprenez-vous ?

Fronsac comprenait et le fit savoir à son hôte d'un hochement de tête. Depuis qu'ils s'étaient installés dans la bibliothèque, une carafe plus tôt, le vieil homme parlait des loups et de la Male Bête, de ses gens et des autres, pantres des montagnes qui n'étaient au fond gens de personne.

– Certes, riota le marquis dans les battements de ses doigts bagués, ils ne leur ouvrent pas la porte de leur bergerie, comprenez-vous ?, ils ne les acceptent pas sous leur table, certes non, mais ils vivent avec eux le quotidien, et les craignent comme ils doivent les craindre, pas outrement.

– Et les loups les craignent sans doute davantage, appuya Thomas d'Apcher. Ceux qui se frottent à leurs barenclous n'y reviennent pas de si tôt.

– Barenclou ? s'enquit Fronsac.

– C'est un bâton garni d'une ferraille en pointe, une lame de Thiers, la plupart du temps, un bon saignoir. Une arme très efficace, dans les mains de qui sait la manier.

Le marquis se pencha, pointa le doigt sur le chevalier pour rappeler son attention détournée par Thomas :

– Fréquemment, le croirez-vous, chevalier, des bergères à peine plus que fillettes en rossent à tour de bras, les épouvantent en leur jetant des pierres, ou leur rompent le dos à coups de bâton. Les bergères d'ici ne possèdent guère, je vous le dis, la ronde douceur que leur ont prêtée les pinceaux de monsieur Antoine Watteau – on les invite fort peu souvent dans les fêtes galantes, comprenez-vous ?

– J'ai vu certaines peintures de monsieur Watteau...

– Eh bien, n'est-ce pas, dit le marquis, vous n'y avez pas vu nos bergères. On m'a raconté que certaine bergerette, il y a peu, maigrichotte comme un chardon, empoigna par les génitoires un de ces bestiaux qui voulait tourmenter ses brebis, le croirez-vous, et qu'elle l'envoya dinguer à dix pas. Certes, les gens sont enclins à charger, mais je ne dirai pas qu'ici il y ait menterie, sur le fond en tout cas. Accordons cinq pas, ce qui n'est déjà pas si mal.

Il gloussa. L'expression amusée tomba d'un seul coup et lui sécha les traits. Il dit :

– La Bête est différente, différente des plus sournoises et des plus féroces que vous ayez pu rencontrer en Nouvelle-France, et dont vous avez fait ici le portrait...

Il indiqua du menton le portefeuille sur la table, posa ses mains à plat devant lui, les contempla un instant en silence avant de relever les yeux et de poser sur Fronsac un regard où l'angoisse ne se dissimulait plus. Poursuivant :

– Elle fuit les hommes, les mâles, les forts, comme si elle savait devoir les éviter, en avoir peur avec raison. Mais elle n'épargne ni femme ni enfant. Ce n'est pas la faiblesse, la vulnérabilité, qui pousse ses choix : ni vieillards ni vieillardes parmi ses victimes. Hier encore, ici, sur les hauteurs de Saint-Chély au front des Bois Coulas, une bergeronnette de douze ans, décapitée, éventrée... C'était elle sans doute que les dragons que vous avez croisés tentaient de venger...

– De quelle façon, grand Dieu ?

– Comme ils le font souvent : en revenant s'embusquer sur les lieux frayés par la Bête, les lieux de carnage où elle pourrait revenir – elle est revenue, quelquefois –, en se masquant sous des jupes et des corsages pour se faire passer pour des paysannes...

– Pardonnez-moi, sourit Fronsac, mais une telle bête se guide au moins autant au flair qu'à la vue, le dernier des chasseurs le comprendra, et ce ne sont pas ces pitoyables mascarades qui la prendront en défaut.

Le marquis acquiesça :

– Ma foi, je le sais bien. Tout le monde le sait. Je pense juste que le capitaine aide-major du Hamel qui commande la soldatesque de Langogne ne sait plus à quel saint se vouer, s'essaie à toutes les ruses, même les plus grotesques, en priant Dieu à son secours...

– L'avez-vous jamais vue, cette Male Bête, marquis ?

Le marquis retrouva son sourire et un pétillement, de nouveau, frisa sous sa paupière :

– Foutre de bois, chevalier, à mon âge on n'est même plus bon à chasser les servantes entre deux portes...

– Dieu me pardonne, et vous après Lui, mais comment pouvez-vous certifier qu'il s'agit d'une seule bête ?

Le marquis se redressa, décollé lentement du dossier de son fauteuil, le dos raidi. Mais la remarque du chevalier ne l'avait pas heurté. Il cherchait simplement à défricher l'embrouillement obligatoirement tramé des sous-entendus et insinuations. Il avait de ce genre d'insidieuses remarques deux pleines années d'habitude, deux ans de vie commune avec le monstre et tout ce qui s'en était dit et entendu, dans les couloirs de Versailles comme dans les hameaux, villages et cabanes de la Margeride, ce qui s'en était écrit aussi bien dans les colonnes de *La Gazette de France* et du *Courrier d'Avignon* que dans les procès-verbaux et les comptes rendus des curés souvent premiers témoins de l'épouvantable exaction. Le vent fouetta longuement au carreau, noua les flammes de l'âtre. Mani quitta la cheminée, laissant son verre sur la pierre du manteau, et s'approcha de quelques pas. Ç'eût été faire erreur que de traduire la distance gardée entre lui et les trois hommes en intention de marquer son désintéressement pour leur conversation. Il avait écouté, il avait entendu, il attendait la suite qu'il sentait se préparer au bord des lèvres du vieil homme. Thomas le petit-fils attendait pareillement, à la différence que son regard qui semblait voilé d'une fine buée d'appréhension se partageait maintenant entre son grand-père et l'homme au teint mat campé à quelques pas, au bord du tapis, bras croisés sur sa large poitrine. Fronsac rompit le silence appesanti que le vent avait abandonné dans la pièce après avoir secoué les charpentes du château :

– Je vous prie de m'excu...

Mais le marquis l'interrompit, de sa main levée aux doigts légèrement tremblants :

– Ne vous excusez en rien, mon ami. Votre curiosité, et ce qu'elle suppose d'hypothèses, voire de convictions, est bien légitime. Non, en ma personne je ne l'ai point vue, comme vous, j'imagine, qui êtes prêt à croire ou qui croyez déjà qu'elle est plusieurs en une, n'avez vu ces quantités-là... Allons, je vous taquine. Je n'ai point vu la Bête, et si trop nombreux sont ceux qui l'ont vue et en sont morts, beaucoup sont heureusement encore dans la vie et peuvent en raconter l'apparence. Ils s'accordent en ce qu'ils disent avoir vu. Le capitaine du Hamel est de ceux-là. La Bête le narguait, il la traquait ici, elle se signalait là, il la pistait donc là pour la perdre aussitôt, elle reparaissait ailleurs. Ce pays de fourrés et de ravins, de précipices, de pierraille, de torrents, de cassures, de bois serrés tranchés de ce qui s'appelle ici des mollards, de bourbiers... ce pays entre la pierre et le vide et le vent n'est pas contrée facile, un bon chasseur y doit être d'abord lui-même une bête. Un jour d'avant Noël, le 22 de décembre, une fillette de douze ans, une de plus, fut dévorée au village de Fau-du-Peyre. Le 23 la Bête fut revue sur cette paroisse, et c'est là que du Hamel, avec son détachement, la cerna dans un bosquet. Les rabatteurs la poussaient et il l'entendit venir à lui, et il la vit alors, la décrivit ensuite, comme tant avant lui et comme les deux dragons qui l'accompagnaient. Elle était, dirent les soldats, plus grosse que les plus gros chiens connus, très velue et de couleur brune, le ventre saur, avec une tête fort grosse et des dents très longues qui saillaient hors de la gueule, et des oreilles courtes, droites, et une queue fort ramée qui se dressait haut à la course. Du Hamel, lui, en fit une description plus détaillée encore, à laquelle il se tient toujours, et si vous le rencontrez dans les jours à venir il vous le redira comme il l'a dit si souventement : elle a la taille d'un veau d'un an, un poitrail de léopard, des pattes d'ours formidablement griffues, le ventre pâle, une fourrure rougeâtre avec une raie noire le long de l'échine. Alors qu'il comptait bien la tirer, à quatre pas, faisant feu de ses pistoles (il y avait 10 000 livres de prime!), les dragons ont surgi à cheval et l'on coursée en espérant bien la sabrer. Mais elle leur échappa, s'enfonçant dans une terre inchevauchable, et les dragons revinrent bredouilles affronter la colère de leur capitaine...

Le marquis marqua un temps. Il but le peu de vin qui restait dans le fond de son verre, se resservit et reposa la carafe sans en offrir aux autres, comme s'il avait en fait oublié leur présence et racontait plutôt pour ordonner son propos à la guise de sa propre oreille que pour un auditoire. Il but un peu de vin. La clarté papillotante des chandelles clissait le corps de la carafe d'éclats semblables à ceux qui allumaient les bagues aux doigts osseux du buveur. Le marquis n'en avait pas terminé :

– Vous allez entendre bien d'autres commentaires, et, dans le nombre, il se trouvera autant de savantes exégèses que de folles balivernes. En avez-vous déjà en tête ? Sans doute, oui, j'en devine qui se cachent derrière votre question de tantôt. On vous dira que la Bête est camoufle huguenote, rescapée de la peste, de la disette, surviveuse aux incursions des guette-chemin de Mandrin et autres calamitées que déclenchèrent les dragonnades. On vous dira qu'elle est mangeuse de papistes, fléau de Dieu pour les jésuites dont le parlement du Languedoc a dissous l'Ordre cette année soixante et quatre où la Bête a frappé pour la première fois, et vengeresse pour les huguenots survivants qu'ils avaient combattus... Une famille de gros loups, bâtardés de mâtins, les crocs de Dieu décarnelant les tendres catholiques, on vous le dira aussi, vous l'entendrez. Aux ordres de qui ces hordes frappent-elles ? Vous aurez cent réponses, généralement de silence et de coups d'œil en coin par-dessus les épaules... On vous dira qu'elle est le diable, évidemment. Qu'on l'a vue sous forme humaine étrange, et étrangère, avant son forfait d'ici ou de là. Ce n'est pas tout, chevalier, vous entendrez aussi qu'elle est tout simplement – tout simplement, chevalier ! – un lycaon, ou encore cynhyène, dont le nom signifie chien et hyène, qui vit en bande perpétuellement mobile en Cafrerie et lance dans la nuit ses hurlées qui ressemblent à des rires de déments, et qui se roule dans le sang de ses victimes. Savez-vous que les huguenots de ces terres d'outre-ciel en parlent dans leurs lettres ? Les montreurs de bêtes barbaresques croisent ce lycaon avec la hyène du Maroc, que des négriers de Marseille auraient introduite en nos régions.

Le marquis se tut, laissa flotter en suspension le moment d'abrupt silence, et son regard qui pétillait d'amusement durant l'énumération récitée sur un ton de badinerie changea, s'éteignit, sombra. Il avança le buste, penché au-dessus de la table vers Fronsac, s'approcha si près que celui-ci put détailler, dans le contre-jour assourdi des chandelles, sous la poudre, le réseau de veinules violacées de couperose couvrant ses pommettes et son nez. Dans son regard sans couleur entre les paupières fripées et le frangeon des cils ourlés de crottes de fard, une fissure comme une taie fumeuse, ombreusement caverneuse, s'était ouverte.

– Mais ce qui est certain, chevalier, et ne souffre aucun doute, c'est que dans cette année qui précéda le dernier hiver, cette année de 1765, deux enfants de Montels-Javols sont morts le 24 février, le 28 un autre à Le Fau, le même jour une fillette attaquée à Grandvals. Ce qui est sûr c'est que ces dates sont gravées comme au feu, et que je peux vous les énumérer toutes, comme saura le faire le dernier des pantres, si vous le lui demandez. Début mars une fillette de huit ans à Arzenc, dévorée. Le 8 du même mois, une autre fillette au Fayet, la tête arrachée. Le 11 une fillette de quatre ans dévorée à Mialanette. Le 12, une jeune fille attaquée de nuit dans la rue à Saint-Alban, le 14 un jeune garçon est attaqué à Albaret-Sainte-Marie et un autre à Prunières, ce même jour, et le 16 la Bête dévore un enfant à Pouget. Le 3 avril, elle dévore un jeune garçon à Bergougnoux, le 4 elle tue une fillette de treize ans à la Clauze, le 5 à Arzenc-sur-Randon elle tue une fille, le 7 un garçonnet, le 11 un enfant de douze ans...

Il s'interrompit de nouveau, souffle court, et son regard obscurci retrouva graduellement vie. De la salive blanchissait le coin de ses lèvres. Il reprit sa position assise, le dos droit, dans le fauteuil. Puis il sortit une batiste de sa manche et s'essuya délicatement, avec grand soin, les commissures.

– Thomas, dit-il dans un soupir, sers nos invités, mon garçon.

Thomas s'empressa de remplir le verre du chevalier, puis se tourna vers Mani toujours planté à quelques pas, entre la table et la chaleur de l'âtre, et l'homme au teint de cuivre mat fit un signe négatif de la tête et Thomas retomba assis et reposa la carafe et referma ses doigts qui tremblaient un peu autour de son verre et demeura ainsi, écoutant de tout son être.

– Il y eut cette même année, et celle d'avant, et celle d'après bientôt achevée, bien entendu, un grand nombre de traques, dit le marquis d'une voix qui donnait pour la première fois des signes de fatigue. Un grand nombre... Les gens des villages en sont autant fatigués, sinon plus, que des crimes de la Dévoreuse. Oui, beaucoup l'ont vue, beaucoup l'ont décrite, beaucoup se sont battus contre elle. On l'a coursée à perdre souffle, bastonnée, lardée de coups de couteaux emmanchés à des bâtons, on lui a tiré dessus... Mais on dit qu'elle ne craint nullement les balles des tireurs...

– Dit-on aussi qu'elle crache le feu ? s'enquit, comme négligemment, Grégoire de Fronsac.

Le marquis prit un temps avant de tirer un sourire malaisé d'entre ses lèvres.

– On doit le dire *aussi*, probablement... J'ai fait établir un mémoire de ses crimes, à disposition de ceux qui veulent la chasser. Vous jugerez sur les faits et les chiffres... puis-je vous appeler Grégoire ? Vous pourriez m'être un second petit-fils.

– Faites, marquis. Je prendrai connaissance de ce document... mais ne suis pas chasseur.

– Je sais, opina le marquis sur une inclinaison de la tête, et tapotant du doigt le coin du portefeuille ouvert : Vous êtes voyageur... et portraitiste.

– Monsieur Buffon m'avait parlé de vingt-huit victimes. À vous entendre, marquis, il y en...

– À m'entendre, Grégoire, nous en sommes à trente-cinq. On ne compte pas dans ce recensement officiel les vagabonds sans nom ni les victimes issues de la crapaudaille dont on n'a pas retrouvé suffisamment de restes pour pouvoir les identifier, et dont personne n'a signalé la disparition. Le comte de Buffon est un grand savant, et je n'ai pas encore pris connaissance du dernier tome de son *Histoire naturelle, générale et particulière,* mais la...

– ... qui n'est pas encore publié...

– ... mais la Bête va plus vite que les courriers et comptables du roi. Hier, c'était cette bergeronnette sur les hauteurs de Saint-Chély, avant-hier elle prenait un gamin du côté de Merçoire.

– Mon grand-père possède réellement les quatorze volumes de l'Histoire naturelle, dit Thomas. Ils sont ici, dans cette bibliothèque !

– Grégoire de Fronsac n'en doute pas, n'en a jamais douté, dit le marquis sur un ton las qui se voulait surtout montrer bon enfant.

Il repoussa son siège et se mit debout. Un court instant il garda cette posture, le dos un peu voûté, appuyé de la pointe des doigts, comme deux éventails ouverts, sur le bord de la table, paupières plissées, en attendant que s'estompe le tournis provoqué par son relèvement trop brusque.

– Je vais étendre sous le plumon cette mauvaise carcasse, dit-il. Et je vous prie, messieurs, d'excuser mon bavardage qui vous a forcés à la veille jusqu'à cette heure avancée, alors que vous ne souhaitiez que vous reposer d'une journée éprouvante. J'ai manqué à tous mes devoirs en ne regardant au plus près que mon seul plaisir de vieil homme solitaire avide de bonne compagnie et de conversation.

Fronsac et Thomas d'Apcher se levèrent et le chevalier assura qu'il avait passé une très agréable soirée, mais reconnut qu'il retrouverait lui-même un bon lit avec plaisir et dans peu de temps. Le marquis s'en fut en agitant les mains au bout de ses manchettes, comme pour y réchauffer la circulation de son sang figé.

Sitôt après que le vieil homme eut quitté la pièce, Mani, sans un mot et sous le regard quelque peu incertain de Thomas, marcha jusqu'à la table et tranquillement prit le verre du marquis dont il jeta la dernière gorgée au sol avant de le remplir à la carafe et de le vider, toujours tranquillement, d'un trait. Cela fait, il adressa à Thomas un grand sourire qui eut sur celui-ci pour premier effet de lui rentrer l'écarquillement dans les orbites et pour second de lui embrouiller un peu l'élocution quand il questionna, comme on se lance dans le vide :

– ... Grand-ppppère m'a dit que vou...vous avez combattu les Anglais en Nouvelle-France ? Vous en avez ramené...

Son œillade glissa, comme s'il ne pouvait pas l'en empêcher, du côté de l'homme au teint de cuivre qui s'était assis du bout des fesses sur la table et qui attendait, bras croisés.

Fronsac sourit. Il ne pouvait s'empêcher de trouver sympathiques le jeune homme et ses vains efforts de discrétion.

– Son nom, dit-il en articulant lentement, est très facile à prononcer : Mani. Je ne l'ai pas *ramené* avec moi : il m'a accompagné. C'est un Indien de Stockbridge, comme on appelle maintenant les siens, mais le vrai nom de son peuple est « Mohican ». Malheureusement, je crains que Mani n'en soit le dernier...

– Je ne voulais pas...

– Je sais, apaisa Grégoire d'une pression sur le bras du jeune homme devenu pâle. Je sais bien... Voyez-vous, je ne suis pas allé combattre les Anglais, ce n'était pas ma mission, même si je suis revenu de là-bas avec le grade de capitaine dans les armées du roi. Un « capitaine fusain »... Je suis allé là-bas pour étudier les animaux au profit de monsieur le comte, déjà... Les animaux... et les « sauvages », oui.

Thomas désigna Mani, d'une nouvelle œillade accompagnant un petit hochement de tête :

– Cette jaquette semble être d'un uniforme ennemi...

– Une veste de grenadier, oui. Le rouge est volontiers couleur militaire, en Angleterre... Je crois que cette veste, pour Mani, vaut bien le scalp du soldat qu'il a dépossédé...

– Le scl...alp ?

– Scalp.

Grégoire expliqua la technique de ce trophée-là.

– Oh, souffla Thomas.

Qui s'en fut vers Mani, main tendue, et le félicita avec chaleur. Mani remercia avec un enthousiasme non moins affirmé, secouant vigoureusement et la main emprisonnée dans les deux siennes et la tête, comme s'il avait compris chaque mot du compliment assené, droit dans les yeux, par le jeune d'Apcher.

Levant haut le chandelier, Thomas accompagna ses hôtes dans le couloir, puis l'escalier, puis un autre couloir, qui conduisait à la chambre, et il semblait ne pouvoir se résoudre à les abandonner... ayant pris en relais, eût-on dit, la faconde de son grand-père. Il ne cessa de jacasser tout au long du parcours irrégulièrement éclairé par des torchères – les courants d'air en avaient soufflé plus d'une –, voulut savoir comment allaient Paris et la Cour, comment se portait monsieur de Buffon, et « comment était » Voltaire, dont Grégoire (qui laissa filer imprudemment la confidence) avait partagé une fois le dîner...

– Dîner avec Voltaire ! Seigneur !... Avez-vous lu son *Traité sur la Tolérance* ? Et *l'Ingénu* ? Avez-vous lu *l'Ingénu* ?

Thomas s'était arrêté une fois de plus, protégeant au creux du bras levé les flammes des bougies couchées par les bouffées de vent coulis – la mauvaise fermeture d'une proche croisée, un des flambeaux qui l'encadraient éteint, n'arrangeait pas la chose.

– N'est-il pas un peu tard pour philosopher ? s'interrogea Grégoire.

À l'instar de Mani qui avait tourné la tête vers la fenêtre, son attention fut attirée par les plaintes au-dehors, derrière le carreau, comme si le vent avait glané dans ses roulades des accents d'humaines douleurs qu'il recrachait sur les murs du château. La lumière tremblante parut soudain creuser des ombres plus dures dans le visage pâli de Thomas. À l'expression interrogatrice de Grégoire de Fronsac comme à celle de Mani, tout aussi demandeuse quoique exprimée par une impassibilité de pierre entaillée par la cavité noire du regard, le jeune homme répondit :

– Mon grand-père a fait ouvrir un hôpital, dans l'ancienne chapelle. On y accueille et on y soigne les victimes de la Bête...

Le râle persistait, enroulé dans le vent, en crescendo hoquetant qui retombait puis reprenait et se reguindait derechef.

– C'est une femme de Lorcières, renseigna Thomas en baissant la voix comme s'il eût craint que Dieu sait qui ou quoi l'entendît et lui fît payer l'indiscrétion. Elle rentrait de la foire et la Bête l'a attaquée sur le chemin. Deux compagnons de la malheureuse lui ont porté secours mais la Bête, avant de s'ensauver, avait eu le temps de lui arracher la moitié du visage...

Grégoire de Fronsac grimaça brièvement. Ils écoutèrent la plainte hachée qui appelait dans la nuit... volait et ricochait bien plus haut, bien plus loin que les murailles du château, des hauteurs de la Margeride à l'Aubrac et jusqu'aux méridionales landes de Sauveterre, que tout le monde entendait et à qui personne ne répondait, sinon le grand vide noir. Le chevalier donna, d'un signe de tête, le signe de poursuivre vers la chambre. Ils y arrivèrent quelques minutes plus tard.

Thomas communiqua la flamme de sa chandelle à celles, une demi-douzaine, des bougeoirs sur la cheminée. Puis fourgonna la braise, y ajouta deux bûches prises à la provision dans le grand panier à côté de l'âtre. Il exécuta tout cela *agitato*, sans cesser de questionner – sur le théâtre, maintenant, depuis qu'il avait franchi le seuil de la chambre. Il voulait tout savoir des comédiennes dont les noms avaient lancé des étincelles jusques en Gévaudan, ce qu'on donnait à la Comédie cet hiver, ce qui se disait par qui et sur qui, et quelles coucheries se mitonnaient dans les coulisses pendant le maquillage... D'une de ses fontes, Grégoire de Fronsac tira l'exemplaire froissé et humide du *Mercure de France* qu'il avait acheté à son départ de Paris, fourra la gazette dans la main libre de Thomas.

– Marquis, dit-il, voilà de quoi satisfaire ta curiosité pour cette nuit... Nous nous verrons demain.

Il avait d'un sourire atténué le congédiement *ex abrupto*, et Thomas le prit bien, ne s'en montra point vexé, avec de la tête, après un temps d'hésitation, un hochement entendu. Sans ajouter un mot, il fit un signe d'au revoir en agitant la gazette, et s'en fut.

Un moment, bouche bée, Grégoire regarda comme s'il n'y pouvait croire la porte refermée – comme s'il craignait surtout qu'elle se rouvre. Mais le vantail semblait bel et bien clos. Grégoire s'en approcha, tourna la clef dans la serrure, se retourna vers Mani. L'Indien de Stockbridge ne riait pas. Son regard achevait de prendre contact avec la pièce et ses palpitements d'ombre et de lumière, et il n'échangea qu'un coup d'œil rapide avec le chevalier. Il alla se placer devant la fenêtre, dont il déverrouilla et entrebâilla la croisée. Le vent miaula plus fort, s'infiltra dans la pièce et toussa dans l'âtre qui s'enfuma.

– Mani... dit Grégoire sur un ton suppliant.

Il alla au premier lit, celui de camp qui avait été ajouté à l'ameublement de la chambre, s'assit dessus et s'y laissa tomber sur le dos dans un grand bruit de sangles grincheuses.

– Mani, ferme cette fenêtre... avant qu'on gèle... je te prie...

Mani réduisit légèrement l'entrebâillure. Il scrutait et écoutait le dehors et flairait, narines frémissantes, les odeurs de la nuit pluvieuse tout embrassée de vent. Le plainte de la femme monta de nouveau, criarde et hachée, se tendit, cassa.

– Beaucoup... dit Mani. Beaucoup...

Il chercha les mots, dans la langue qui n'était pas la sienne.

– Beaucoup de forces... mauvaises forces.

Il se tourna vers le chevalier, et le chevalier dormait tout habillé sur le lit de sangles.

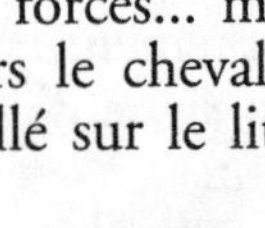

L'orage revint au cœur de la nuit.

Le tonnerre s'écroula comme une avalanche de rochers, l'éclair battit de ses ailes blanches métalliques dans la chambre et Grégoire cria, dressé sur sa couche, réveillé en sursaut et dépouillé d'un seul coup de son rêve.

L'autre lit était vide, les chandelles éteintes, les bûches réduites en cendres qui voletaient dans l'âtre contre la taque.

Et la pluie en rafales fouettait en cliquetant l'appui de pierre de la fenêtre grande ouverte.

4

La pluie s'était arrêtée en bout de nuit. Là-haut, pas si haut, un fort courant de tramontane charriait les nuages de coton sale avec une belle énergie, sans hésitements, alors que la traîne de ce vent au ras des genêts jusqu'aux cimes des arbres sautait par-ci, par-là, sans savoir quelle direction prendre, comme un chien qui tournaille et mulote. Les brumes stagnaient en bandes épaisses entre sol et nuages, et s'étrillaient aux flancs des serres profondes comblées de lents silences qu'elles remontaient vers la clarté du jour, un nouveau jour encore, revenu. La pluie avait laissé ses flaques, dans le moindre creusé de roc ou de terre, à l'aspect velouté couleur isabelle qui se barbouille en remous de boue quand on y racle du bâton et dont la surface se frisottait au plus léger courant d'air. Chaque pierre, chaque affleurement de roche, était une dépouille de frisson.

Aux aboiements qui montèrent soudain de la brume, Soisette tressaillit. Elle s'arrêta, écouta.

– J'm'en doutais qu'ce s'rait par là ! grommela-t-elle pour elle-même.

Et se remit en marche, hâtant le pas.

C'était une fille forte et membrue, large de hanches et d'épaules, avec une vaste poitrine qu'elle enveloppait à deux poings serrés dans les pans croisés de son châle. On lui prédisait d'un air entendu qu'elle serait bonne pondeuse de beaux et nombreux enfants, et on disait à Jaquout Arijac, le fils du grand, de Rimeize, qu'il aurait de quoi se remplir les mains, et puis on ajoutait qu'il lui faudrait sans doute apprendre à être plus taiseux, parce que d'elle, c'était sûr, il n'aurait pas facilement le bout de la langue – Soisette et Jaquout se mariaient avant Noël.

Elle cria :

– Me v'là ! J'm'en viens !

Bougonnant dans son fichu, elle allongea ses enjambées. Le talon de ses pieds nus rougis et marbrés de crasse claquait dans les sabots, et les sabots sur le sol pierreux. Sa jupe et son manteau de gros drap battaient ses jambes avec un bruit de glissements saccadés.

Les aboiements, là-bas, continuaient de piocher dans la barre de brouillard immobile. Depuis un moment, le village n'était plus visible, caché par la brume accrochée aux halliers du fond des pentes. Soisette savait exactement où se trouvait le chien qui avait retrouvé le bestion disparu – ce qu'elle ne comprenait pas, c'était pourquoi et comment celui-ci était allé se planter là. Elle se disait que son égarement remontait peut-être déjà à la veille, qu'avant la nuit, déjà, il était peut-être séparé de sa mère, et que, l'orage et les bourrasques aidant, ni le chien ni elle, et encore moins Jaquout venu lui tenir compagnie sous l'orage dans la bergerie de lauzes, n'avait remarqué l'absence de l'agnelet. Le chien avait commencé de s'agiter en chignant sitôt après le départ de Jaquout dans les buées expirantes de l'aube frisquette.

– J'viens, que j'te dis ! lança Soisette. J't'entends, Loupi !

Loupi l'entendit de son côté et le lui fit savoir en jappant sur un ton plus léger.

Dans le silence qui suivit, elle perçut les bêlements assourdis. Elle grommela encore et se mit à courir en resserrant son châle. Le froid, à chaque pas, lui léchait plus haut les cuisses sous les jupes, et elle le sentait à travers son caraco, aux coutures éclatées des épaules de sa casaque. Soudain, il lui parut que le claquement de ses sabots prenait une ampleur inaccoutumée, comme si elle eût été brusquement seule à marcher quelque part, éloignée de tout, au centre de l'informe et trop vaste matin. Comme si le bruit de ses sabots claquant la terre mouilleuse était unique à s'élever aux oreilles tendues du monde. Elle frissonna, dans l'air plus froid qui n'était pas en cause...

Elle aperçut le chien comme elle s'y attendait et où elle le supposait : au bord du ravin qui longeait le sentier pentu et que les pluies récentes des premières attaques automnales avaient creusé davantage. Loupi, plus gris que noir dans la brume rasante, battit de sa queue panachée, donna un coup de gueule. Le bêlement monta du trou en contrebas.

– Vos gueules, j'suis là ! jeta Soisette d'une voix cassée qui ne voulait pas alarmer l'improbable parage.

De nouveau, aussi bien la gueulée du chien que le chevrotement sourdant de terre, et par là-dessus sa propre injonction, lui parurent considérablement criards.

Des tressaillements la secouèrent et lui claquèrent les dents sans qu'elle pût se contrôler.

– Ça va bien, Loupi, souffla-t-elle, apaisante, en tapotant la tête humide et hirsute du chien, au-dessus du collier clouté. J'suis là...

Loupi émit de brefs gémissements inquiets.

– Bougre d'animal, maugréa avec compassion la bergère penchée sur le ravin en découvrant l'agnelet tombé dans les ronces et la broussaille. J'vais te prendre, ferme-la, maint'nant.

Les bêlements du petit animal redoublèrent de désespérance ; il voulut s'extraire du roncier, ne fit qu'y retomber mieux et au plus profond, s'emberlificotant pattes et ongles, poussant des cris qui seraient mieux tombés de la gueule d'un grisard en rut. Soisette jura entre ses dents, enleva ses sabots, noua solidement son châle par-dessus la casaque et cracha dans ses mains. Ses pieds nus plantés dans la boue, s'agrippant aux racines qui jaillissaient ici et là du terrain effondré, elle descendit au fond du trou.

L'agnelet ne braillait pas moins fort en la suivant des yeux, comme si c'était maintenant d'elle, qui risquait de se casser le cou pour le tirer de son mauvais pas, qu'il avait le plus peur. Elle fut au bas de la ravine, dans les ronces et les rachées déracinées. Saisit l'agneau après s'être assurée qu'il n'avait rien de cassé – plus de peur, atrocement exprimée par ses braiments, que de mal – et le serra contre elle : il se calma à la seconde et fourra le museau dans son cou. Le contact chatouilleux fit glousser Soisette. Elle avait gardé sourire aux lèvres, tête levée vers les grondements du chien. Mais le chien n'était pas visible, en retrait de l'arête du ravin qui se découpait, nue, luisante de pleurs boueux, sur les lambeaux de brume et, au-delà, les nuages. Le sourire de la bergère s'effaça.

– Loupi ! appela-t-elle.

Ou, plus exactement, prononça-t-elle, d'une voix qui s'élevait à peine au-dessus du chuchotement et n'atteignit pas, certainement pas, le haut du ravin.

Loupi gronda encore.

Muette, pétrifiée, la bouche ouverte, elle se tenait les yeux levés vers le bord du ravin et une chaleur sournoise se glissait sous sa peau, piquante dans le dos, chatouilleuse en goutte de sueur dans la fente de ses fesses.

Au grondement de Loupi s'ajouta un autre grondement. Ni plus mauvais, ni plus hargneux, et si peu différent que, durant un court instant suspendu, Soisette ne s'en rendit pas compte, ne le remarqua pas, ne l'entendit ni en tout cas ne l'identifa comme étant émis par une autre gorge que celle apeurée du corniaud.

Puis elle le réalisa.

Alors elle reconnut enfin pour ce qu'il était, sachant d'où il venait, le glacement qui montait en elle et qui s'était préparé à lui refroidir les sangs depuis lontemps, tapi aux alentours et la guettant déjà quand le bruit de ses pas avait semblé monter d'une autre marche que la sienne comme des échos ricaneurs à la retombée d'une précognition moqueuse.

Le grondement se fit très évidemment distinct d'un aboi de bâtard prêt à être craché. Il ne provenait pas de la crête de l'à-pic.

Soisette tourna la tête, aussi lentement ou aussi vite qu'elle ne savait plus si elle pouvait mieux faire l'un que l'autre.

Le ravin, au fond duquel elle se tenait agenouillée avec l'agneau qu'elle pressait embrassé contre sa poitrine, suivait le chemin écroulé sur une trentaine de pas et formait une faille dont la largeur, du bas de l'éboulis au pan rocheux opposé au-delà des broussailles, ne s'élevait pas à plus d'un jet de grosse pierre.

Les yeux rougis étincelants la fixaient à travers les feuilles brouies du taillis que les ronces hachuraient.

La peau de son visage et de son ventre et de ses seins s'étrécit. Elle ouvrit grande la bouche, dont il ne voulut rien sortir d'autre qu'un pauvre béguètement sans force, un mauvais bruit informe de raclement hoqueté, et les yeux la fixaient, ils clignèrent, et elle entendit de nouveau gronder la présence assombrie, massive, dans les feuillages enguenillés des freluches de la nuit orageuse, gronder et respirer, tandis que tout ce qu'elle avait entendu dire, que tout ce qu'elle avait dit elle-même, tout ce qu'elle avait vu de près ou de loin s'accordant à l'horreur qui broussait dans la montagne, des vallons creux aux sommets (comme si désormais tout était livré aux chasses et battues de cette horreur depuis sous la pierre jusqu'aux pendouilleries des nues déchiquetées jour et nuit d'ici jusqu'à vauvert), tout cela s'effrita et s'écroula en elle-même, l'ensevelit en elle-même, dans une grande vibration de roc, un grand frisson de séisme. Et soudainement elle n'était plus qu'un vide béant dans lequel se précipitaient les cataractes sans fonds ni sources de l'épouvante. Et la chaleur coula de son ventre le long de ses cuisses, elle se dit non, elle cria non non, par pitié, mais sans doute ne criait-elle pas, et alors qu'au-dessus du ravin le chien ne grondait plus mais jappait de la même terreur, et alors que dans ses bras l'agneau qu'elle serrait bien trop fort s'était remis à bêler de désespoir et à s'agiter et à vouloir s'échapper, cognant de son museau au creux de son cou puis dans son visage et sur sa bouche et son nez, agitant les pattes et cherchant à s'appuyer des sabots sur la poitrine de la jeune femme, alors, durant puis après tout cela, elle se dressa, elle fut debout sur ses jambes chaudes et glacées qui tremblaient dans les plis lourds de la jupe souillée de boue et d'urine, et jeta l'agneau comme s'il n'eût été brusquement qu'une innommable chose répugnante, et volta sur ses talons dans la boue, se lança contre la paroi qu'elle heurta rageusement, de toutes ses forces, crochant des mains, des pieds, des genoux, tandis que le chien gueulait à la mort au-dessus de sa tête et que l'agneau braillait, et des branches du taillis crevé jaillit la masse sombre et son hurlement, griffes et crocs découverts hors du poil et de la chair.

5

L'odeur, surtout. Plus encore que ce qui se voyait ou s'entendait : ce qui se respirait. Une odeur serrée de bouc et de moisissure, de terre mouilleuse, de paille froide, de camphre et d'onguents, et, sur tout cela, stagnant et flottant, les fumées montées de ces coupelles à trépied de fer, ajourées, qu'on appelait *braceros* en Navarre, dans lesquelles palpitaient des braises et se consumaient des poignées de plantes médicinales aux fragrances supposées assainir l'air ambiant et en éloigner le mal respirable comme on le faisait durant la Grande Peste. La maison de charité du marquis puait singulièrement, tout autant sinon mieux qu'un véritable hôpital.

C'était une des chapelles du château désertée par les manifestations de la piété très relative et très fatiguée du propriétaire. L'autel de pierre avait été démonté, les murs tendus de lais de bisonne grossièrement cousus que les quelques vitraux non descellés coloraient de moirures à hauteur des fenêtres étroites. Le crucifix du chœur et quelques saints de bois avaient été gardés en place, pour le réconfort des alités alignés sur deux rangs. Le sol dallé était couvert de paille – que l'on changeait chaque septénaire, avait annoncé le père George sitôt la porte franchie et comme si c'était là, de tout un éventail de preuves à portée, le meilleur argument qu'il eût trouvé pour convaincre de l'indiscutable salubrité des lieux.

Mais l'odeur...

Le curé n'en était visiblement pas dérangé. Pas plus que les malheureux couchés en chemise, quelquefois dans leurs vêtements du quotidien, pantalons et bas y compris, généralement une partie du haut du corps ou les jambes, quand elles étaient visibles, bandées de pansements rougis, grelottant de fièvre sous des couvertures à l'évidence moins souventement changées que la paille du sol (en tout cas le père George n'en avait rien dit).

Le fusain poudrait sur des traits imprécis, sans vigueur, dans les doigts hésitants de Grégoire de Fronsac. La feuille pincée sur la plaque de carton épais s'engrumelait et grisait après les nombreuses retouches et les estompages qu'il avait effectués du tranchant de sa paume mâchurée. La bête gueule béante qu'il essayait de représenter ne ressemblait à rien de ce qu'il avait pu rencontrer sur les terres du vieux continent ou celles d'Amérique, à rien qu'il eût observé de ses yeux ni qu'on lui eût raconté ni de ce qu'il eût entendu dire, et pourtant ce n'était pas là-bas les loups, les ours, grizzlys, lions des montagnes, pumas et autres gloutons qui manquaient.

Il se tenait accroupi, posé du bout des fesses sur le bord du châssis d'un lit vide, le carton à dessiner tenu d'une main, incliné et appuyé sur ses cuisses. Le curé, installé à côté de lui sur un tabouret de traite à un pied dont il s'était muni à l'entrée, scrutait celui qui leur faisait face – un gamin assis sur sa couche dans une posture tassée, la tête calottée de bandages et les bras maillotés comme ceux d'une momie – et ne le quittait des yeux que pour lorgner aux quatre coins de la salle, comme s'il redoutait quelque réaction inopportune des grabataires, ou pour jeter de fréquents coups d'œil, arrachés à sa discrétion par une curiosité irrépressible, sur le travail du dessinateur. Grégoire accentua dans le grisé des gommages la ligne allongée du museau, l'arrondi écarquillé des naseaux.

Dans son dos, l'occupant du lit voisin bougea, se tourna sur le côté, et on aperçut sous la couverture écartée le sommet d'une tête pansée et des cheveux en toupets jaillissant du bandage, et la brillance d'un œil dans le sombre sous les plis. Grégoire à son ouvrage ne remarqua point ce mouvement – comme sans doute il s'astreignait à ne remarquer de son environnement davantage que ce qu'il en avait vu à son arrivée dans la salle, quand il en avait fait le tour et la visite, guidé par le curé.

– Tu regarderas bien, Zacquot, souffla le curé d'une voix que le défaut de prononciation adoucissait encore.

Jacquot regardait les doigts du prêtre triturer machinalement le crucifix de bois et de métal pendu à son cou au cordon de coton tressé.

Le curé réitéra la recommandation dans le patois du garçon, et celui-ci répondit en hochant docilement la tête :

– *La bestia es grosa...*

– Oui, Zacquot, blésa le père George. Sjois pasjient. Le cevalier n'a pas fini de desjiner...

– ... *como un vaca.*

– Azzends, oui, azzends un pzeu, calme-toi, Zacquot...

Et Grégoire hachurait, s'efforçant de donner à son trait la légèreté et la précision requises, repoussant la tentation montante d'appuyer trop sur son fusain et de violenter la feuille et le charbon friable par réaction à l'ambiance du lieu. Il évitait de lever le nez sur le garçon aussi bien que sur le curé, sur le proche alentour de paillasses et jusques aux murs de la chapelle que seul désormais sanctifiait le malheur et que les tentures de toile grise, éclairées à la fois du dehors par les vitraux des fenêtres voilées et du dedans par les braises fumeuses des *braceros,* chargeaient d'une atmosphère d'autre monde vibrante et félissante [1] de respirations rauques qui suintaient partout.

Bon Dieu... songeait Grégoire de Fronsac tout en cherchant à déranger sous le papier le monstre caché.

Tremblant et fébrile.

Et redoutant tout à coup de n'être donc sur terre *que* pour accomplir cette œuvre-là – réprimant l'amer sourire que provoquait une telle

1. Félissante : de félir, gémir, souffler en menaçant à la manière des chats.

éventualité. Car après tout il n'avait pas fait mieux, durant ces années d'aventure en Nouvelle-France qui en avaient vu mourir tant d'autres avec et derrière Montcalm, eux qui n'avaient de meilleurs quartiers qu'un cœur battant et du sang sous la peau, et vu tomber Québec et Montréal et les forts sur le fleuve et autant dans le profond pays, se faire et se défaire les accointances des Français ou des Anglais avec les peuples autochtones, durant ces années lointaines, les unes après les autres. Jusqu'à ce qu'un ministre de la Marine néglige d'ordonner à temps le départ de frégates vers la Baie des Chaleurs dans la bouche du Saint-Laurent, sur l'autre bord de l'océan (mais bien sûr cela n'eût rien changé), tout en déclarant, au cœur des tempêtes qui secouaient la métropole, qu'on ne « s'occupe pas des écuries quand le feu est à la maison », et puis jusqu'à ce que soit paraphé, au bas d'un traité de papier, le signe qui ferait fondre définitivement dans les mémoires, sans qu'on s'y attarde davantage, les quelques arpents de neige d'une sauvage colonie morte qui n'était plus de France, un jour de février 1763.

Il n'avait fait que cela, assurément, pour la science et monsieur Georges-Louis Leclerc, comte de Buffon : courir les bois et se tenir à l'affût des heures et des jours et même des nuits durant, pister des animaux dont le nom seul prononcé dans la langue algonquine mohican vous horripilait délicieusement la nuque et les avant-bras, s'entendre raconter et traduire par un truchement bois-brûlé certainement plus sauvage que les natifs qu'il traduisait (et parfois de la Ligue iroquoise « adverse ») les us et coutumes et habitudes d'une bête inimaginable, incroyable, avant de l'avoir vue. Il n'avait rien fait d'autre que tenir sa curiosité toujours en éveil, la garder toujours moins dormante, en faire une fringale toujours plus aiguisée qui ne pouvait être assasée que par ce nourrissement-là, tandis qu'autour de lui les hommes s'écharpaient, s'étripaient, se scalpaient pour quelques monnaie, se rôtissaient et se faisaient sauter les yeux d'un coup de pouce et se coupaient en morceaux sur tous les tons du massacre.

Attraper la bête jamais vue et en faire le portrait. Grégoire sourit.

Où était passé Mani ?

Le sourire retomba à peine esquissé.

Le *Peau-Rouge* (comme on nommait ordinairement ceux de son peuple, quand on ne disait pas « sauvage ») avait quitté la chambre dans le courant de la nuit, empruntant probablement la fenêtre... qui ne se trouvait qu'à deux étages au-dessus de la cour. Le jointoiement en creux du parement de granit permettait à un homme agile de s'y déplacer aussi bien vers le haut que vers le bas. Au matin, il n'avait pas reparu, son cheval à l'écurie, et personne parmi les valets et gens de service du château n'avait été capable de renseigner Grégoire sur ce que pouvait faire Mani, personne ne l'avait vu, et pas davantage le marquis et son petit-fils en compagnie de qui Grégoire avait dévoré une volaille arrosée de vin clair – mais il n'avait pas interrogé ses hôtes, au contraire, c'étaient eux qui avaient demandé, et il avait répondu avec désinvolture quelques banalités sur les habitudes de l'homme du Nouveau Monde qui aimait à se familiariser seul avec la nature d'un nouvel endroit où « trouver sa place »...

Des mouvements accompagnés de froissements perçus du coin de l'œil et de l'oreille firent lever la tête à Grégoire. Il vit que plusieurs blessés ou malades s'étaient levés de leurs couches et s'approchaient avec prudence, une lente circonspection pesant dans chacun de leurs gestes... ou leur état physique ne leur permettant tout simplement pas meilleure vélocité. Le garçon assis face à lui qui croisa son regard l'interpréta comme un signe et se mit à patoiser d'une voix sourde :

– *Grosa como un vaca. Ei visti plan de lops. La bestia es pas un lop ! Avia la gola enorme, alongada, e las dens coma de cotels !*

– Zacquot a vu de nombreux loups, traduisit le curé. Vmais la vête qui l'a azzaqué z'est pas vun loup. Elle avait ve muveau allonzé, des zents comme des gouzaux...

Les blessés entouraient le chevalier dessinateur. Leurs silhouettes, en longues chemises, en blaudes, pansées à la tête, au cou, aux bras ou aux jambes, reniflantes, la respiration forte, heurtée, se penchaient sur lui et lorgnaient son esquisse. Jacquot les imita, s'inclina vers le portefeuille en direction duquel il tendait sa main bandée, et demanda :

– *Fai me veire...*

Grégoire lui fit voir. La Bête, large poitrail, museau de loup démesurément allongé, jaillissait du papier mâchuré par les gommages sucessifs, comme d'une brume. Le cri rauque, derrière lui, fit sursauter Grégoire, qui ne put contenir une exclamation de surprise effrayée en se trouvant nez à nez avec l'apparition barbulée de cheveux hirsutes et au chef couvert de bandages qui ne laisaient entrevoir que les yeux et la bouche. La forme enveloppée dans la couverture était lourdement féminine, à peine humaine la voix qui râlait et hoquetait son épouvante, d'un autre âge le regard exorbité qui fixait le dessin par la vue de ce heaume informe de bandelettes. Pas étonné ni dérangé par la crise, le curé s'employa à calmer la malheureuse pour qui, à l'évidence, l'évocation crayonnée ne mentait pas, lui fourrant son crucifix dans les mains et jabotant des apaisements et des bouts de prières dans un patois ou un latin que le vice de prononciation fondait en une langue toute personnelle. Les quatre ou cinq curieux déguenillés ne parurent pas plus alarmés par la manifestation. Ils approuvaient, ou bien gardaient silence mais ne réfutaient pas, quand Grégoire tournait vers eux le dessin. À Jacquot, le chevalier demanda :

– Mais alors... si ce n'est pas un loup... qu'est-ce que c'était, d'après toi ?

La réponse fusa comme un crachat :

– *A diablo !*

– Il ezazzère, fit le curé. Dzieu lui pardzonne.

– *A diablo!* s'obstina le garçon.

Et si les autres présents ne l'approuvèrent pas de vive voix, il ne s'en trouva aucun pour en requérir à son endroit, à l'exemple du curé, le pardon divin.

Grégoire les remercia. Il posa sur le dessin un papier de soie protecteur et referma le carton. Il replaçait le fusain dans son plumier de cuir quand Thomas d'Apcher poussa la porte de la chapelle-hôpital.

Le jeune marquis entra, fit deux pas. Il n'avait pas refermé le battant derrière lui et se silhouettait dans sa cape de noireté sur la grisaille extérieure du jour, tête nue, la chevelure libre auréolée de gouttelettes de lumière. Il scruta la pénombre odorante comme s'il n'osait point s'y engager plus avant, appela, quand il l'eut aperçu :

– Chevalier!

Grégoire salua autour de lui le curé et ses patients, rejoignit en quelques pas le jeune marquis qui l'entraîna dehors sans le laisser souffler, ferma la porte et annonça :

– La Bête a tué une fille du côté de Saint-Alban.

Grégoire avisa Mani qui s'approchait, à l'autre bout de la cour, venant des écuries et menant à la bride leurs montures sellées, la jument rouanne de Fronsac harnachée de ses fontes. Le cheval du marquis attendait, devant la chapelle, tenu par un valet en sabots. Un accablement furibond marquait le visage blême de Thomas. Se coiffant du capiel de feutre qu'il triturait nerveusement à deux mains, il dit :

– Je vous mène. Venez.

Le chevalier acquiesça.

Mani était arrivé devant la chapelle d'où s'élevait de nouveau la crierie de la femme au visage complètement bandé. Il ne semblait nullement fatigué, ni marqué d'aucune façon par ce qu'il avait fait durant son absence nocturne jusqu'à ce moment du matin. Il échangea avec Grégoire un regard qui ne cillait pas, lui tendit la bride de sa monture, et Grégoire remarqua le harnachement fait et la sacoche contenant son matériel d'études bouclé derrière le troussequin.

– J'ai vu Mani au pont d'entrée du château, dit Thomas. Les gens avaient à peine annoncé la nouvelle.

Comme s'il se fût senti obligé de fournir quelque explication, quelque rassurement, après le premier déjeuner de la matinée où il avait sans doute senti la préoccupation de Grégoire...

– Merci, Mani, dit Grégoire en prenant les rênes.

Il ouvrit la plus large et plate des sacoches et y plaça le portefeuille de dessins, referma et boucla le rabat. Tendit la main vers l'autre sacoche.

– Tout est là, dit Mani.

Grégoire retira sa main, qu'il posa sur le pommeau.

– Bien sûr, dit-il.

Il mit le pied à l'étrier et s'éleva en selle.

– Bien sûr, dit Mani.

L'Indien de Stockbridge, un des derniers peut-être de son peuple, attendit que le chevalier s'élance à la suite de Thomas d'Apcher pour talonner à son tour.

Le pantre qui les guida au ravin s'était détaché de ceux qui attendaient, avec des femmes et des enfants, sur la grande butte après la gariotte de pierres sèches et de lauzes. Les moutons avaient été rassemblés dans l'enclos de derrière, gardés par une poignée de trousse-pets juchés sur les caillasses comme des friquets aux plumes rebroussées par le vent, l'œil sombre, les joues sanguines et la morve au nez dans la lucarne des capuches rabattues, la « bayonnette » de trois fois leur taille en mains. Le Jacquout, de Rimeize, le fils du grand, était là lui aussi, sans veste ni manteau ni cape, ni même un gilet de peaux de mouton cousues, dans sa chemise qui lui claquait le dos, trempé, la tignasse et la barbe fouettées dans un même échevellement, debout seul à l'écart de tous, comme le premier malheur du monde offert aux sautes coupantes de la burle.

L'homme n'eut pas à parler. Il s'était essoufflé à courir devant les chevaux. Il indiqua d'un regard la crevasse qui emportait à chaque printemps un peu plus long du sentier, prit au mors le cheval de Thomas, premier à terre et qui courait vers le bord du dévers.

– Ne cours pas ! Attends ! intima Grégoire en descendant de selle à son tour et en même temps que Mani.

Thomas se figea.

– Les empreintes, dit Grégoire en désignant la proximité d'un geste large.

Le jeune marquis approuva d'un hochement de tête, gardant une posture qui incarnait la précaution exemplaire, non seulement le geste et le pas suspendus mais les lèvres serrées, comme si un mot, un seul, ou un souffle de trop, eussent pu risquer de faire disparaître les empreintes que Grégoire comptait bien relever.

Mani ne fit que jeter un coup d'œil au fond du ravin. Il revint à son cheval à trois pas de là, tourna une rêne autour d'une branche de la charmille rase qui bordait le petit talus au-dessus du sentier, traversa le hallier et s'en éloigna, d'un pas alenti, dans le pré. Il s'arrêta et leva les yeux, tendit l'oreille aux croassements d'une bande de freux qui se laissaient glisser sur les pentes du vent dans le haut ciel. Il ne bougeait plus. Plus immobile, au travers du taillis maigre, qu'une souche droite déracinée

Il pleuvinait sur le ravin désert. En scrutant le creux découvert et les broussailles de l'autre bord, on y trouvait bien quelques traces, quelques marques dans la terre boueuse, et des ronces froissées, des rameaux brisés – sans plus.

Grégoire échangea un regard circonspect avec Thomas, regarda du côté du pantre qui, lui, regardait du côté de Mani... Il soupira.

Certes, oui, le sol était couvert de traces.

Des traces de bottes.

Grégoire jura entre ses dents. Les précautions dont il usa pour descendre au creux de la ravine garantissaient surtout son équilibre et ne considéraient plus aucunement la protection d'hypothétiques empreintes... Au fond de l'excavation, il fureta ici et là. Trouva ou crut trouver du sang sur des feuilles déchiquetées, mais rien n'était moins sûr et il avait suffi d'un lèchement à la pluie si peu rude, pour relaver les rameaux encore feuillés et rincer la gadoue. Bien sûr, c'était ici que la pauvre avait été attaquée par la Bête, mais les signes du drame s'étaient envolés, son corps avait bel et bien disparu.

– Où l'a-t-on emmenée ? demanda Grégoire en grimpant le talus.

Le marquis lui tendit la main, et annonça :

– Julien dit que des soldats et des gens, mais des soldats surtout, sont venus.

Julien était le pantre qui gardait les chevaux. En entendant son nom, il tourna la tête, soutint le regard de Grégoire et acquiesça – puis reporta son attention au-delà du taillis creux.

– Des soldats *surtout*? demanda Grégoire.

Le pantre opina du chef, cette fois sans prendre peine de regarder celui qui interrogeait. Il ne quittait pas des yeux la silhouette dans le pré, au-dessus de laquelle tournoyaient en silence les corbeaux.

– Salepeste! gronda Grégoire. On peut décidément faire confiance à la soldatesque pour s'asseoir quand même et malgré tout dans un fauteuil bien trop peu large pour y fourrer son large cul.

– Vot' valet vous fait signe, mon monsieur, signala Julien.

Mani, effectivement, agitait la main – mais pas plus à l'attention de Grégoire qu'à celle de n'importe qui, ou quoi...

– Ce n'est pas mon valet, dit Grégoire en passant à hauteur du paysan.

Thomas d'Apcher le suivait à deux pas. Au bruit mouillé des bottes foulant cailloux et gazon, les mains de Mani cessèrent de s'agiter, ses bras retombèrent le long de son corps, et ce fut là, uniquement, ce qu'on aurait pu traduire comme une réaction, la seule, à l'approche des deux hommes. Il fit quelques pas, posant ses pieds avec grande prudence, grande précaution, prenant garde eût-on dit à ne pas déplacer la moindre brindille. Il y avait presque de la violence dans sa façon de regarder le sol, de le fixer, et son chapeau comme une vaste capeluche évoquait le dos voussé d'une quercerelle à l'affût. Puis il s'accroupit. Son souffle, qu'il avait contenu, fusa entre ses lèvres, ses épaules s'affaissèrent lentement. Il fit signe de s'approcher aux deux hommes qui le suivaient.

L'empreinte était très nette, au bord d'une langue de terre pelée molle et rouge, parmi d'autres traces éparses qui n'étaient que des griffades ou comme ces écorchures dans le gazon becqué par des migrettes.

– Seigneur... souffla Grégoire en s'accroupissant à son tour.

Thomas d'Apcher avait pâli. Aucun son ne sortit de sa bouche ouverte.

Après avoir examiné longuement l'empreinte nette et profonde que la pluie noyait en partie, Grégoire dit à voix rauque et basse :

– Ce n'est pas un loup. Je n'ai jamais rien vu de pareil.

– Un grand et gros loup... suggéra Thomas par-dessus l'épaule du chevalier accroupi.

– Non, dit Gregoire. Ni grand, ni gros, ni monstrueux. (Il expliqua, tout en suivant du doigt sans le toucher le contour de l'empreinte :) Les loups ont cinq doigts aux pattes antérieures, quatre doigts aux postérieures, comme tu le sais. Mais regarde : c'est une empreinte presque deux fois large comme ma main, ce loup-là pèserait deux cents livres, et les ongles n'en sont pas, mais plutôt des griffes. Et combien de doigts, j'ai beau regarder, je n'en trouve que trois. Trois doigts griffus... oui, ces marques-là sont des marques de griffes... avec en plus cette pointe au talon, une sixième griffe en ergot... Ma foi, non, je n'ai jamais rien vu de pareil...

Il ouvrit sa sacoche et en sortit un léger matériel que Thomas protégea du vent mouillé sous un pan écarté de son manteau. Un petit pain de cire, une bougie, des carrés de chiffons de différentes toiles. Avec une brindille, Grégoire commença par entailler le bord le plus bas de l'empreinte, très précautionneusement, pour en évacuer l'eau, ensuite il sécha au mieux, par capillarité, ce qui restait d'humide dans le creux de terre, avec infiniment de délicatesse, utilisant un, puis un deuxième, puis un autre chiffon. Le plus laborieux fut de battre le briquet et d'allumer la bougie puis de garder la flamme sous la cire pour en fondre ce qu'il fallait, c'est-à-dire tout le pain, remplir la trace et en faire un moulage complet.

Le paysan s'était approché avec les chevaux et il avait attendu à quelques pas, s'efforçant d'apaiser les bêtes qui manifestaient leur inquiétude par des ronflées incessantes – il tenait par les rênes les montures du chevalier et de son hôte, mais ne s'était pas occupé de celle de Mani, restée au sentier. D'autres pantres s'étaient progressivement et timidement approchés, s'étaient rangés sur le bord du hallier et au creux de la sente, regardaient en silence, sous le crachin porté par les bouffées de vent, et sans comprendre, ce que faisaient les deux hommes d'allure étrange qui accompagnaient le jeune marquis.

Mani n'avait pas assisté à l'opération de moulage. Se redressant, il s'était éloigné de plusieurs pas dès que Grégoire avait commencé son travail. Les corbeaux volaient alors dans le ciel, poussant de loin en loin un cri grasseyant, ensuite ils s'étaient tus mais avaient continué leurs planements, leurs plongements, comme une ronde de guet, dans les courants de l'air.

Quand Grégoire eut terminé le moulage de l'empreinte, qu'une fois celle-ci solidifiée il l'eut enveloppée dans un papier de soie d'abord, des chiffons ensuite, puis placée dans sa sacoche, et quand il eut rangé son matériel et se fut remis debout, les corbeaux recommencèrent à croasser vigoureusement. Il se produisit une chose étrange : de trois ou quatre, ils furent soudain, surgis des nuages ou de quelque mystérieuse faille dans le fond du ciel, une douzaine au moins, et sans doute plus encore. Mani avait retiré son chapeau et, la tête relevée, écoutait les oiseaux. Le vol tournoyant descendit vers le pré. C'était maintenant une véritable nuée qui remplissait, eût-on dit, tout le ciel – et peut-être était-ce effectivement la réalité, non pas seulement une impression. Mani se mit à marcher de long en large, les yeux levés vers les oiseaux ou le regard parcourant les traînées de brouillasse sur les hauteurs des environs écrasées par le ciel. Les traces, les signes qu'il semblait chercher et attendre, ne se trouvaient plus au sol.

Les paysans sur le sentier avaient, pour une partie d'entre eux, reculé, tandis que les autres, serrés en un groupe de quatre ou cinq hommes et femmes sous une pèlerine tendue à bout de bras, semblaient se tasser davantage chaque seconde, courber la tête et les épaules et, progressivement, s'enfoncer dans le sol, mitraillés par les cris des corbeaux.

Thomas d'Apcher ouvrit la bouche, pour exprimer sans doute sa stupéfaction, mais Grégoire l'en empêcha en posant la main sur son bras. Ils regardèrent faire Mani. Et Mani s'arrêta de marcher brusquement et se tint debout face au grand charpène défeuillé qui dépassait du hallier, en haut duquel était perché un corbeau esseulé, immobile et noir comme un trou, que le balancement de la cime, semblait-il, n'affectait même pas. Mani et le corbeau se regardèrent sous les criailleries de la horde volante et quelque chose, une froidure, un souffle différent de celui que la galope venteuse exhalait, traversa les lieux. Alors le freu ouvrit les ailes et prit son vol, coupa le vent et se posa sur le poing soudain levé de Mani, comme l'eût fait un faucon sur le gant du chasseur. Et ceux qui regardaient, Grégoire de Fronsac et Thomas d'Apcher, les pantres de montagne rassemblés sur le sentier et le long de la haie, celui qui gardait les montures, tous virent l'homme marcher à grands pas, dans une main le chapeau dont il se battait la cuisse, sur son poing le corbeau, le virent traverser les buissons et puis les retraverser, à cheval, chapeauté, rênes aux poings, et le corbeau se mêla aux autres oiseaux et les entraîna derrière lui.

– Vite ! pressa Grégoire.

L'instant suivant, ils étaient en selle et talonnaient.

Ils ne rejoignirent Mani qu'une fois celui-ci arrêté, aprés qu'ils eurent chevalé durant une bonne demi-lieue de France à travers pâtures et taillis. L'un et l'autre pâlirent au spectacle qui les attendait, sur la lande cinglée par le vent – à un moment, la pluie avait cessé, les nuages coulaient comme le dessous d'un fleuve aux rives submergées. À moins de cent pas d'une lisière basse, Mani se tenait droit sur son cheval. Les corbeaux qu'il avait suivis jusqu'ici voletaient tout autour et menaient grand vacarme, il y en avait d'autres au sol, le ventre à l'air et les plumes ébouriffés, le bec ouvert, morts ou bien remuant encore. Couché au centre de ce remous noir, le corps nu et livide de la femme tavelé de bleuissures, de griffures et d'écorchures sanglantes, tripes sorties du ventre comme la giclée glauque d'un éclatement intérieur, la poitrine arrachée.

Il s'aperçurent que le corps n'avait plus de tête quand ils eurent rejoint Mani.

Grégoire ne put contenir une exclamation sourde de dégoût, couverte par le boucan fascinant et hallucinatoire que faisaient les oiseaux charognards. Derrière lui, le jeune marquis eut quelques haut-le-cœur bruyants et selon toute évidence péniblement contrôlables.

Le plus horrible était moins visuel que, dans le hourvari, les claquement audibles des becs rapaces sur les chairs flasques de la morte décapitée, le chuintement soyeux, terriblement perceptible, produit par le déchirement des viscères...

Mani désigna la lisière d'un doigt tendu ; l'instant d'après apparurent une demi-douzaine de dragons à pied, dans leur uniforme vert sombre du 16ᵉ Languedoc, fusil braqué et dont ils protégeaient de la pluie le pontet pressé contre leur hanche. Ils avancèrent en louvoyant étrangement comme s'ils suivaient un chemin très précis qui non seulement n'autorisait pas mais leur interdisait expressément plus de trois pas en ligne droite. Grégoire écarta lentement un pan de son manteau, sa main glissa vers la crosse du pistolet dans sa ceinture.

– Pas la peine, dit Mani.

En même temps que Thomas :

– Non, ils ne sont pas...

Et, simultanément, de l'orée du bois s'élevaient les braillements d'un capitaine surgi comme un diable et que suivaient deux lieutenants :

– Halte ! Par Dieu, ne bougez plus ! Ne faites plus un pas, bougres de sacrés saints fils de putains. Qu'est-ce qu'ils foutent là, nom de Dieu, quelqu'un peut me me dire ?

La main de Grégoire s'écarta de l'échancrure du manteau. La gueulée du capitaine avait secoué le grouillement de corbeaux au sol et leurs volettements tournoyants pour en faire une bruyante envolée de frottements de plumes et de battements d'ailes et de cris. Quelques-uns seulement continuèrent de s'acharner sur le cadavre et il restait ceux qui étaient morts alentour ou qui mouraient.

– Mon salut, capitaine ! cria Thomas.

Ses lieutenants sagement en retrait derrière lui, le capitaine s'immobilisa – comme l'avaient fait ses hommes armés, sans qu'on le leur commande, où ils se trouvaient quand les corbeaux s'étaient envolés. Plusieurs oiseaux s'étaient perchés dans les arbres, la plupart tournaient en poussant des croassements irrités.

– Monsieur le marquis ! s'exclama le capitaine. Je... pardonnez-moi, monsieur le marquis.

Je vous présente mes respects. Prenez garde, ne bougez pas, il y a des pièges partout.

Il se remit prudemment en marche, se tapotant le creux du bras avec la baguette de noisetier qu'il tenait dans une main. Les lieutenants le suivirent mais s'arrêtèrent à hauteur des soldats, laissant leur chef poursuivre seul. Le capitaine planta soudain sa badine devant lui entre les genêts bordant une flaque profonde. Il y eut un claquement de fer contre fer, une gerbe d'eau boueuse au-dessus d'un reflet métallique parmi les herbes, et le capitaine brandit la houssine coupée par les mâchoires du piège.

– Voyez ! dit-il comme s'il craignait qu'on ne l'eût pas cru sur parole.

Il avança jusqu'à trois pas du corps horriblement mutilé de la femme, faucha l'air devant lui avec son rain tranché pour repousser les corbeaux qui ne voulaient pas quitter le cadavre, et les corbeaux battirent des ailes en crasseillant mais ne s'en allèrent point et le capitaine eut une expression à la fois écœurée et désolée, répétant :

– Je vous présente mes respects, monsieur le marquis.

– Capitaine du Hamel, dit Thomas, je vous présente le chevalier capitaine Grégoire de Fronsac, du Jardin du Roi. Il voudrait étudier de plus près le corps de cette malheureuse.

Du Hamel salua. Il avait un visage carré, rougi par les vents des plateaux, de petits yeux brillants sous le bombement des paupières, une moustache drue couvrant totalement sa lèvre supérieure. Il regarda Mani qui suivait des yeux les vols des freux dérangés, ne dit rien, reporta son regard gris sur le chevalier.

– C'est donc vous, monsieur, qui avez hier brutalisé mes hommes sur les hauteurs de Saint-Chély ? Vous et votre ami ?

– Nous ne pensions pas, capitaine, qu'ils agissaient sur vos ordres...

Du Hamel eut une sorte de mimique rapide, presque souriante. Il hocha la tête. Du doigt, repoussa puis rabaissa sur son front son chapeau à trois cornes d'officier.

– Ce n'était pas le cas, monsieur, dit-il. Vous avez bien fait et je vous présente mes excuses... Mes hommes ne sont pas de ce pays et ils sont entraînés pour la guerre, pas pour la chasse au... la chasse à ce... cette chose-là.

– N'en parlons plus, capitaine.

– Nous n'en parlerons plus, capitaine, acquiesça, en connivence, du Hamel.

Grégoire mit pied à terre, et le capitaine s'approcha, saisit la bride et regarda le chevalier s'agenouiller près du corps décapitée en ouvrant sa besace pour en sortir un petit instrument de métal gradué.

– Prenez garde, dit du Hamel, on a fourré du poison dans ses boyaux... Pour le moment, y a que ces sacrés noirs voleurs qui en font frigousse...

Les corbeaux au bec sanglant s'éloignèrent enfin, mais pas très loin, sautillant et se dandinant au milieu de ceux de leurs congénères à qui la malheureuse boustifaille avait été fatale.

Grégoire sortit des gants légers de sa besace, les enfila, sous le regard des corbeaux et de du Hamel. Le capitaine se gratta encore le front, dit :

– Le Jardin du Roi... Quelle sorte de jardinier êtes-vous donc, monsieur ?

Une fois ganté, mesurant les plaies du cadavre déchiqueté et portant ces mesures dans un petit carnet détaché de son portefeuille à dessins, Grégoire le lui dit :

– Un bien triste jardinier, vous avez raison... Quand vos hommes sinon vous-même, capitaine, aurez abattu cette chose... ce qu'on appelle la Bête, une fois cela fait, Sa Majesté tient à ce qu'elle soit ramenée à Paris. Étudiée, conservée. On m'a chargé d'en faire le portrait, voyez-vous, et de l'empailler sitôt après son sort réglé... et ce sera gros ouvrage, bon Dieu, regardez ces blessures ! Cet animal pèse au moins cinq cents livres !

Du Hamel plissa les paupières, son visage se durcit :

– À tout le moins, monsieur. Et moi je dis : encore plus ! Et je dis aussi (Il se tourna vers Thomas.) que cette fois nous l'aurons, monsieur le marquis. Avant les premières neiges, si les gens viennent à la battue, elle ne pourra pas s'échapper.

– Dieu vous entende, capitaine, souhaita Thomas.

– Vous l'avez vue, m'a-t-on rapporté, mentionna Grégoire en sortant le carton de sa sacoche.

Du Hamel renifla vigoureusement :

– Une fois, oui, monsieur, et sans doute vous l'a-t-on dit aussi. Une fois en treize mois! Je l'ai tenue au bout de mon canon... Je l'ai touchée, monsieur! Je le jure sur ma mère. Je l'ai vue s'effondrer, et puis ressusciter dans la seconde, monsieur. Que Dieu ou diable me dessèche sur pied si c'est là menterie. Elle s'est redressée, elle a filé. On l'a perdue au sud du mont Mouchet, oui. S'est enfumée, oui certes, enfumée... comme ça, un claquement de doigts, et pouah! la garce...

Grégoire avait ouvert le portefeuille. Il montra le dessin exécuté quelques heures auparavant :

– Voyez-vous là ressemblance, capitaine?

Du Hamel regarda le dessin, puis Grégoire, puis le dessin. Puis le cadavre, à leurs pieds, sur lequel étaient revenus se percher deux des corbeau effrontés. Il dit à voix très basse, comme une sorte de rongnonnement contenu, épuisé, érodé par les brûlures d'une terreur trop lourdement inconcevable pour n'être pas plus avouée que désavouée :

– Elle avait aussi une sorte de raie noire, sur le dos, avec comme des piquants... c'était du poil ou de la corne, j'en sais rien. C'était...

Il regarda de nouveau Grégoire. Hocha la tête. Lui rendit la bride :

– Votre cheval, monsieur. Prenez garde aux pièges.

Ce fut le chevalier qui détourna les yeux.

6

La conversation qui flottait dans la fumée légère des torchères et chandelles dévidait la trame de ses tressauts mêlés en un léger bourdon, comme un filet tendu sous les poutres noires du grand salon, entre les murs parementés couverts de tapisseries et ceux revêtus de panneaux de chêne mielleux, sous les regards vernissés des portraits généalogiques dans leurs cadres massifs. Parfois une voix levée plus haut sur la crête du flot roulant sur lui-même; parfois la pointe d'un rire féminin fringotant dans le brouhaha. Un claveciniste poudré, blanc de vesture depuis les souliers jusqu'à la perruque, jouait un air gai et léger; quelqu'un avait nommé le compositeur à voix forte, à un moment, mais Grégoire (comme beaucoup sans doute dans l'assemblée) ne s'en souvenait plus.

Grégoire était soucieux.

Et s'ennuyait, aussi.

L'ennui, fatalement – c'était à redouter, c'était inévitable. « Certes, voilà une corvée, mais tu verras : mon pari que tu ne seras pas en regret! »

avait promis Thomas en clignant de l'œil, le tutoiement décidément adopté en réponse à la manière du chevalier qui avait cru ainsi – et s'était donc trompé – maintenir à distance sa familiarité enthousiaste. Pour l'heure, il ne voyait pas encore cette heureuse raison mystérieusement promise qui donc ne devait pas lui faire regretter d'être là...

Mais son souci était réel, lorgnant du coin de l'œil ses dessins et croquis tripotés par les mains – poudrées, baguées, grasses, les ongles longs tartinés de couleur épaisse et brillante – de six ou sept dames en âge tremblant qui s'esclaffaient de peur ravie à la vue des monstruosités, des gueules béantes dentues de crocs en lames de saignoirs et des griffes et des yeux lucifiques et des langues fourchues et des queues et des échines barbelées. Et constatant cela à la dérobée par les interstices de la conversation qu'il était bien forcé de soutenir, ou feindre pour le moins d'y porter intérêt, Grégoire de Fronsac vibrait angoisseusement.

Tout ce que Mende, sa paroisse et ses environs (pour ne pas dire la grande région du Haut et Bas-Gévaudan et les Causses, du mont Lozère à l'Aubrac et de ce côté comme de l'autre des Margerides) comptaient de noblesse, de notables, de bourgeois et de gens d'Église était là. Était pour la plupart déjà là, préférant attendre l'envoyé du roi, plutôt que le fournisseur en croquis documentaires d'un naturaliste, fût-ce le très renommé comte de Buffon, quand Grégoire arriva, ostensiblement porteur de son « cartable à dessins » ainsi que le lui avait demandé le marquis jabotant qui le présenta à la ronde comme le « chevalier de Fronsac, homme providentiel s'il en est, puisque nous venant du roi pour... croquer la Bête! » Des rires gloussés et des hochements de perruques saluèrent en connaisseurs. Grégoire sut que ce qu'il redoutait de voir survenir à un moment ou à un autre dans la soirée s'était mis en branle à la seconde.

On l'avait présenté à cent personnes, on lui en avait présenté trente, à commencer bien sûr par la comtesse et le comte de Morangias, ses hôtes. Ils regrettaient, assura le comte, que « le chevalier n'eût pas pris l'hospitalité dans ces murs », mais ne doutait pas que « le marquis d'Apcher se chargerait fort bien de prévenir ses moindres intentions et lui serait en secours pour tout ce qu'il aurait besoin ». Grégoire n'en doutait pas non plus. Le marquis s'empressa de confirmer, ajoutant comme une excuse que s'il avait cet honneur d'accueillir chez lui le chevalier de Fronsac il ne le devait en rien à son propre mérite mais bêtement (c'était le cas de le dire, ha, ha, ha!) au privilège, si c'en était un, géographique, que la Bête, donc, rôdât plus propicement sur ses terres. Courbettes et ronds de jambe. Premier verre de vin délicatement trinqué. Poudres roses aux joues blanches, points de beauté, cils noirs et paupières bleuies, sourires aux rouges lèvres bougeantes des femmes, et le nacré des perruques, et les brassements, les virevoltes et les remous des indiennes, des taffetas, des brocarts et damas, des dentelles et des satins et de la bengaline des robes, corsages, jupes... Et l'indescriptible vieil évêque crachotant et bavotant, qui s'approcha à petits pas de mort-vivant en agitant son verre au contenu clapotant comme s'il s'y cramponnait, soutenu par un novice-soignant d'une pâleur de ventre de poisson, le vieux dont le sang lourd assombrissait de nœuds tortillés les tempes creuses, la paupière tombante sur les taies de ses yeux glauques, et qui fit cet effort pour venir s'étrangler tout soudain et postillonner généreusement sur la première page des dessins et griffonnis... Celui-là même, oui, cette finaison, ce finissement d'homme, Monseigneur, qui avait fait prêcher repentance dans ses églises, repentance et pardon, et soumision, au courroux divin exprimé par la griffade et la dentée – souffla Thomas d'Apcher à l'oreille de Grégoire après avoir récupéré les dessins pour les aller sauver des crachotements ravageurs en les faisant tourner parmi les dames assises dans l'évasement relevé des paniers de leurs robes.

Thomas d'Apcher, à présent, faisait le beau Dieu sait où dans cette foule dont la chaleur animale embuait les carreaux de la fenêtre sur la nuit tombée...

Son Éminence l'évêque de Mende... Monseigneur le duc de Moncan... Monseigneur le comte de Morangias... madame la comtesse... Monsieur notre intendant Laffont... Le père Henri Sardis, curé de cette paroisse éprouvée...

Jean-François de Morangias...

À peine entré, Mani s'était éclipsé, avait disparu... avant que personne, réalisait Grégoire dans l'accalmie qui suivit le tourbillon, ne se fût véritablement préoccupé de le présenter à la belle société.

Jean-François de Morangias, qui a voyagé, lui aussi...

Grégoire se retrouva à l'écart des conversations et des courants convergents de l'assemblée, le temps d'une gorgée de vin, de quelques œillades angoissées vers ses dessins passés de mains en mains avec grande indélicatesse et non moins grande malhabileté... Jean-François de Morangias s'approcha, un sourire taillé comme une blessure dans son long visage au front et aux pommettes durs, la chevelure nouée en queue par un ruban de velours noir. Strictement vêtu de drap de Hollande noir, chemise de soie et dentelle noires. Quand ils s'étaient salués, Grégoire avait bien évidemment remarqué que la manche droite du jeune homme était vide – relevée et maintenue à l'épaule par une épingle à tête d'argent pareille aux boutons de l'habit – et d'autant que le fils du comte ne cherchait point à celer la mutilation mais au contraire l'arborait presque avec ostentation, portant de biais le torse, l'épaule haute et sur laquelle il se frottait, de loin en loin, par une sorte de tic, le menton. Il avait fait rapprochement entre cette amputation et l'annonce accompagnant la présentation, faite avec un soupçon de mystère par le marquis, des voyages qu'avait faits, donc, lui aussi, Jean-François de Morangias...

Le jeune comte leva son verre.

– J'ai vu vos croquades, annonça-t-il d'une voix basse et cassée, comme s'il voulait son propos confidenciel. Notre Bête dirait-on vous met en appétit, vous qui êtes parmi nous pour en faire votre nourriture, si on en croit le marquis d'Apcher. Belle patte, monsieur. Je vous la dis au singulier, à vous aussi.

– Merci du compliment, monsieur, dit Grégoire en soutenant le regard du comte. C'est ma foi vrai qu'une seule me suffit.

Ce qui aurait pu être affrontement instantané tourna à son contraire : une connivence furtivement glissée dans le sourire.

Le remous qui avait écarté l'assemblée refluait ; de nouveau les gens se groupaient autour de Grégoire – du coin de l'œil et par-dessus les épaules et entre les boudins des perruques qui se rapprochaient, celui-ci vit que le curé était occupé à ramasser les dessins, que ses gestes étaient ceux d'un homme habitué non seulement à la collecte mais aux choses fragilisées par leur valeur.

– C'est ma foi vrai, approuva Jean-François Morangias après un temps de regards entendus.

– Vous dites « notre bête »...

– Ma foi... et personne ne nous la conteste, au moins... Comment la nomme-t-on, à la Cour ? Si on la nomme. En parle-t-on beaucoup ?

– Vos dessins, monsieur de Fronsac, dit le curé Sardis en redonnant le carton à Grégoire. C'est un travail impressionnant.

La pâleur du prêtre pouvait aussi bien être sincère que fardée, et Grégoire ne choisit pas, remercia d'un signe de tête pour le compliment ; comme il tendait la main, la comtesse mère de Jean-François appela un valet qu'elle chargea de mettre en lieu sûr le carton et son contenu de « jolies choses ». Ce qui n'était pas, Jésus l'en garde, le terme qu'il eût choisi, fit savoir le curé souriant en inclinant sa tête emperruquée. Mais la comtesse se fichait depuis longtemps de pointer au plus juste les mots qu'elle employait à foison, et les remarques correctrices du curé lui passaient bien au-dessus des rubans de sa haute coiffure. De Fronsac répondit à la curiosité du comte manchot :

– Bien sûr qu'on nomme la Bête à la Cour. On dit la Bête ; on dit la Tueuse du Gévaudan, la Male Bête. On en fait même des chansons.

– Seigneur Dieu ! s'exclama la comtesse de Morangias. Des chansons ! Des cantiques ?

– Ces cantiques-là ne se donnent guère dans les églises, madame, j'en ai peur.

– C'est ce qui se devrait, chevalier. Les gens d'ici sont armés de coutelas et de prières.

– Le capitaine du Hamel aura lui aussi grand besoin de l'aide de Dieu, dit Grégoire. Croyez-vous donc qu'il saura l'obtenir ?

Le coup d'œil à Jean-François était une fois encore lumineux de bluettes et trouva son pendant.

– Le capitaine est un brave homme, dit le curé Sardis.

Le comte de Morangias qui venait d'accoster le petit groupe, et avant de louvoyer vers un autre, s'exclama, son verre de porto levé :

– Le capitaine du Hamel est bravement capable de déguiser ses dragons en trimardeuses, comme si cette soldatesque en relevant ses jupons avait une chance d'attirer la Bête ! C'est une jolie stratégie. En parle-t-on déjà à la Cour, monsieur le chevalier ?

Grégoire sourit. Un valet qui passait lui enleva subrepticement son verre presque vide qu'il échangea contre un presque plein.

L'intendant Laffont, prenant la défense de du Hamel qui faisait ce qu'il pouvait, déclencha un tollé de protestations, les premières salves tirées par Jean-François de Morangias :

– Vous êtes bien indulgent, monsieur l'intendant. Du Hamel est un incapable ! Ses battues incessantes mobilisent en permanence nos gens et les épuisent, ses soudards dévastent nos terres, et cela dure depuis des mois ! Tout cela pour quoi ? Pour faire courir mieux et plus vite la Bête et la rendre plus férocieuse !

Accompagné dans la protestation par le duc de Moncan, étranglé et rougeaud :

– Par Dieu qui nous jugera, si c'est à la solde de du Hamel et ses pareils que va l'impôt que je verse à ces messieurs de Paris, j'aimerais mieux le donner à mes valets qui n'en demandent pas autant et font au moins leur ouvrage. Qu'en pensez-vous, monsieur de Fronsac ?

Monsieur de Fronsac n'en pensait rien car il avait l'œil et l'esprit ailleurs. Ayant remarqué la mimique que lui adressait Thomas d'Apcher puis obtempéré au signe discret l'invitant à regarder dans la direction de la porte-fenêtre ouverte sur la nuit tombante de la terrasse illuminée par une vraie cohorte de porte-flammes et encombrée de braseros, monsieur de Fronsac se demandait si la seule vraie bonne raison de ne pas manquer cette visite au château Morangias, énigmatiquement invoquée par Thomas, ne venait pas de passer à quelques pas, quittant le salon pour se rendre sur la terrasse au bras d'un homme au teint jaunâtre instantanément détestable, et de croiser – en s'attardant? – son regard...

– Quand vous êtes arrivé, chevalier, disait le comte de Morangias, toute cette belle assemblée me rebattait les oreilles avec le bon Dieu, les apparitions et toute la sainte engeance qui s'abat sur les pauvres pécheurs. On dit même que le Saint-Père aurait envoyé un espion pour déterminer si la Bête est ou non une manifestation du diable. La religion plante ses étendards où que je porte mon regard, chevalier, je suis cerné! Vous qui semblez fort raisonnable, voulez-vous m'aider à brandir le mien?

Le sourire de Grégoire était un chef-d'œuvre d'ambiguité dosant magistralement la complicité entendue et la neutralité polie.

– Excusez-moi, dit-il.

Et il s'éloigna.

– Je doute, mon ami, que vous ayez fait de ce chevalier capitaine et naturaliste de Fronsac un allié de tournoi, remarqua pensivement le duc de Moncan avant de s'éloigner à son tour, dans une direction opposée, vers le fond du salon. Je doute qu'il ait entendu trois mots de votre regimbement contre Sa Sainteté.

Le comte gloussa dans son verre de porto.

– Qu'est-ce qui se dit ? demanda la comtesse en se tournant vers son fils. Où va le chevalier de Fronsac ?

Jean-François de Morangias suivait de l'œil le chevalier qui s'écartait. Il avait pâli jusqu'à la lividité et son visage vibrait d'une expression dure, tranchante. Il tressaillit, saisit un peu vivement au poignet la main que sa mère levait vers lui pour écarter une mèche rebelle sur son front. La comtesse poussa un petit cri, une ombre craintive tomba sur son regard. L'attitude de Jean-François se radoucit aussitôt, il porta à ses lèvres le fragile poignet blanc trop brusquement saisi et y déposa un baiser.

– Ce n'est rien, souffla-t-il. Tout va bien, ma mère.

Elle dit, le rose aux joues sous la poudre, un peu effarouchée quand même, que oui, bien sûr, tout allait bien...

Thomas d'Apcher se trouva comme par hasard sur le chemin du chevalier, l'œil brillant d'une satisfaction qu'il s'efforçait de ne pas trompeter trop ostentatoirement, la mine rengorgée du conspirateur qui voit se mettre en branle sa manigance.

– Alors ? dit-il avec un clignement de l'œil.

Il tournait le dos à la terrasse que Grégoire observait, où une vingtaine d'invités frissonnaient et grelottaient dans le vent courant le long des hauts murs, dans le périmètre de flammes de torchères rabattues et grondeuses qui éclairaient aussi mal que les braises dans les coupelles de fer rougi ne réchauffaient guère.

– N'avais-je pas dit que la soirée serait intéressante ?

– Tu ne l'avais pas dit. Tu l'avais laissé entendre. Qui est-ce ?

La jeune femme était vêtue d'une robe turquoise dont le corsage lui laissait le haut de la gorge découvert et le taffetas de la jupe ne semblait pas des plus chaleureux. Elle serrait sur ses épaules un châle de laine noire, écoutait d'un air absent l'homme au teint jaunâtre et aux cheveux filasse au bras de qui elle était blottie.

– Marianne de Morangias, dit Thomas du coin des lèvres et souriant à la ronde... Mais, difficile, chevalier, difficile... Tous les beaux partis du pays s'y sont brisé les dents... Bien sûr, cela n'est pas étranger à son charme... en plus.

– Toi aussi ?

– Moi aussi ?

– Les dents.

– Oh ! Non, moi non. Mon cœur est déjà pris.

– Qui est le futur édenté, tout papuleux qu'il est sous son teint de cadavre ?

– Édenté... Il doit l'être déjà, au sens propre du mot. Trente-cinq ans, dont vingt-cinq pour le moins de débauche. Maxime des Forêts.

– Maxime des Forêts... Tiens donc.

– Tu le connais ?

– Devrais-je ?
– Un auteur de théâtre.
– Sambleu, Thomas ! Alors ce sera facile.
– Attention, chevalier. C'est une Morangias.

Grégoire rendit au jeune homme son clin d'œil, s'avança vers la terrasse, tandis que Thomas, pirouettant, ravi, s'en allait d'un autre bord, mais pas loin, dans la foule.

Elle l'aperçut qui s'approchait – il se dit qu'elle ne l'avait guère quitté du coin de l'œil, sans doute, depuis leur premier regard échangé... et voilà même qu'il subodorait qu'avant cela peut-être... –, le regarda venir à elle sans détourner les yeux.

Bon Dieu qu'elle était belle ! Pâle sous la chevelure rousse dont la coiffure mettait en valeur les traits fins et réguliers de son visage ovale, le menton qui eût peut-être pu paraître trop petit et délicat sous la bouche généreuse, s'il n'eût au contraire mis en valeur la gourmandise ordinaire et sensuelle de celle-ci, et quelque expression qu'elle exprimât. Les yeux d'un vert d'étang profond...

Le théâtreux cadavérique à la mine épuisée regarda lui aussi s'approcher le chevalier, d'un œil sombre et sévère par ailleurs lourdement cerné, ayant suivi le regard de sa compagne détournée de sa conversation. Il se fit, quand Grégoire s'inclina devant elle puis devant lui, l'air le plus hautain qu'il pût esriler du fond de sa gorge et de ses narines pincées :

– Monsieur, nous devisions, et nous...

Une seconde fois, Grégoire s'inclina devant la jeune femme, un chaleureux sourire à l'œil, puis cette flamme brûla d'admiration quand il se tourna vers l'homme maigre et jaune :

– Vous êtes Maxime, Maxime des Forêts...

Maxime se colora, certes partiellement, mais à l'abrupt de l'instant.

– Je le suis, mais...

– Je tenais à vous saluer. Les auteurs de votre qualité, monsieur, souffrez que je vous le dise sans détour, sont rareté. Si, si, je vous le dis et ne suis pas le seul ici et ailleurs à le penser. Le marquis d'Apcher m'a longuement parlé de vous, depuis que je suis à son hospitalité. Morbleu, peut-être davantage que de ce qui m'amène...

Grégoire sourit largement, pour faire passer la cavalière mise en proximité, et l'auteur se fit un devoir d'au moins rivaliser de béance buccale (Thomas avait raison concernant sa denture.), avant de s'épater :

– Monsieur le marquis? Le père?

– Claude Aloïs d'Apcher, lui même, mon hôte, assura Grégoire. Il ne vous a rien dit?

– Mon Dieu, il m'a... salué, et puis... non, rien de particulier, s'il doit me dire du particulier...

– Je crois savoir, Maxime, qu'il cherche à faire rédiger un mémoire sur sa famille et qu'il pense à vous... Soit dit entre nous, s'il ne vous en a pas encore entretenu.

– Vous... vous croyez?

– Je le pense. Si vous voulez un conseil, le moment est adéquat et le marquis de bonne humeur, j'en suis un peu le ferment... Mais faites ceci finement, ayez un air de rien et surtout... surtout attendez qu'il vous en parle le premier...

Maxime des Forêts se fit rassurant sur ce point, d'une mimique affreuse. Le rouge, sous la céruse, marbrait son front et ses pommettes qui s'étaient mis à perler de sueur, assez étonnamment, dans le vent frisquet. Il se pencha vers la jeune femme, à qui il adressa un sourire entendu juché sur des excuses bancales, tourna les talons et s'en fut sur un ultime clin d'œil, la bouche déjà ouverte pour les flots mielleux sous lesquels il allait se faire un devoir d'empoisser le marquis Claude Aloïs d'Apcher... Et quand il se fut perdu dans le grouillement de l'assemblée que semblait alentir la pénombre intérieure sous l'avancée du soir, Grégoire se tourna vers elle, et elle leva les yeux vers lui, où se reflétait une malice pareille à ce qui brillait dans les prunelles du chevalier, et elle dit, tranquille :

– N'avez-vous donc pas honte ?

– Pas le moins, dit Grégoire sur un air contrit.

Elle éclata de rire. Une veine battait sur son cou.

– Alors, dit-elle, c'est donc là la manière des naturalistes.

– C'est la mienne. Nous avons tous nos manies, nos préférences, nos attirances.

– Notre pays est-il à votre goût, monsieur le naturaliste ?

– Je n'ai guère pu, avant ce soir, en entrevoir les beautés... Je crois pouvoir donc vous répondre oui. Je ne vous aurais pas fait cette réponse il y a dix minutes.

– Est-ce ainsi que l'on parle aux jeunes filles à la Cour, monsieur ? Je suis bien sûre que non. Vous réservez ce couplet aux innocentes des provinces.

– Je fréquenterais la Cour, Marianne, si on y rencontrait des femmes telles que vous...

Elle rit encore, tête penchée, œillade d'émeraude, et sa gorge fit une courbe magnifique, le temps de la roucoulade.

– Et madame de Pompadour ? Ne me dites pas...

– C'est un fantôme, désormais, et je n'en connais qu'un fort beau tableau de Boucher.

Marianne frissonna. Un mouvement se faisait vers le dedans, quittant la terrasse.

– On va servir, dit-elle en relevant son châle épais. Allons dîner...

C'était dit comme une esquisse de question.

– Je ne vous quitte plus, décida Grégoire de Fronsac.

Et il la suivit.

Apercevant Thomas près de la porte-fenêtre, il se préparait à lui adresser le signe de sa meilleure expression d'entendement quand il remarqua l'air absorbé du jeune homme qui épiait ailleurs, cou tendu et paupières plissées, et n'en dévia son attention que pour un vague et rapide coup d'œil au chevalier qui s'arrêta à son côté, scruta dans cette même direction et aperçut, là-haut, sur le créneau de la tour d'angle sud du château, la silhouette accroupie de Mani. Grégoire tapota l'épaule du jeune marquis et lâcha :

– Je me sens à cœur d'aimer plus que de raison ce foutu Gévaudan, Thomas.

Il lui prit le bras, et l'entraîna avec lui dans la foule vers la salle à manger, dans le sillage vert de Marianne de Morangias qui jetait par-dessus son épaule nue un regard magnifiquement assorti à son corsage.

Et tandis que là-haut, sous la langue râpeuse du vent, accroupi au bord du vide, Mani regardait descendre et s'enfoncer le soleil dans les terres rudes, du bout du ciel déchiré comme une longue balafre de sang bouillonnant, tandis qu'il souriait imperceptiblement, du profond des terres déjà foulées par les premières enjambées de la nuit s'élevait la hurlée d'un loup, loin, loin du côté du Lozère, puis un autre lui répondait, vers Le Goulet, au-dessus des crêtes noires des forêts éparpillées.

Il n'y eut pas d'incident à proprement parler, mais, pourrait-on dire, juste son amorcement que frisa la tension montée avec les échauffements et les poivrades du souper. Ils avaient posé cent questions à Grégoire de Fronsac, et cent encore, cent et cent, les mêmes que celles qui lui avaient été assenées et décochées depuis son retour, dans tous les soupers de Versailles et de

Paris et d'ailleurs. Ni plus originales, ni plus bêtes, ni plus légères, ni plus lourdes, des questions qui traduisaient une curiosité de même gabarit, fût-elle d'environnement royal ou des fonds de France où le crépuscule se joue sur chant de loup. Il avait répondu, tandis que ses dessins circulaient de nouveau et faisaient le tour de la table de mains en mains – il s'était résigné aux cassures du papier, aux barbouillages et aux effacements et aux traces de graisse –, avec cette bonne volonté de primale bienséance que son rôle exigeait ; il avait répondu, avec fougue et passion, après qu'il eut repoussé victorieusement par le vin l'ennui de rance conversation stéréotypée qu'il sentait monter ; il en était venu même à provoquer les questions, ou à répondre à celles qu'on ne lui posait pas, qu'on ne lui avait pas encore posées, sur son séjour et son « temps de guerre » en Nouvelle-France.

Marianne le regardait d'un étrange regard, depuis un instant. Tous et toutes, à dire vrai. Mais cette « étrangeté-là » dans le regard vert de la jeune femme était celle qui risquait de le déranger et de s'interpréter mal et de le gêner le plus.

Les poudres blanches et les fards rouges claquaient comme des ecchymoses, les yeux brillaient ou se fermaient, les lèvres luisaient de salive, s'ourlaient de craquelures vineuses, s'entrouvraient sur des ronflements échappés.

Il chercha Mani des yeux, l'aperçut à l'extrémité de la table où il avait fini par se placer, apportant avec lui une chaise, devant un couvert libre, après être apparu dans la salle au troisième plat du repas, dans la nuit avancée. Mani ayant intercepté son regard, Grégoire poursuivit un ton plus haut sur sa lancée, s'adressant à tous, mais accordant à ses hôtes, comte et comtesse de Morangias, le privilège de l'interlocution :

– Les autochtones avaient parlé de leur poison sacré, mais je pensais alors qu'il s'agissait d'une légende. Nous remontions la Belle Rivière depuis douze ou treize jours lorsqu'un de nos soldats attrapa à son hameçon le plus étrange animal qui se puisse imaginer. Une truite. Une truite, oui, mais couverte d'une fourrure noire comme le poivre.

Un brouhaha d'exclamations incrédules roula.

– Vous vous moquez, chevalier ! lança la voix sèche et tranchante de Jean-François de Morangias.

– C'est de quoi on m'accuse, en général, quand je raconte cette histoire. Aussi, vous ne m'en voudrez pas d'avoir avec moi quelques précautions. Mani, je te prie.

Grégoire posa son verre devant son assiette.

Sans que s'apaise le bourdon, la tablée des convives tourna la tête vers Mani, qu'ils semblaient jusqu'alors avoir à peine vu, ou comme si au contraire ils préféraient ne pas trop le voir, et que les laquais avaient servi avec d'imperceptibles mouvements de retrait dès qu'il bougeait un doigt. Mani se leva de sa chaise, sortit de sous sa veste un sac de velours qu'il lança d'un mouvement tranquille et puissant par-dessus et en travers de la table, provoquant des grappes de cris surpris et d'exclamations plus ou moins étouffées, et Grégoire réceptionna le paquet sans presque se décoller de son siège. Il y eut un autre roulement d'exclamations, puis il sortit le coffret de bois verni du sac de velours et l'ouvrit, disant :

– *Salmo truta dermopilla* du Canada.

Il se fit un silence. Que brisa le frottement des étoffes gonflées par les paniers des robes et des queues de jaquettes, quand les convives soulevèrent le cul de leurs sièges et se penchèrent et se tendirent vers le coffret ouvert présenté par Grégoire qui se leva à son tour. Le poisson empaillé reposait sur un fond de satin bleu, et il était bel et bien recouvert d'une toison serrée des ouïes à la queue, d'où dépassaient ses nageoires caudales et ventrales – une toison bien miteuse par endroits, qui laissait voir une peau grise et une absence d'écailles.

Retombant lourdement assis dans son fauteuil, le comte de Morangias décréta d'une voix forte et définitive :

– La nature est extra-or-di-naire !

Les brouhahas entremêlés approuvèrent. On entendit, dans un creux de silence indiscret, la comtesse demander à tout le monde et n'importe qui si l'eau des rivières canadiennes était beaucoup plus froide que celle des rivières de France... Le duc de Moncan qui n'avait rien dit de grand temps, mangeant et buvant sans lever le nez, sentencia :

– Cela prouve bien que l'impossible... est donc parfois possible !

– Belle formule, applaudit Maxime des Forêts.

Gregoire referma le coffret, tandis que l'intendant Laffont s'exclamait pour ne pas être en reste :

– Voilà un trouvement qui a dû vous valoir les honneurs du Jardin du Roi !

Grégoire ouvrait la bouche pour répondre, mais un ricanement se fit entendre. Un ricanement bref et acide comme un jet de fiel qui troua net le laps de silence au bout de la remarque de Laffont. Grégoire chercha, trouva le regard du ricaneur et le soutint sans broncher.

– Je doute, énonça à voix claire et haute Jean-François de Morangias, que le chevalier mérite ces honneurs que vous lui accordez, monsieur mon bourgeois. En revanche, et ce n'est pas des Forêts qui me contredira – n'est-il pas, Maxime, au lieu de vous perdre les yeux entre les seins de ma sœur... –, en revanche, disais-je, je vous accorde, chevalier de Fronsac, des talents certains pour la comédie ! Vertugodichon ! si j'avais mes deux mains, je vous applaudirais !

Un silence tomba. Du fond duquel, imperceptiblement, se dessina le sourire de Grégoire – il ne cillait toujours pas sous la brûlante œillade qui le transperçait.

– Jean-François ! s'offusqua le comte de Morangias.

Mais Jean-François, imperturbable, était taillé dans du marbre glacé. Le comte toussa derrière sa main, se racla la gorge et se tourna vers le chevalier :

– Je vous prie de l'excuser, monsieur.

Le sourire était présentement tout épanoui, délié d'une commissure à l'autre, et il éclaircissait le regard de Grégoire qui reçut avec un hochement de tête indulgent le propos de l'excuseur et lui dit :

– Votre fils a raison, comte. La réalité est... que cet animal n'existe pas.

Il laissa au bourdonnement de stupéfaction le temps de gonfler et de retomber, aux yeux celui de s'agrandir puis de s'étrécir. Il poursuivit, s'adressant cette fois plutôt à celle dont le voisin avait « perdu ses yeux dans le décolleté » :

– Mon maître embaumeur, au Jardin du Roi, est homme habile... Pardonnez-moi de vous avoir joué cette farce d'étudiant.

– Faut-il croire, monsieur, s'enquit Marianne, que la morale de votre histoire est... qu'il n'y a pas de bête en Gévaudan et que nous autres du pays sommes, pour y croire, des imbéciles ?

– Allons, ma fille, tempéra le comte décidément perturbé dans sa quiétude d'hôte par sa progéniture. Allons, ceci n'est qu'une goguenarderie.

– La morale à cette histoire, dit Grégoire, est qu'on n'a jamais vu de dragon, ni de licorne, ailleurs que dans les livres et les poèmes. Les mensonges peuvent eux-mêmes apparaître comme des vérités, si on les habille de latin.

– Prenez garde, monsieur ! glissa le duc de Moncan au coin de sa bouche graisseuse. On finirait par ne plus savoir de quoi vous parlez.

Quelques sourdes exclamations, d'autres qui l'étaient moins, approuvèrent. Un brouhaha reprit son souffle par-dessus la vaisselle.

Le regard de Jean-François n'avait pas changé, ni son expression de pierre. Il lança :

– Êtes-vous naturaliste, chevalier ? Capitaine ? Explorateur ? Philosophe, de surcroît ?

Sardis le curé répondit pour l'intéressé au questionnement :

– Je crois que le chevalier est surtout parisien...

La voix grasseyante et jusqu'alors singulièrement éteinte de l'évêque se fit entendre dans le bourdonnement :

– La punition qu'inflige notre Seigneur suppose toujours la faute qui l'a méritée et qui...

Il fut fauché, respiration coupée, par une soudaine et effroyable quinte de toux obligeant son valet à se précipiter à sa rescousse pour lui tapoter le centre du dos, lui essuyer la bouche, recueillir dans une serviette les fragments qu'il crachait... Un silence emplit les creux de la salle et se grilla les ailes aux flammes des chandelles... On enleva de table l'ecclésiastique cacochyme, râlant et tressautant de toute sa masse effondrée, et il s'ensuivit la sortie de repas de quelques autres, notables et bourgeoises, un remue-ménage, un remous, faussement provoqué par l'exclamation du comte :

– Assez parlé de la Bête, allons ! car près tout, elle ne dévore que les vilains qui vont par les drailles !

Sur quoi Laffont proposa de faire des impromptus, approuvé d'enthousiasme par Maxime des Forêts qui venait justement de composer, dit-il, un compliment d'amour et se proposa de le dire, avec force regards appuyés vers Mariannc. Elle se leva, en souriant pour s'excuser. La comtesse sa mère exigea de n'entendre rien de licencieux. Grégoire rendit le coffret à Mani qui s'était approché, et qui remit l'objet dans le sac de velours. On entendait Maxime :

– ... tandis que sans songer à mal je vous regarde. Votre œil en tapinois frappe en mon cœur un coup. Au loup, au loup, au loup !

Fort heureusement pas davantage... Néanmoins s'élevèrent quelques exclamations charmées éructées par les vieilles dames qui s'étaient déjà précédemment rendu coupables, à pleins doigts, de la manipulation imprécautionnée des dessins de Grégoire.

Grégoire entraperçut la figure ravie du marquis d'Apcher son hôte, le nez et les pommettes colorés de bonne humeur. Son petit-fils, pas loin, lui envoya un geste d'encouragement pour le moins... excessif.

– Comment vas-tu, Mani ? souffla Grégoire.

Les yeux bruns du Peau-Rouge s'allumèrent dans son visage impassible.

– Parfait, sourit Grégoire.

Il glissa deux ou trois pas de côté, se retrouva devant Marianne, et n'aurait pas juré qu'elle s'était attardée ici, en périphérie des vers atroces de des Forêts à elle évidemment destinés, uniquement pour les entendre...

– Vous reverrai-je bientôt ?

– Oh, oh ! chevalier... Vous auriez quelque animal fabuleux à me montrer encore ?

C'était dit sur un ton qui lui venait autant de l'œil que des lèvres.

– Je crois, sourit Gregoire, que vous avez de ma personne une idée toute faite...

– Irez-vous à la grande battue de du Hamel, monsieur le poissonnier ?

– Je le crois. Et vous ?

– S'il fait beau... dit Marianne. (Elle prit le bras de la comtesse à ses côtés, qui bien sûr n'avait pas écouté l'échange...) Et si ma mère veut.

La mère fit grand sourire. Son fard la quittait sous les yeux.

– Je vous l'interdis bien, ma fille. C'est par trop dangereux !

– L'obéissance, dit révérencieusement Grégoire, est la première vertu des jeunes filles bien nées...

– Entendez-vous, ma fille ? dit la comtesse, bonnement.

Si Marianne entendait... Mais ses yeux verts chatoyaient si joliment – et on eût dit qu'ils piquaient du reflet en partage dans ceux du chevalier penché vers elle.

7

Il avait quitté les autres et leurs odeurs, les avait laissés derrière lui, encore couchés et peut-être même endormis, dans le liteau creusé sous la souche du vieux charme qu'un lointain vent de hurle avait déraciné.

Lui-même n'avait pas vu cette tornade-là qui avait couché le grand arbre. C'était avant lui, avant qu'il soit là sur la terre giflée, avant ses souvenirs et ce qu'il connaissait du monde où il allait.

Ç'avait été un lieu sûr, jusqu'alors. Une bonne tanière au proche de laquelle ne passaient pas les puants, où leurs chiens colletés de gros cuir et de fer ne venaient pas courir et renifler en tous sens sous les feugières qui poussaient là, sur le tapis froissé et pourri des précédentes, poussées et fanées depuis le premier jour. Ici, nombre de petits sans autre odeur que celle du dedans chaud de leur mère étaient sortis du ventre des femelles, et beaucoup d'entre eux, louveteaux devenus louvarts, étaient partis pour ailleurs chercher la compagnie d'une louve, ou bien étaient partis en compagnie déjà de leur louve crier au long des nuits les limites d'un autre territoire pour leur nouvelle famille.

Il appréciait l'endroit, qu'avec sa compagne ils avaient choisi d'occuper – c'était elle qui l'avait trouvé, alors que son ventre était gros et lourd, un jour de très petites feuilles nouvellement sorties des branches : elle avait décidé qu'ici les petits sortiraient de son ventre...

Un endroit qu'il avait surveillé attentivement et dont il avait longuement signalé l'occupation, désormais à ne pas troubler, gueulée à tous ceux qui l'entendaient et le comprenaient : il en avait un jour éloigné un gros blaireau hargneux qui ne voulait rien entendre et à qui il avait fini par ouvrir la gorge sans que les dents et les griffes férocieuses du mauvais ne lui eussent laissé trop de tailles – ce grisard-là et aussi une bande de renards –; un endroit tellement imprégné de leur présence qu'il en était devenu comme une partie d'eux, de la femelle et de lui, des petits, comme s'il était, cet endroit, uniquement pour eux, ajusté rien que pour eux, visible et reconnaissable dans les coulées du vent par eux seuls, et au-dedans duquel il était venu régurgiter les proies avalées pour les gueules roses clappantes et leurs petites dents seulement poussées... Un endroit d'où ils avaient, ensemble, serrés dans leur chaleur, regardé tomber le silence de la neige quand le vent s'arc-boute et prend son élan...

Devant la tanière enfouie sous la souche, dressé sur le rebord de terre pierreuse et caressé par le vent qui fouettait de ses freloches le vol des premières mouches du jour – les dernières avant les véritables froids –, le grand loup gris bâilla vastement, émit un trait de glapissement bref que coupa le claquement des dents.

Il huma à plein naseau.

Les yeux mi-clos pour ne pas se distraire, par quelque infime mouvement perçu dans la monochromie du monde, des odeurs que lui soufflait la grande haleine du vent. Des odeurs de froid.

Et ce vent n'était plus le même, il avait changé sa chevaucherie durant le temps de ciel sans lumière. Il accourait d'autres montagnes, ne raclait plus sur son passage les mêmes senteurs et ne portait plus sur son grand et large dos les nuages gonflés de pluie. Le ciel était presque nu – quelques bourres y flottaient, comme celles qui s'accrochent à certaines herbes, apparemment aussi légères, très haut, là-haut...

La louve qu'il suivait et qui avait toujours chassé avec lui sortit de la tanière à son tour et le rejoignit alors que le feu du soleil embrasait le bord de la terre. Les deux petits venus de son ventre aux feuilles nouvelles, qui n'avaient pas encore vu la neige des longues nuits très froides, la suivirent en se mordillant, hérissés et les yeux mal ouverts et se poussant mollement de la patte, sans conviction.

Les autres étaient encore au fond de l'abri sous les racines exsangues et s'y tenaient – la femelle et son louveteau de presque deux ans et les deux mâles de trois saisons de neige qui suivaient encore la famille sur son territoire.

Le grand loup gris et la louve se tinrent ainsi un moment, côte à côte, sur la levée de terre et de caillasse, tandis que les flammes de la lumière débordant par-dessus les lointaines montagnes brûlaient insensiblement leurs pupilles et tiraient du pied des choses de longues ombres filiformes qui rampaient dans leur direction.

Les oreilles bougées avec une parfaite simultanéité, comme si deux paires n'en étaient qu'une, les narines palpitantes, ils attrapaient les bruits et les effluves et les odeurs de tout ce qui tissait l'alentour perceptible.

Ils sursautèrent en même temps et tournèrent la tête vers le bruit feutré que fit le mulot sous les herbes, suffisamment proche pour que sa présence s'identifie à eux sur un souffle du vent. Le loup eut un mouvement esquissé en direction de la fuite sonore de la petite bête, et puis se figea.

Et d'autres bruits, qui n'étaient pas le frôlement dans les herbes sèches et les feuilles mortes tombées depuis plusieurs fois des arbres dénudés, des bruits qui n'étaient pas une fuite chuintée de souris, mais des bruits sans en être encore véritablement, des manières de glissements, des hoquets de respirations, des prémices de brouhahas confus, comme ce qu'aurait pu être la brume si elle avait été un son, ces sortes de bruits-là s'élevèrent dans les salissures grelottantes d'une aurore de soleil mourant et montèrent du fond de la grande faille, sur les pentes imbriquées, entre les broussailles et les affleurements de roc et les piquées d'arbres tordus et les murets de pierres sèches qui traçaient dans l'immense leurs piètres partages, plongèrent dans un creux du coteau pour reparaître où le creux raidissait le dos, et où se déroulait la cohorte grimpante des hommes en colère armés de fourches et de bâtons ferrés ou simplement apointés, de bayonnettes, de trinque-buissons, de mousquets et autres vagues pistoles ficelés au bout de hampes de bois dur.

8

Dans la lumière roussie par le soleil à peine allumé dont les rayons ardents illuminaient la toile de la tente et faisaient flamboyer les tenues écarlates des chasseurs, la trogne ordinairement rubiconde du capitaine du Hamel brillait plus que jamais, déjà suante, comme une rude excroissance de chairs vives entre le bord du chapeau, les boudins de la perruque et le col serré de l'uniforme. Ses yeux lançaient des étincelles, sa moustache aux pointes cirées piquait dans l'air avec fermeté chacun des mots que lançait sa bouche énergique :

– La Bête, proféra-t-il en pointant du doigt la carte déployée sur trois planches que soutenaient des tréteaux, a été vue du côté de Juliange, et de La Vacheresse et de La Croix-Villard. Ces trois apparitions-là en trois jours, et il y a moins d'une semaine, après qu'elle a frappé au-dessus de Saint-Chély. Ce qui nous donne ce périmètre-là dans les forêts du Mazet, entre Bois de Huyère et le Bois Baujarac. Vos gens, messieurs, et mes soldats, avanceront en tenaille, d'ici, et puis de là, et de là (frappant la carte de son doigt), et de ces points du pays où ils se tiennent prêts depuis hier.

Au-dehors de la tente pulsait un grand remuement claqué et retroussé par les criailleries. Les ordres lancés par la soldatesque s'entrecroisaient avec les répliques plus ou moins contestataires ou plus ou moins insoucieuses et passives de ceux, ni dressés ni payés à obéir, à qui les commandements s'adressaient. Le souffle des chevaux, le roulement des sabots martelant le sol boueux, les hennissements, les cliquetis des harnais et des cuirs et des boucles métalliques... Et puis, de loin en loin, des bouffées de cris et de rires, de braillements, comme des foyers de chicaneries aussi souvente fois enflammés qu'aussitôt éteints...

La cacophonie tapageuse indisposait visiblement plusieurs des occupants de la tente de commandement de la battue, mais si le comte de Morangias et son voisin l'intendant Laffont arboraient le même froncement sourcilier d'une réprobation partagée, les officiers se contentaient de regarder dans le vague autant que faire se pouvait, ignorant bien sûr trop ostensiblement les éruptions du tumulte pour ne pas les ressentir très malaisément dans leurs fibres disciplinaires...

Grégoire écoutait et observait le groupe chamarré impatient de se frotter au monstre, se tenant dos contre la paroi de toile insensiblement chauffée au soleil épuisé par l'été, à l'écart de la table où se projetait le déroulement des opérations. Jean-François de Morangias occupait la même position, lui faisant face, de l'autre côté de la tente, avec, sur son visage anguleux, à peu près la même expression où affleurait, sinon une moquerie, un amusement qu'il s'efforçait de ne pas laisser trop paraître. Le chevalier et Mani avaient chevauché au rendez-vous de la battue guidés par Thomas d'Apcher – dont le père, pourtant du nombre de ceux qui avaient décidé et mis en branle la plus gigantesque battue jamais organisée dans le royaume de France, était resté à Saint-Chély et se rendrait au château du comte dans la journée. Depuis qu'il avait franchi la portière de bâche de la tente, le jeune marquis avait bien parcouru une demi-lieue, allant de l'un à l'autre, échangeant quatre mots et cueillant les impressions de tous qu'agrémentait immanquablement une prédiction sur l'arrangement des moments à venir, donnant l'impression qu'il s'intéressait vraiment à l'opinion que se faisait chacun de l'événement...

Elle n'était pas là.

Elle n'est pas là – c'était cette évidence que Grégoire était persuadé de lire, quand il le croisait, dans le regard amusé de Jean-François, à qui bien entendu il n'avait rien demandé. *Pas encore* – voilà ce qu'il rétorquait mentalement à l'œillade jugée narquoise.

– ... et il sera donné à chacun une carte, disait du Hamel, une carte avec un point de ralliement. Les mouvements ont commencé à sept heures. Je vous remercie.

– Vous le pouvez, capitaine, maugréa de Morangias flambant rouge dans sa jaquette de chasse. Vous le pouvez, et Dieu vous aide à faire les mêmes remerciements ce soir, car mes gens ont autre chose à faire que battre une fois de plus les montagnes.

– Je sais, monsieur le comte, assura du Hamel.

– Écoutez-les tapager ! Et qui sont ces gens d'aspect bien méchant que j'ai vus dans ces rangs de rabatteurs ? Pas des pantres d'ici.

Un officier taillé à la serpe qui se tenait à hauteur de du Hamel prit avec le coup d'œil du comte son questionnement :

– Des chasseurs de loups, monsieur le comte. Il en est venu de toute la région, et sans doute de plus loin encore. La prime offerte les a fait courir.

– Chasseurs de loups... c'est la Bête qu'on chasse, et ces bougres me paraissent surtout comme des guette-chemin de bien vilaine allure...

– Si l'enragement d'un mauvais chien peut tuer le loup... dit le capitaine.

– Allons, c'est assez de paroles, trancha le comte. J'espère pour vous que nous l'aurons, cette fois.

Le capitaine fit cliqueter ses éperons en joignant les talons, assurant que cela ne faisait aucun doute. À cet instant précis éclata la clameur – puis les cris –, comme si les précédentes pointes de chahut n'étaient que le grésillement de la mèche d'une bombe chargée à mitraille qui venait d'exploser. Ils sursautèrent, s'exclamèrent, jurèrent, se bousculèrent un peu et se précipitèrent hors de la tente.

Grégoire – Thomas sur les talons – avait précédé la cohue. Il plongea et s'ouvrit un passage à coups de coudes dans une autre mêlée composée d'un bon cent de soldats et de paysans, et de plusieurs dizaines de ceux que de Morangias avait appelés « guette-chemin » et le capitaine « chasseurs de loups ». C'était contre un parti de ces calamiteux que Mani se battait, au centre de l'espace formé dans les rangs des spectateurs qui rythmaient et soulignaient chaque passe de l'empoignade d'un gueulement et braillaient et aboyaient tout aussi fort que les molosses excités qui tendaient leurs laisses à les rompre et qu'on avait bien peine à retenir par leur collier clouté.

– Seigneur ! souffla Grégoire.

Thomas, derrière lui, poussa un juron bref couvert par les braillées jaillies des gosiers.

La première chose qu'ils virent de la bagarre fut un homme propulsé en arrière qui retombait au sol sur le dos dans un grand éclaboussement de boue. Il y resta couché, inerte, après avoir battu des bras une ou deux fois, relevé puis étendu les jambes. Mani lui faisait face, les mains nues, le buste légèrement penché en avant. Une giclure de gadoue incongrue marquait ses cheveux – incongrue car c'était apparemment la seule, alors que ses deux adversaires encore debout étaient, eux, maculés et dégoulinants de la tête aux pieds. Du sang coulait du nez éclaté de l'un dans le masque gluant et brun qui lui poissait la barbe, rougissant ses dents qu'il découvrait comme s'il voulait mordre.

Les encouragements qui s'élevaient de la foule s'adressaient tout autant au « sauvage » qu'à ses deux adversaires, interpellés l'un sous le nom de « La Fêlure » et l'autre sous celui de « Blondin ». Après quelques secondes d'attention prêtée aux braillements, Grégoire fut en mesure de comprendre que Blondin était celui que la boue noircissait le plus.

Les trognes hilares et la houle qui secouait la foule, les cris, le vacarme déchiqueté de toutes parts, cernaient le pugilat comme une grande pulsation à la fois extérieure et sourdant de sa violence même. Blondin fonça, glissa un peu, ses pieds nus faisant gicler la boue, et ses bras levés ne le furent plus tout à coup pour frapper mais pour garder son équilibre, et Mani bougea à peine, comme s'il amorçait – simplement ne faisait qu'amorcer – une sorte de balancement du corps, mais sa jambe était levée et se détendait et son pied fauchait la posture incertaine de Blondin qui s'affalait, en même temps que La Fêlure s'élançait à son tour puis frappait de ses deux mains serrées en une seule cogne et traçait dans le vide, au-dessus de l'endroit où se tenait Mani la seconde d'avant, un large mouvement de faucheur qui s'acheva en toupie sur un pied et en chute aspergeant l'alentour... Mani semblait n'avoir pas bougé.

Des grappes de rires, en plus des cris, montèrent de la foule. Des applaudissements. La Fêlure et Blondin se redressèrent ensemble – le troisième était toujours étalé inerte – et, ensemble, décrochèrent de leur ceinture les étranges armes de poing, comme des griffes de fer courtement emmanchées, qui y pendaient. Des rangs de l'assistance s'avancèrent trois autres de ces « chasseurs de loups » vêtus de jaquettes, manteaux et culottes de cuir, de longs gilets en peaux de bête, de chemises de méchant bourras, et de pièces disparates d'uniformes. Parmi eux, une femme, semblablement attifée. Tous, la fille comme les malandrins, brandissaient eux aussi de ces griffes de fer que la bande des chasseurs de loups semblait tenir pour une arme clanique.

– Mon Dieu, qu'attendons-nous ? fit rauquement Thomas à l'adresse du chevalier. Il faut lui venir...

Il allait s'élancer mais Grégoire le retint par le bras, rassurant :

– Laisse. Ne sois pas inquiet pour Mani.

Et ce disant, il montrait l'exemple : visage serein, une expression de simple étonnement au coin relevé de ses lèvres et piquée dans une petite ride au centre de son front. Il demanda quelles étaient les causes de l'échauffourée au paysan à côté de lui, qui avait toutes les peines du monde à retenir son chien.

– L'sauvage a r'gardé de trop près La Bavarde, j'crois ! dit l'homme dans un sabir hoquetant que traduisit son voisin.

Lequel, n'ayant pas de chien à la laisse mais juste un barenclou dans les mains, poursuivit l'information de Grégoire en lui désignant la fautive, qui leur faisait face au premier rang des spectateurs de l'autre côté du cercle. Grégoire reconnut la fille muette rencontrée le soir de son arrivée à Saint-Chély, au cœur de l'orage, que les soudards déguisés en paysannes malmenaient... La Bavarde... Et à quelques pas d'elle, parmi les brailleurs, se détachait le visage de son père – le rebouteux qui disait avoir soigné les chevaux des soldats et réclamait à être payé –, seul entre tous à ne pas hurler et dont le regard noir était braqué sur Grégoire, ras sous le bord de feutre du vieux capiel informe, à cet instant et probablement depuis un bon moment.

Mani avait bondi sur place comme un chat et après un mouvement cisaillant de ses jambes à hauteur de torse, le premier des nouveaux attaquants qui n'avait pas encore sali ses frusques culbuta en arrière et claqua de tout son long le sol bourbeux, rebondit bizarrement sur un de ses bras plié dans son dos, retomba et ne bougea plus, après avoir lâché son croc de fer qui resta coincé sous son flanc ou planté dedans.

Le paysan au barenclou raconta à peu près compréhensiblement à Grégoire ce qui s'était passé – ce qui était, en tout cas, sa version de l'histoire.

– Votre homme le Sauvage était accroupi du côté des chevaux, le sien, celui de monsieur le jeune marquis et le vôtre, et il ne faisait rien de mieux qu'être là, regardant ce qui se passait alentour...

Regardant avec l'air de voir tout et rien. Mais il voyait certainement plutôt tout que rien, et en tout cas il voyait La Bavarde qui rôdait avec les

« miliciens », comme le paysan appelait la bande aux manteaux de cuir et aux griffes de fer. Elle faisait des mines du côté de ces drôles-là, mais aussi, et sans avoir besoin de parler, ragoulait comme une chatte en chaleur et retournait à « votre sauvage » de ces yeux qui vont avec le cul chaudé. Et Mani était là et attendait on ne sait pas quoi… Et ces deux-là qui se nommaient La Fêlure et Blondin s'étaient approchés de Mani et lui avaient demandé de ne pas lorgner les femmes d'ici comme il le faisait, puis l'avaient insulté de diverses façons en parlant des femmes de son pays à lui (qu'ils appelaient « tes îles »…) et principalement sa mère. Mani n'avait pas bronché. D'accroupi qu'il était il s'était juste mis debout. Il dépassait les autres d'une tête. La Bavarde avait entraîné les provocateurs, non sans continuer d'émettre des sons de gorge et des œillades à l'intention de Mani, et ils s'étaient laissé faire et avaient reculé jusqu'aux rangs des miliciens où La Bavarde s'était agitée un moment avant d'être repoussée un peu rudement par une des femmes des chasseurs de loups, et voilà que le ton montant de ce côté-là, il s'était produit une première bouillée de sangs. Puis La Bavarde avait de nouveau tenté de retenir La Fêlure qui semblait vouloir recommencer de provoquer Mani et La Fêlure avait repoussé un peu durement La Bavarde qui était tombée sur son derrière avec les cottes troussées montrant ses cuisses jusqu'à l'entrejambe et déclenchant les lazzis et moqueries des miliciens dont plusieurs s'étaient précipités vers elle pour l'aider à se relever, et c'est alors que Mani avait fait un pas ou deux dans cette direction lui aussi, pour lui aussi peut-être venir en aide à la muette tombée le cul dans la boue, et c'est alors qu'ils s'étaient jetés sur lui et que dans la seconde, comme un éclair – dit le paysan émerveillé sans rien manquer, du coin de l'œil, de ce qui provoquait les envolées de cris rageurs et d'acclamations, à trois pas –, La fêlure et Blondin et un autre se retrouvaient eux aussi comme la fille et, mieux encore, non seulement le cul mais la face, et c'était du pareil au même, dans la boue.

La femme des miliciens attaqua à son tour, alors que tous les autres étaient ou bien couchés inertes au sol ou bien s'en relevaient péniblement, dégoulinants de boue et crachant le sang et la terre.

Grégoire n'avait certes pas entendu de quoi les deux provocateurs avaient accusé Mani à propos de son attitude avec les femmes de « ses îles », mais il était certain que la galanterie n'aurait pas cours ici et que le Mohican ne ferait pas de différence entre cette harpie brandissant son crochet griffu acéré et ses congénères mâles qui avaient avant elle essayé cette danse.

Un coup de taille, que Mani évita. Le coup suivant en revers de bas en haut, qu'il esquiva aussi, se déportant en arrière, puis son buste tourna et plongea en avant et son poing toucha la fille en plein sternum alors qu'elle allait rabattre sa griffe, de haut en bas cette fois – elle rabattit effectivement, mais dans le vide et sans force, avec le feulement sourd que produisit le souffle expulsé de sa poitrine. Elle tituba. Mani cogna encore, de la même façon, au même endroit. La fille fauchée au milieu d'un flageolement s'écroula.

La Fêlure, Blondin et deux autres redressés tant bien que mal sur leurs jambes s'avançaient vers celui que la gadoue ne salissait pas plus haut que la tige molle de ses bottes. Il en sortit tout à coup une demi-douzaine d'autres de la bande des miliciens, lames et griffes et bâtons bayonnetés de coutelas en avant. Les vociférations qui tournoyaient autour de l'esclandre tombèrent comme un vent d'orage se coupe avant le premier éblouissement et la première déflagration.

Ce ne fut pas le tonnerre mais un coup de feu qui claqua aux oreilles de Grégoire. Il sursauta, comme sursautèrent tous les spectateurs de la rixe et alors que se figeaient sur place ses acteurs éprouvés et ceux nouvellement entrés en lice. Le seul qui ne parut même pas tressaillir fut Mani, regardant en direction du coup de fusil tiré sans même qu'on l'eût vu tourner la tête. La clameur retombée n'était plus qu'un brouhaha haché par les aboiements des chiens dans l'écho roulant de la détonation.

Tous les regards convergeaient vers Jean-François de Morangias, dont le fusil, tenu dans son unique main contre sa poitrine, souffletait par le canon un petit filet bleuté. La bouffée de fumée de la mise à feu achevait de se dissiper.

– Ce n'est pas pour ces amusements-là que vous êtes ici ! cria-t-il à la cantonade.

Et le comte son père derrière lui, ajoutant :

– Ou si c'est le cas, retournez d'où vous venez ! Et si vous ne le faites pas, les gens du capitaine vous y aideront !

Il s'ensuivit un immédiat retour au calme, et sinon un silence presque parfait sur les prés rasés par le soleil, les seuls bruissements qui étaient ceux d'avant l'algarade. Les chiens mirent plus de temps que les hommes et les chevaux à retrouver leur quiétude. Les miliciens tirèrent parmi eux ceux qui, toujours au sol, ne bougeaient plus, autour desquels ils se groupèrent – ils ne s'en allèrent point, mais ne cherchèrent pas davantage à poursuivre l'affrontement ni à en provoquer d'autre, et comme s'ils avaient oublié sur-le-champ l'incident, on en vit nombre se mêler aux pantres et rire et commenter et bavarder avec eux.

Les fumées du coup de feu dissipées, Jean-François de Morangias se mit en devoir de recharger son arme qu'il maniait d'une seule main avec grande habileté, sans pratiquement suivre des yeux ses gestes : son regard était sur Grégoire et Thomas, sur Mani qui les rejoignait tranquillement et devant qui les gens s'écartaient... Mais sur Grégoire, principalement. Qui s'approcha de lui.

– Joli combat, dit Jean-François. Votre homme sait se battre remarquablement, d'une manière qui n'est pas notre habitude, certes, mais diablement efficace. N'eût été du bon ordre de cette battue, avec de tels éléments, je me serais gardé d'intervenir et suis bien certain que votre homme en serait sorti vainqueur.

– Ce n'est pas « mon homme », dit Grégoire. C'est Mani. Un homme libre qui m'accompagne librement. Et vous avez raison sur ce point : il aurait mis à mal ces imprudents.

Il regardait le fusil manipulé par Jean-François.

– Belle arme, n'est-ce pas ? sourit ce dernier. Une copie améliorée d'un Charleville de la Manufacture royale, qu'un armurier de Mende a fait pour moi, avec platine inversée sous le canon.

Il était visiblement fier de l'arme, qui le méritait bien, et expliqua le fonctionnement de cette platine et de cette mise à feu particulière de silex au bassinet dont la poudre tombait, dès que son couvercle était repoussé par le « bec de coq » porte-silex, mais s'enflammait néammoins et, brûlant vers le haut, communiquait sa flamme dans la lumière à la charge du canon...

Effectivement, Grégoire – pas plus que Thomas, ni sans doute beaucoup d'autres – n'avait vu de telle arme équipée de cette platine inversée qui, commenta son possesseur, protégeait la poudre du bassinet des intempéries et évitait au tireur l'éblouissement de la mise à feu. Il n'avait pas plus souvent vu le modèle et calibre de la balle que Jean-François sortit de son sac en bandoulière et montra ostensiblement, avant de la loger dans le canon après y avoir bourré le contenu de la charge de poudre de la cartouche de papier.

– Vous craignez les loups-garous ? s'enquit Grégoire.

– Pas spécialement, mais l'argent me convient bien et convient bien à ce fusil. J'aime signer mon coup, Fronsac, je suis un chasseur. C'est une passion qui m'a déjà bien coûté.

– Me direz-vous ce qui vous est arrivé ?

– On ne vous l'a pas encore raconté pour moi ?

L'œil de Jean-François brillait de ce qui aurait pu être de la malice, de la taquinerie... mais qui chez lui gardait trop de dureté pour traduire la seule et plaisante amusoire.

– Aurait-on dû le faire ? demanda Grégoire.

Et Thomas d'Apcher se sentant probablement visé crut bon de préciser que lui-même ignorait tout de ce qui avait causé le malheur du jeune marquis.

– Qui parle de malheur ? souffla Jean-François de Morangias entre ses dents. (Puis levant les yeux et regardant droit Grégoire après avoir vérifié la position du bec de coq du Charleville amélioré :) Il faut plus d'une balle, fût-elle d'argent, pour battre certaines proies, je l'ai appris à mes dépens. Et quoi qu'en pensent les curés, le nôtre et les autres, je suis la preuve qu'on ne guérit pas les gangrènes avec des prières...

– Dans les forêts de Nouvelle-France, j'ai vu en jour un homme qui s'était battu avec un ours grizzly. L'ours lui avait... comme vous.

– Pas comme moi. Moi, c'est un lion.

– Un lion ? souffla Thomas.

– Deux années dans la Marine royale... Vous ne connaissez point l'Afrique, chevalier ?

– Pas encore. Mais je rêve de m'y rendre, et le comte de Buffon n'y serait pas hostile. Depuis six mois je m'efforce de convaincre le roi de financer l'affrètement d'un bateau...

– Et il vous envoie en Gevaudan ? Par Dieu, vous devez être en disgrâce ! Ce pays si ennuyeux en lieu et place de la Cafrerie !

– Ennuyeux, ce pays ? Trouvez-vous ? Votre cœur serait donc resté en Afrique ?

Le regard de Jean-François s'alluma. Il exprima, pour la première fois, ce qui pouvait passer pour un vrai sourire :

– Non, Fronsac. En Afrique, je n'ai laissé que mon bras. Mon cœur n'a jamais quitté le Gévaudan et y demeurera jusqu'à ma mort.

Grégoire hocha la tête.

– Je le pressentais, dit-il. Et je le comprends. Voyez-vous, après les forêts d'Amérique, je ne trouve pas que ces montagnes pelées soient ennuyeuses. Je dirais... reposantes... si ce n'était...

Il avait graduellement élevé la voix, dans les cris et les glapissements qui s'élevaient de nouveau d'un groupe à vingt pas de là.

– Reposantes... dit Jean-François de Morangias en secouant la tête.

Son fusil balancé au bout du bras, il se dirigea à grandes enjambées vers le nouvel attroupement et Grégoire le suivit – et Thomas d'Apcher, et Mani, à quelques pas.

Ce n'était plus une bagarre. C'était La Bavarde, hurlante et bavante, les yeux révulsés, secouée de sursauts et de tressautements, dans les bras de son père qui s'efforçait de la maintenir, au centre d'un cercle de curieux qui n'avaient pas un geste pour lui porter aide, roulaient des yeux apeurés et sur lesquels on entendait flotter les mots « diable », « possédée », « fille maudite ».

Le visage de l'homme se décomposa quand le cercle menaçant de murmures et de marmonnements s'écarta devant le manchot au fusil et le chevalier qui serrait sous son bras un portefeuille à dessins. Les yeux de pierre noire n'exprimaient plus que la détresse dans le visage buriné et sale hérissé d'une barbe de plusieurs jours.

– Elle est malade ! grondait-il. Pas basquinée ! Vous entendez ? Malade...

– Il dit vrai : cette femme est malade, écartez-vous, commanda Grégoire.

On lui obéit sans empressement avec des airs rechignés.

Il s'agenouilla près de la fille maintenue par son père, après avoir fourré d'autorité son carton dans les mains de Thomas. Elle s'était roulée dans la boue et valait à peine mieux que les miliciens rossés par Mani. Ses cheveux étaient plaqués en mèches sur son visage déformé, dont on voyait surtout les yeux blancs et la bouche comme un trou d'où montaient des rauquements et des gargouillements insupportables.

– Chastel, dit Grégoire. Je me souviens de ton nom. Nous nous sommes rencontrés, déjà.

– J'sais bien, chevalier, grommela Chastel. Et j'sais vot'nom même si vous m'l'avez pas dit. C'est elle, c'est ma fille qu'est la cause de ça, tout à l'heure; c'est elle, j'sais bien. Elle est mauvaise, elle est comme ça, comme elle est. J'voulais qu'elle vienne demander vot' pardon, à vous et à tous ces messieurs gentilshommes et à monsieur le marquis... j'voulais, et quand j'la tirée pour qu'elle le fasse, elle a tombé dans sa maladie... C'est une maladie, elle est malade!

Tandis que l'homme débitait son propos d'une voix monocorde, Grégoire avait écarté les cheveux de la fille, découvrant son visage, et il avait essuyé la boue et la bave de ses lèvres et sur son menton et dans son cou avec un carré de petite toile tiré de sa manche.

– C'est bien, calmez-vous, dit-il.

Il tendit la main vers l'homme et avant que celui-ci comprenne seulement ce qu'il voulait, il lui tira de la ceinture le couteau à manche de bois de chevreuil qui en dépassait. Une fraction de seconde, l'hébétude blêmit au visage de Chastel. Il grasseya :

– Elle est pas...

– Je sais, dit Grégoire.

Il plaça le manche du couteau entre les dents crispées de la fille.

– Empêche-la toujours d'avaler sa langue, si tu ne veux pas qu'elle étouffe.

Il se redressa.

Les râles de La Bavarde étouffés par le manche de corne continuèrent un court instant puis se calmèrent, ainsi que les convulsions. Ses yeux « revinrent ».

Chastel, alors, empoigna sa fille comme il l'eût fait d'un petit enfant. Avec beaucoup d'attention, très délicatement. Il se releva et l'emporta. Elle avait un bras qui pendait et ballait et à un moment de la traversée du campement, parmi les soldats, les paysans, les miliciens et tous les recrutés qui allaient s'élancer sus à la Bête et qui s'écartaient au passage de Chastel portant sa fille ou qui les regardaient passer de loin, ce bras se releva et sa main se posa sur l'épaule de l'homme.

Thomas rendit le portefeuille à dessins à Grégoire.

Jean-François de Morangias, son fusil au creux de son bras contre sa poitrine serrée dans l'habit noir, murmura :

– Chevalier, bien sûr, et qui plus est capitaine. Naturaliste, dessinateur, philosophe... et rebouteux.

– Et rebouteux, approuva Grégoire.

– C'est une journée qui promet bien des émotions, dirait-on.

– Dirait-on, oui.

Jean-François s'éloigna vers la tente. Les trois hommes, Grégoire, Thomas et Mani, le suivirent des yeux jusqu'à ce qu'il disparaisse sous l'abri de toile où les autres membres de l'encadrement organisateur achevaient de s'agiter parmi les uniformes vert sombre des dragons.

– Eh bien, soupira Grégoire, si nous rejoignions les valeureux chasseurs ?

– Tu me dois un louis, chevalier, dit Thomas. Elle n'est pas venue.

– Un louis ? Nous avions parié un louis ?

– Et j'en suis désolé.

– Tu mens, Thomas d'Apcher. Tu n'es pas désolé. Tu es rassuré. Pour je ne sais quelle raison, tu es rassuré...

Grégoire fouilla sa poche, en tira une pièce qu'il lança à Thomas. Mais Mani fit un pas en avant et brisa la trajectoire étincelante en saisissant le jaunet au vol. D'une pichenette, il renvoya la pièce à Grégoire, désigna d'un mouvement de tête, menton pointé, l'œil rieur, le cavalier qui entrait sur le pré au bout du campement.

Le cavalier qui n'en était pas un, mais une cavalière.

Marianne, la cape ouverte jetée sur ses épaules, les cheveux simplement noués par un ruban, dans une robe de velours grenat et ambre, marqua un temps d'arrêt, rênes tendues, parcourant du regard le rassemblement, puis elle les vit, éperonna, traversa droit le pré sous les regards levés vers elle qui montait à califourchon, cuisses ouvertes comme un homme sur une selle de hussard recouverte d'une schabraque de peau de mouton, les jupes effrontément troussées haut sur ses jambes bottées de cuir fauve. Un fusil de chasse, à sa droite, était engainé crosse en bas dans un étui de cuir, le canon engagé dans une lanière qui lui barrait les cuisses.

Et le sourire monta aux lèvres de Grégoire de Fronsac qui la regardait venir vers lui, et quand elle s'arrêta à quelques pas, tenant courte la bride à sa jument énervée par les chiens, elle souriait elle aussi.

9

Une quinzaine de cavaliers formaient l'entourage du comte et s'efforçaient de chevaucher à portée de sa voix – qu'il élevait souvent, pour ne pas dire en permanence, visiblement heureux de participer à cette battue, la plus formidable battue jamais organisée dans le royaume, ainsi que chacun de ses participants l'avait sans doute répété vingt fois à qui voulait l'entendre – comme si, pour les gens de cette escorte chamarrée, l'événement consistait surtout à côtoyer le noble personnage, à partager sa jovialité et à capturer ses bons mots. Bourgeois et nobliaux de Mende et de ses environs, rameutés par le prétexte à paraître, au contraire des villageois et barabans à qui la corvée, une de plus, une encore, la centième et la même depuis des mois, ne laisserait qu'une journée perdue, voire plusieurs, les jambes lourdes et la gorge cassée et le corps tout entier pesant de fatigue stérile, avec au bout de cette traque démesurée probablement rien de ce qu'on chassait.

La bonne moitié de cette cavalerie ne s'était probablement pas retrouvée en selle depuis des lustres et Grégoire aurait facilement parié un louis (c'était pour lui un jour de chance à ces jeux-là...) en les voyant prendre le départ du campement, deux louis après les avoir suivis au petit trot à travers prés et landes, trois louis maintenant, après une petite demi-heure au pas de promenade sur le chemin de charroi dans la forêt, que le quart de l'équipage finirait la journée dans le silence et les sourires crispés qui signifient indiscutablement, dans le langage caractéristique des cavaliers de fortune, un profond mal de cul. Il en souriait, percevant les jacasseries qui flottaient derrière lui, par-dessus les frappements sourds des sabots sur la terre noire de la passée.

Au-delà, plus bas et plus haut que le chemin, dans la forêt, s'élevaient par intermittence les cris et les hurlées des rabatteurs, et parfois les abois des molosses à la laisse, parfois encore ceux d'une chasse lancée que des coups de trompes et de cornes rappelaient.

Le soleil était déjà haut dans le ciel que des nuages sans importance traversaient à vive allure pour filer ailleurs. C'était bleu à travers les cimes griffonnées des pins et les jaunes éclaboussures des hêtres ; la lumière dansait et voletait comme une pluie de papillons sur les habits et uniformes violemment colorés des cavaliers, les robes alezanes aux reflets soyeux des montures.

Marianne, remontée du fond bavard de la chevauchée, allait devant, immédiatement derrière les deux maîtres de chasse, à deux longueurs de l'avant-groupe formé, depuis l'entrée à couvert, par Grégoire et Mani que Jean-François de Morangias avait très naturellement rejoints. Thomas d'Apcher était partout, remontant la troupe et reculant l'instant d'après, quittant le chemin pour rejoindre et parcourir la ligne des groupes de ses gens, poussant, pour revenir, un galop ronflant dans une grande envolée de feuilles mortes, comme un nuage de rouille...

Grégoire et Jean-François chevauchaient sans un mot depuis un moment, après avoir longuement parlé d'Afrique, l'un questionnant et l'autre donnant réponse sans se faire prier. Tout ce qu'avait raconté le jeune comte évoquant les chaleurs et les pluies et les hommes et les femmes de là-bas planait maintenant et s'accrochait alentour en images lourdes et oppressantes. Ils gardaient le silence. Ils avaient l'un et l'autre le même regard trouble, voilé, fasciné par le dos de la jeune femme, devant eux, les tressautements de sa chevelure au pas de son cheval, le balancement du fusil et les reflets sur son canon bronzé contre sa hanche.

Une longueur en arrière venait Mani, le visage grave, comme s'il entendait tous les bruits, chacun d'entre eux s'enfonçant sous sa peau comme s'il voyait et percevait tout ce que cachaient ces bruits et même ce qui rampait et murmurait sous l'écorce des arbres...

Un bref grommellement s'échappa des lèvres de Jean-François et il dit, à la traîne d'une pensée enfouie :

– ... des brutes superstitieuses, pour la plupart. Comme partout ? Comme ici. (Croisant le regard interrogateur de Grégoire, il précisa :) Les indigènes...

– Oh, dit Grégoire. Oh, les indigènes... Oui. Chez certains Indiens d'Amérique, de Nouvelle-Angleterre en particulier, les chasseurs mangent le cœur de leur proie pour qu'elle leur donne sa force... Mais ne faisons-nous pas de même, en sauce ou en rôti ?

– Pour en tirer courage ? En Afrique, c'est du cœur de leurs ennemis que les guerriers se repaissent... Comment trouvez-vous ma sœur, chevalier ?

La question abrupte fit grimacer Grégoire. L'opportune remontée du comte à leur hauteur, suivi de quelques-uns des bourgeois secoués, lui épargna une réponse.

– Eh bien, mon chevalier ! trompeta le comte joyeusement. Comment trouvez-vous la promenade ?

Car c'était donc une promenade... Le chevalier jeta un regard à Jean-François, qui se retint ostensiblement de tourner la tête. Grégoire dit que la promenade lui convenait parfaitement.

– J'espère, poursuivit le comte dont les joues tremblaient en cadence, j'ose espérer que mon fils l'explorateur ne vous importune pas avec ses histoires africaines !

– Au contraire, monsieur. Nous avons les mêmes centres d'intérêt, je crois...

Cette fois, le regard du manchot s'accrocha un quart de seconde à celui de Grégoire – le temps pour celui-ci d'y voir brûler, il en aurait juré, la haine la plus pure... une fraction de seconde, un éclair, une étincelle chargée de tous les carats de la haine, oui, mais le temps de le ressentir et c'était devenu au contraire un regard amusé, cela n'avait peut-être jamais été autrement...

– Les mêmes sujets de disputes aussi, alors, sans aucun doute... laissa filer Jean-François entre ses dents sur le ton de l'amusement, et l'affirmant autant qu'il le demandait.

Grégoire savait ce qu'il regardait, disant cela, droit devant lui...

– Voilà bien mon fils, monsieur le naturaliste, dit le comte. Il n'est pas heureux sans dispute.

Le cavalier qui galopait vers eux dans un tourbillon de feuilles rousses, louvoyant entre les troncs des hêtres, prit pied sur le chemin à une centaine de pas, échangea quelques mots avec les maîtres de traque, piqua des deux ensuite et s'arrêta à hauteur de Marianne avec qui il attendit que la petite troupe les rejoigne : Thomas d'Apcher était bonnement aussi rouge que le comte, les yeux luisants, excité comme une meute à lui tout seul.

– Monsieur le comte, Jean-François, dit-il, il faut demander à vos gens de se rabattre vers Huyères. Les miens iront au sud, et nous nous retrouverons autour du pré de Croix-Jacques.

– C'est un ordre, marquis ? dit le comte sur un ton d'amusement.

Thomas d'Apcher rougit jusqu'au front :

– Nous avons serré des loups, ils vont être rabattus là-bas, monsieur !

– Seigneur ! clama le comte. C'est donc un ordre ! Nous y obéissons, Thomas !

– Nous avons serré des loups ! répéta Thomas à l'adresse de Grégoire qui se trouvait le premier dans la trajectoire de son regard brûlant.

Il se fit un soudain et grand mouvement de chevaux et de cavaliers à la suite de Thomas ; un bourgeois vida les étriers et un autre l'imita en lui voulant porter secours. Le remuement prit un instant une tournure très chaotique qui repoussa dans sa périphérie quelques-uns des cavaliers empêtrés, alors que d'autres s'écartèrent prudemment et attendirent que le désordre se défasse et revienne à la normale... Mani et Grégoire furent de ceux-là, sur le côté de la confusion, et Marianne de Morangias près de qui le chevalier fit aller sa monture.

– Acceptez que je vous protège de ce chambardement, dit Grégoire en soulevant son chapeau.

– Vous vous moquez ?

– Certes non... Ou à peine, et ce n'est pas méchamment. Madame la comtesse votre mère vous a donc permis de suivre cette battue ?

– C'est ce que l'on voit, me semble-t-il. Et je ne suis pas ici rien que pour seulement suivre...

Elle sourit crânement, tapota de sa main gantée le canon du fusil.

– C'est ce que l'on voit, me semble-t-il, répéta Grégoire, ajoutant sans rire : Elle doit se faire du souci pour sa fille, à qui la pauvre dame ne sait rien refuser de ses envies, aux décisions de qui elle ne sait pas s'opposer...

– Ma mère n'est pas si pauvre dame que vous le supposez et se fait de toute façon toujours du souci, dit Marianne. Je suis bien forcée de lui imposer mon vouloir : si je l'écoutais, savez-vous ce qu'il en serait ? Vous auriez devant vous, ou plutôt n'auriez pas, une nonne. Le père Sardis a convaincu ma mère, la pauvre dame, que je suis faite pour le voile et la guipure.

– Morbleu ! Convaincue ? Elle l'écoute ? Comment peut-on entendre cela ?

– Le père Sardis, par ses prières et nombre de messes dites, a sauvé mon frère des fièvres, à son retour d'Afrique...

– Évidemment !

Elle fit une moue, tenant plus courtes les rênes à son cheval qui bronchait, et regarda par-dessus l'épaule de Grégoire ceux qui venaient... Et dit :

– Je sais qu'un libertin ne croit pas aux vertus de la prière, et je sais...

– Un libertin ?

– C'est ce qu'on dit de vous, chevalier.

– Que ne dit-on de moi ! Pourquoi ne dit-on pas, plutôt, tout simplement que j'aime ?

Marianne tourna bride, fit volter sa monture. Il vit dans le mouvement la roseur à ses joues. Elle demanda, une œillade glissée dans ses cheveux volants :

– Parce que vous aimez ?

– Bien évidemment oui.

Elle pouffa, un peu plus rose que rose et détourna les yeux.

– C'est ridicule... Nous ne nous connaissons...

S'interrompit. Non plus rose mais pâle de confusion soudaine, éperonna, sauvage, et partit au galop. Grégoire l'appela, cria son nom, riant, éperonnant à son tour, s'élança derrière elle.

Mani talonna, les suivit.

La traque s'était recomposée avec un semblant d'ordre, sur le chemin marqué par les roues des charrettes et les troncs débardés et les sabots des attelages de bœufs, derrière les de Morangias père et fils qui suivirent des yeux le trio au galop jusqu'à sa disparition au détour des arbres couvrant la faible pente.

– Il faudra, père, dit le fils, que vous lui commandiez de monter comme une dame.

– Lui commander... pouffa le père. Il n'y a pas de mal, à son âge, à faire un peu d'exercice.

– Mon père ne voit le mal nulle part, dit le fils d'une voix atone aux arbres éclaboussés de soleil doré, fixant le tournant du chemin où les trois cavaliers avaient disparu.

– Mon fils voit le mal partout, dit le père sur un ton désolé, fixant lui aussi cet endroit et tandis qu'alentour l'agitation désordonnée retrouvait figure cavalière... Ne te tracasse donc pas, ta mère sait parfaitement se mettre en souci pour nous tous ! Allons... Marianne est une personne de tête et elle sait ce qu'elle fait.

Le comte, sur ces fortes paroles comme il en proférait souvent plutôt pour repousser et oublier ce qui risquait de poser problème que pour empêcher qu'il se pose, fit reculer sa monture à petits coups de genoux et clappements de la langue vers le groupe qui reprenait tournure.

– Et moi, je sais où elle va... souffla Jean-François, toujours sans broncher.

Détalant, lancés de toutes leurs forces comme des projectiles gris, bondissant par-dessus les creux paillassés de genêts, les troncs morts abattus, se coulant sous les branches, fuyant les cris, les hurlements qui flambent dans la tête, et le feu aux naseaux, et des griffes et des dents déchirant sous le poitrail, dans la terreur pâteuse avalée à pleine gueule, crevant les odeurs de la peur et celles des feuillages et de la terre arrachée sous les ongles, courant, courant à toute vie, plongeant dans les ombres et les lumières zébrantes du sous-bois, s'enfonçant dans les plus mauvaises passes, les plus ardues...

Il avait perdu les femelles et les autres, il les sentait encore il y a peu, avant les cataractes de braillement des puants, leur vacarme... avant les grandes failles et les serres tranchées dans la roche où les chiens avec le cou cerclé de dents de fer ne s'étaient pas aventurés et où les hommes avaient suivi les crêtes... Où étaient-elles ? elle et les autres ? et ceux de sa tanière, et les petits...

Il courait, haletant, gueule grande ouverte, derrière lui quelques-uns d'une harde qui venaient d'un autre territoire...

Les cris, comme les déchirements soudains de quelque chose qui aurait été invisible et sans odeur et pourtant d'une dense dureté, et des branches qui se brisèrent, le taillis s'ouvrit, s'éventra, et le coup de feu claqua, coup de tonnerre contenu dans les seules mains de l'homme, puis le mitraillage déferlant, la sale odeur, la terre, les pierres et des racines, des fragments comme des échardes se soulevèrent devant lui en geysers miauleurs, et le mâle au pelage roussâtre qui bondissait en même temps que le grand loup gris, d'un même élan, le même regard contenu dans la fente noire qui tranchait les iris jaune-vert, le même élan de tout le corps avec une force infinie et une infinie élégance, se tordit autour du cri arraché de sa gueule béante en plein milieu et au plus haut du grand bond, avec le sang hors de sa tête aspergeant la culbute...

Courant... courant taillé à vif d'un seul bloc dans les chairs livides de la solitude...

Au galop, après avoir suivi le chemin ouvert dans la forêt sur plusieurs lieues, avoir pris et remonté certaines passées coupant par le travers ou encore, comme des affluents, s'y jetant, les deux cavaliers aux trousses de la première avaient quitté les voies tracées, au bout d'un moment et alors que la chevauchée avait assourdi puis étouffé derrière elle trois chahuts différents de rabatteurs, et maintenant traversaient à même allure les fougères cinglantes entre des hêtraies de grands troncs gris que tavelaient les miroitements de lumière et qui succédaient aux corps brunis et rugueux des pins.

C'était une merveille de voir aller Marianne à bride abattue, et Grégoire y prenait, sans s'en lasser, autant de plaisir qu'à sa propre chevauchée – cette fille-là était née en croupe (l'image qui lui vint de la comtesse mère le fit sourire ...) et en aurait remontré à plus d'un dragon du Languedoc.

Ce qui avait commencé comme une poursuite s'était très vite changé en agrément partagé, une promenade fouettant d'air vif le visage et faisant bouillonner le sang dans les muscles, pas même une course, ni rien de compétitif, la cavalière étant la seule du trio à savoir où elle allait, les deux cavaliers se contentant de la suivre et de profiter avec elle des beautés de cette escapade qu'elle leur offrait.

La battue des sabots sur la couche épaisse d'épines comme un long ronflement saccadé, enivrant, la souplesse du contact transmis par les muscles puissamment déliés des montures... et ce plaisir aussi que prenait le cheval à courir de la sorte à travers bois, un plaisir qui se ressentait et s'alliait à celui du cavalier en une complicité jouissive...

Grégoire talonnait, guidant sans presque en avoir conscience, laissant faire et aller, emporté, se surprenant parfois à fermer les yeux pour plusieurs secondes interminables et magnifiques, et quand il les rouvrait, elle était là devant lui, légère et souple, immuable en ces instants suspendus, comme si elle ne faisait qu'un, qu'une seule créature, avec sa jument, et comme si la jument n'était pas guidée par les rênes et la cavalière, feignait juste l'obéissance, comme si quelqu'un ailleurs dirigeait l'enlèvement en toute sécurité, en toute sérénité...

La magie s'interrompit soudain – ou bien se poursuivit au contraire, mais d'une autre façon et d'une autre couleur – et ce fut si brutal que Grégoire de Fronsac cavalant dans un autre monde en eut le souffle coupé.

Rien, à aucun moment, pas un indice – un indice qu'il eût en tout cas remarqué – ne l'avait préparé à l'apparition, ni laissé supposer le brusque changement de décor. Il galopait à la suite de Marianne à travers les taillis peu épais sous les hautes futaies, jambes fouettées par les rameaux défeuillés, suivant des sentes ou des passages dont elle connaissait visiblement par cœur l'existence... et ç'avait été comme un coup de poing en pleine poitrine.

La clairière taillée dans les arbres, comme si le ciel avait craché ici un jet de salive corrosive pour y tremper sa lumière glauque. Un trou dans les cimes, dans les troncs, cerné de broussailles, de ronces et de framboisiers en touffes géantes, et encore d'orties dardant leurs pointes jusqu'à la sous-ventrière.

Et au centre de la coupe, l'église arc-boutée – ses ruines de pierres roses et grises, moussues, gansées de lierre, avec des bouts de murs comme des chicots dans une vieille mâchoire, crêtés de rejets verdoyants. La toiture était effondrée, mais le clocher toujours droit, et dans le mur arrondi d'abside la rosace aux vitraux de couleurs dures envahis par le lierre, à peine brisés, tel un œil clignotant dans les rais du soleil vertical. Et Marianne triomphante, ravie de les avoir emmenés là, devant la muraille terne éclatée, le visage illuminé et rougi par la cavalcade, qui laissait piaffer et s'ébrouer sa monture frémissante alors que s'envolaient tout autour d'elle, sans un cri, juste les flappements de leurs ailes, jaillis de la ruine comme par tous les pores de sa vieille carcasse, la myriade d'oiseaux noirs qui occupaient les lieux.

Elle fut ainsi, radieuse, à la source de l'envolée plumeuse de soie noire, le temps que Grégoire et Mani s'approchent. Son sourire tomba lentement tandis qu'elle reprenait son souffle et suivait des yeux Mani qui avait poussé son cheval vers le portail défoncé de la chapelle. Le Mohican s'arrêta devant les marches de l'étroit parvis en bringues et recouvert de ronces et d'orties. Il écouta. Sur son visage cuivré luisant de sueur se creusait graduellement un burinement douloureux. Tous ses sens tendus, à l'écoute de la forêt et des pierres dressées qui se taisaient comme jamais.

Au loin un geai criailla une quinte d'appels courroucés.

Grégoire amena sa monture au côté de Mani – ses yeux profonds d'une même noireté semblaient hésiter entre la réprobation et la compassion...

– Mani...

Mani souffla quelques mots dans sa langue, en un long soupir saccadé.

– Mani... répéta Grégoire sur un ton marqué de reproche.

– Que dit-il ? voulut savoir Marianne.

Elle avait retrouvé un rythme de respiration normal, sa poitrine se soulevait et s'abaissait à une cadence apaisée. Mani posa sur elle son regard d'eau sombre qui ne cillait pas et ce fut comme s'il la touchait, comme si le contact était physique ; elle eut un léger mouvement de recul du buste, se mordit la lèvre, tandis que ce qui restait de rougeur à ses joues fondait d'un seul coup.

– Mani ! appela Grégoire.

– Beaucoup de gens... dit Mani en un français très clair, cherchant le mot précis. Beaucoup, ici, de gens morts.

Marianne força un sourire un peu crâne sur ses lèvres pâlies :

– Mon Dieu... comment peux-tu... comment savez-vous cela ?

Mani hocha la tête. Du doigt, il décolla de son front une fine mèche de cheveux, en un geste qui paraissait signifier beaucoup plus que ce qu'il faisait, tourna légèrement sa bride et s'écarta, s'éloigna au petit pas de sa monture, écoutant, aiguisant son regard au bord de ses paupières mi-closes, longeant d'aussi près que possible le mur de la ruine.

– Ne soyez pas inquiète, rassura Grégoire à l'adresse de la jeune femme qui suivait des yeux le Peau-Rouge. Mani est un peu...

– Devin ?... Il a raison : beaucoup de gens sont morts, ici. Il y avait jadis une commanderie templière. Et quand elle a brûlé, près de trente hérétiques ont brûlé vif dans cette chapelle... Comment pouvait-il...

– Mani a de bons yeux, dit Grégoire.

Il indiqua, dans une trouée de lierre, sur un des piliers de la voûte brisée, le fragment d'une croix que les coups de masse n'avaient pas totalement brisée.

– Oh... sourit Marianne.

La couleur lui était revenue. Elle eut un franc sourire et talonna sa monture qu'elle mena sur l'autre bord de la ruine, à l'opposé de la direction prise par Mani, et se glissa dans un passage étroit ouvert dans le mur sous une ouverture éventrée dont il ne restait que le linteau de guingois. Grégoire la suivit. C'était, depuis l'enceinte éclatée des ruines, comme si la forêt environnante retenait davantage encore sa respiration verte, plus opaque, plus serrée, et comme si le soleil tout à coup peinait à y allumer ses brûlis. Elle déboucla la courroie qui maintenait le canon du fusil contre sa cuisse, mit pied à terre dans un envol de jupe et sans souci pour le vêtement qui balaya les ronces, tira l'arme de son étui de crosse. Ce n'était visiblement pas la première fois qu'elle maniait ainsi l'engin... D'un coup d'œil et d'une inclinaison de la tête elle invita Grégoire à descendre de selle pour la rejoindre dans le fatras de pierres écroulées, d'herbes mauvaises et d'épines. S'exécutant, il demanda :

– Pourquoi nous avoir entraînés ici ?

Elle escaladait les gravats, s'enfonçait parmi les orties.

– Je vous ai entraînés, chevalier de Fronsac? Allons donc! C'est le point d'affût où nous devions nous rendre, rien de plus... selon les cartes dressées par le marquis d'Apcher.

Mani, qui avait fait le tour de la ruine, apparut à son tour à l'encadrement de la trouée dans le mur. S'immobilisa. Il fit le signe à Grégoire de lui donner les brides des chevaux. Quand il se tourna de nouveau vers Marianne, elle était debout, son fusil à la main, cœur de fleur de sang dans les faisceaux d'orties, regardant par-delà les effondrements de parpaings et les crêtes boursouflées des murs sans toiture, nimbée de la lumière étrange que faisait le soleil au travers des quelques vitraux de la rosace étonnamment épargnée. Elle dit, pour elle ou bien pour lui, ou bien pour la forêt à qui elle rappelait une connivence :

– Je n'étais que petite fille et je venais ici, jouer avec mon frère.

Elle regarda Grégoire.

– Et vous n'aviez pas peur?

– Avec mon frère, répéta-t-elle en appuyant sur les mots, soulignant la précision. Il disait qu'il me protégeait des fantômes...

Et après qu'ils eurent tant et tant couru, comme si c'était depuis le commencement de toujours et des temps – et c'était sans doute effectivement depuis toujours et le commencement des temps partagés entre les hommes et les loups –, après avoir traversé les broussailles et les épines et les taillis, dévalé des ravins de caillasses comme des lames pour les coussinets des pattes, franchi des crevasses brayeuses, après avoir coulé et déferlé comme un grand roulement torrentueux grossi par ceux venus des quatre coins de la montagne, charriés dans les flots rebondissants d'une même terreur, traqués et repoussés par ces cris jaillis de la terre, comme si tous les hommes en étaient sortis ce jour-là et avaient quitté leurs tanières de pierre et de feu, courant, courant dans les couloirs désertés du vent, courant à ne même plus sentir brûler les pattes et les muscles de tout le corps, à ne plus rien savoir ni reconnaître des marques de la terre, après qu'ils eurent tant et tant couru comme un feu qui ravage et après avoir été à la fois le feu et ce que le feu dévore, après, s'ouvrit brutalement la clairière, la lumière, l'éblouissement, la blanche et vaste fauchée dans les arbres sur le pourtour de laquelle se dressèrent ceux qui les attendaient. Et roula le tonnerre, se brisa le ciel en morceaux fracassés, crachèrent les gueules d'acier, les canons, jaillirent des langues de flammes comme des coupures de soufre et s'abattit la puanteur soudaine de leurs haleines fumantes...

Courant...

Courant encore, parmi ceux qui tombaient dans les ébouriffures de cris et de sang et les retentissements des chocs du plomb perçant la chair et fracassant les os, les appels et les glapissements que déchirait l'épouvante, courant au milieu des culbutes, éclaboussé de rouges gribouillages, dans l'odeur affreuse, courant, précipité au cœur de l'atroce basculement du carnage, lancé parmi ceux qui s'abattaient de toutes parts sous la mitraille, fonçant droit dans les rideaux de la pluie de plomb et de boucan...

– Celui-là! Là! criait du Hamel, la joue noircie par le retour de flamme d'un long feu.

Le grand loup hérissé à la gueule ouverte bondit à hauteur du poitrail d'un cheval. On entendit, dans le vacarme, claquer ses crocs dans le vide. Il plongea entre les jambes de la monture de Jean-François de Morangias, qui hennit de terreur, fit un écart et faillit jeter bas son cavalier.

Le loup fila comme une traînée de foudre grise à travers le massacre, échappant aux balles et aux cris, lui et quelques autres éparpillés, et le premier des cavaliers élancé à sa poursuite heurta la branche d'un chêne qui l'envoya rouler cul par-dessus tête sur la croupe de son cheval puis dinguer contre le tronc d'un charpène, accroché par une botte à l'étrier, et Jean-François crevant le fourré au grand galop en braillant sus à la bête l'évita *in extremis*...

Elle n'avait pas protesté, ni feint de le vouloir faire, quand il était venu s'asseoir à côté d'elle, une feuille vierge éblouissante pincée sur le carton, ni quand il s'était mis à tracer son portrait. Comme si l'endroit avait été dressé pour cela, le jour et ses événements exclusivement destinés à cet instant où elle poserait ici, naturelle et tranquille, accroupie derrière le morceau de mur éboulé d'une abbaye fantomatique, le fusil à la main... Elle n'avait rien dit, et lui pas davantage, laissant venir et monter et tourner autour d'eux le murmure intrigué du vent dans les branches, les craquetis des feuilles qui se détachaient. De loin en loin, les chevaux s'ébrouaient, tiraient sur leur bride nouée aux torsades de lierre et faisaient cliqueter leur mors. Une migrette, quelque part, lançait parfois une trille, toujours la même, et le fit un temps avant de s'en aller comme un trait noir à travers les ramures. Et le fusain crissait et caressait le papier.

À un moment, relevant les yeux de la feuille, il avait reçu comme une flèche son regard d'une intensité soudaine et parfaitement inattendue, planté dans le sien. Elle lui avait demandé, très sérieuse, pourquoi « il n'aimait donc pas la chasse » ? Lui, à son tour questionnant en manière de réponse pour savoir si c'était « donc » un crime, dans ce pays, que de n'avoir pas de jaquette à basques rouges... Elle n'avait pas répondu, ni de la voix, ni de l'expression, ni d'aucune attitude. Elle avait juste reporté son attention sur la clairière sombre. Plus tard, il avait dit à son visage dessiné qui se levait de sous le grain du papier que, pour les Indiens, dessiner quelqu'un équivalait à lui prendre son âme, sa force, et elle lui avait demandé, en plissant les paupières, s'il s'intéressait « donc » et « aussi » à son âme et il n'avait rien répondu, et elle n'avait pas réitéré la question, et Grégoire avait ressenti ce silence noué et serré autour d'eux plus fort qu'un véritable garrot.

– En avez-vous terminé, monsieur le portraiteur ? s'enquit-elle.

– Sans doute non, dit Grégoire. Sans doute jamais. C'est une esquisse. Une esquisse ne se finit pas.

– Vos modèles, d'habitude, sont-elles donc avant tout des modèles de patience ? Comment font-elles pour ne pas...

Les coups de feu éloignés claquèrent comme des pets, sourds, étouffés. Puis montèrent les voix hachées des trompes et des cornes. Les abois.

Marianne se redressa, saisit son fusil dont elle arma le bec de coq, vérifiant la bonne position du cache-bassinet, leva lentement la crosse, l'épaula.

Du coin de l'œil, Grégoire vit Mani, près des chevaux, grimper en deux bonds souples et silencieux sur le faîte du mur écroulé. Il avait les mains vides (le fusil reçu de Thomas au matin était resté au campement de chasse).

Le roulement des galops se fit entendre, écorchant progressivement le profond de la forêt. Les chiens semblaient toujours tourner en rond au même point et clabaudaient rageusement comme si quelque chose, par là-bas, les rendait fous.

Il sortit tout à coup du fourré, à la lisière touffue de la clairière. La tête large, sa crinière hérissée, la gueule bavante – un regard de pierre que le soleil brûla.

Et comme si son irruption avait commandé la pétrification de tout.

Puis le temps suspendu retomba, les battements de cœur frappèrent un peu plus haut dans la poitrine de Grégoire, Marianne pencha la joue sur sa crosse et aligna le canon. Le galop se fit plus sourd encore, rapproché. Plusieurs galops.

Alors le loup gronda, retroussa les babines et découvrit ses crocs luisants des baves moussues de la course, se mit en marche. Son corps gris sale de terre et pesant de fatigue. Droit sur la ruine, un pas et un autre, une coulée de muscles sous la fourrure horripilée.

Le mince fil de lumière qui soulignait le canon du fusil s'abaissa imperceptiblement. Elle ne respirait plus. À la seconde précédant la pression du doigt de Marianne sur la détente, Grégoire tendit le bras et souleva le canon. Elle poussa un cri de surprise, dans la flamme blanche de la mise à feu, le coup de tonnerre de la déflagration. Le recul planta la crosse sous son aisselle et la repoussa assise.

Le loup sauta sur le mur d'enceinte, en trois bonds le longea, comme s'il volait, là-haut, dans la lumière d'or qui baignait la ruine et l'écho finissant du coup de fusil. Il s'élança. S'éleva.

Il toucha la pierre à une longueur de bras de Mani – on l'entendit grogner dans son effort et plus fort que le bruit du galop dans les branches du fourré – et rebondit entre l'homme et les chevaux, ronflant comme s'il ricochait sur le mur, et disparut à l'instant précis où Jean-François débouchait du fourré, comme dans une mise en scéne de théâtre, la sortie et l'entrée des acteurs précisément réglées...

Le jeune comte fit irruption dans un fracas de branches brisées et foulées, chevauchant rênes nouées au poignet de son unique main qui tenait le fusil, et vint s'arrêter au pied du mur derrière lequel se redressait sa sœur. Sa pâleur valait bien celles de Grégoire et de Marianne – une pâleur de rage pure, sous la sueur collant sur son front et ses joues les mèches de cheveux noirs défaites du catogan.

– Ma pauvre Marianne! cracha-t-il. C'est ainsi que tu chasses, aujourd'hui? Tu veux donc mourir?

Elle ouvrit la bouche, lèvres pâles.

– C'est ma faute, dit Grégoire. C'est moi qui...

– C'est vous quoi? Qui vous parle, monsieur? cingla Jean-François.

Il fit un haut mouvement de bras pour saisir une des rênes entre ses dents et la guider en rejetant la tête sur le côté, fit volter sa monture et piqua des deux à la suite du loup, grondant de colère quand il longea l'enceinte à l'aplomb de Mani.

Les autres cavaliers débouchèrent à leur tour – le capitaine du Hamel, plusieurs dragons sabre au clair, deux bourgeois rubiconds parmi ceux que Grégoire eût donnés tannés dans l'heure...

La troupe passa comme une bourrasque, le capitaine cria des choses auxquelles répondit Marianne en indiquant la direction suivie par son frère – qui n'était pas exactement celle prise par le loup... – , et le grondement s'éloigna. Le silence descendit avec les tournoiements des feuilles mortes détachées par le souffle de la rude chevalée.

Un instant, bien trop de temps, Marianne garda sa position raidie, fixant droit devant elle le désordre ouvert dans le taillis, et Grégoire crut voir trembler son menton comme si elle faisait effort pour retenir des larmes, et il détourna les yeux. Elle se releva, tapotant sa robe du plat de la main pour en enlever les brindilles et les épines, puis elle prit son fusil et descendit des gravats de sa position, s'en fut vers sa monture et décrocha de la selle la poire à pulvérin, et se mit posément à recharger son arme, soufflant dans le bassinet avant de le regarnir. Elle ne leva pas les yeux sur Grégoire, ignorant sa présence à ses côtés. Il savait le terrible gâchis du moment, supposait et redoutait ses irréversibles conséquences... et pourtant ne pouvait empêcher un chatouillis amusé de lui picoter le fond de la gorge...

– Je suis désolé, Marianne, dit-il sur un ton qu'on sentait sans doute un peu forcé au remords.

– Vous ne l'êtes pas, dit-elle, déchirant la cartouche de papier avec des doigts qui tremblaient. Vous paraissez le contraire, bien aise de votre coup.

– Vous êtes fascinante, occupée à charger cette arme comme un parfait artilleur.

– Et de plus vous vous moquez.

– Pas le moins du monde, Marianne, je vous l'assure.

Il était parfaitement sincère. Elle leva enfin les yeux sur lui.

– Pourquoi m'avoir fait ça ? dit-elle comme si elle l'accusait du pire outrage.

– *Vous* avoir fait quoi, Marianne ? Ce que j'ai fait, c'est au loup, surtout, que je l'ai fait. Sans regret.

– Mais c'était peut-être la Bête !

Il soutint son regard, lisant dans les yeux verts la candide certitude d'avoir été spoliée d'un grave et terribe privilège, et comprenant que ces yeux-là avaient couché en joue sans ciller non seulement un loup de grande taille, traqué et dangereux, mais bien pire – ce qu'ils avaient pris sincèrement pour la Male Bête ! –, et si la jeune femme tremblait, maintenant, c'était non pas de s'être trouvée en face d'un monstre, mais de l'avoir manqué...

– Je ne crois pas, Marianne, assura Grégoire d'une voix creuse et dénuée de tout accent d'amusement. Simplement un loup. Rien qu'un loup.

– Rien qu'un loup, dit-elle, qui nous a perdu la journée. Nous n'avons plus rien à attendre ici et pouvons retourner au camp de chasse.

Elle fit comme si elle ne remarquait pas son mouvement pour l'aider à se mettre en selle, grimpa sur une pierre afin de mettre plus facilement le pied à l'étrier, et s'enleva. Puis elle quitta la ruine, par la même brêche dans le mur qu'elle avait empruntée pour y entrer. Après quelques pas, à deux ou trois longueurs de là, elle s'arrêta et les attendit, sans pour autant tourner la tête vers eux.

Et Grégoire, levant les yeux vers Mani, trouva aussitôt son regard. Mani porta la main à sa poitrine, à plat sur son cœur, en signe de remerciement.

Grégoire soupira, hocha la tête, sans un mot.

Si le grand loup gris ne figurait pas au tableau de chasse, sa compagne en était, le garrot fracassé par une balle, la mandibule à demi emportée par une autre.

Deux rangs de plus de vingt dépouilles, alignées sur le gazon boueux, c'était là, dans le soir rougeoyant, l'aboutissement exposé d'une journée harassante pour les paysans qui se dispersaient par petits groupes de deux ou trois en repartance vers leurs villages, comme pour ceux qui n'étaient même pas revenus au camp, où, ils le savaient, nulle prime ne serait à partager. Et ç'avait été une journée tout aussi éprouvante pour les miliciens et autres chasseurs qui n'avaient épargné ni leurs balles, quand ils étaient en droit de posséder des fusils, ni leurs forces, et dont les griffes de fer avaient achevé nombre des victimes de la battue exhibées là ainsi que celles qui avaient été laissées sur la place de leur massacre, tous ces traqueurs réunis au-devant des lisières où on leur avait permis d'allumer des feux de bivouac et où ils passeraient la nuit jusqu'au départ, le lendemain, vers un autre engagement ou au hasard de l'errance.

Vingt et quatre loups. Le tiers en mâles et une dizaine de femelles adultes, le reste en louveteaux d'une année.

Sur vingt et quatre loups morts ce jour-là, le soleil pleurait son propre sang et barbouillait le ciel au-dessus des lointaines terrasses de l'Aubrac. Des nuages noirs se déchiraient et tournaient sur eux-mêmes, hésitant dans les courants de vent à se mettre en boules ou à se disperser eux aussi et quitter ce lieu de malheur stérile. Des charrettes attelées à des bœufs attendaient. Les chevaux encore sellés réunis au long de cordes tendues entre des piquets de hêtre gris déplantés à quelque clôture. Des gens allant, venant, qui se taisaient, n'étaient plus que des habits rouges empesés sur des bottes trébuchant de fatigue et aux boutons desquels le soir s'efforçait de cligner gaiement pour les ravigourer un peu. Un groupe de dragons démontaient la grande tente, ponctuant la manœuvre d'ordres clairs qui tailladaient le soir ; d'autres rassemblés au bas du talus couvert des traces de roues des charrettes attendaient le départ, au repos, fumant et chiquant et bavardant près des chevaux.

À peine arrivée au campement, Marianne de Morangias en était repartie. Avait poursuivi sa route, sur un balancement de tête en direction de Grégoire et en guise de salut. Elle avait fait un crochet par la tente dont les dragons commençaient à peine à rouler la toile, n'était pas descendue de cheval, et l'instant d'après s'en allait, escortée par deux soldats. Thomas d'Apcher avait surgi de quelque part... son expression rayonnante tombée tout net au vu des figures faites par Grégoire et Mani...

Mani se tenait maintenant accroupi à l'extrémité du campement, où il s'était rendu quand les valets de chasse s'étaient mis à charger les dépouilles des loups sur une charrette amenée à cul du terrain. Accroupi et tournant le dos au spectacle des cadavres balancés sur le plateau de perches avec, chaque fois, les cris enthousiastes qui cadençaient le chargement.

Grégoire, en selle, tenait d'une main son carton appuyé au pommeau et dessinait l'opération. Il ne marqua pas d'attention particulière à l'approche du comte remontant vers lui la rangée de cadavres et que suivaient son fils manchot, le capitaine du Hamel, Thomas d'Apcher et deux soldats à l'allure épuisée. Le groupe s'arrêta à deux pas, bien trop près pour que Grégoire pût l'ignorer encore, et obstruant de toute façon son point de vue...

– Faudra-t-il vous faire porter des chandelles, Grégoire ? dit le comte.

Son amabilité bonhomme, qu'il s'efforçait de garder comme ce qu'il estimait sans doute être une élémentaire politesse due à ses hôtes, se faisait difficultueuse. La fatigue et la déception marquaient de poches sombres le dessous de ses yeux, affaissaient ses traits, alourdissaient ses joues que la barbe grisait.

– J'en avais presque terminé, monsieur, dit Grégoire.

Le comte hocha la tête. La bordure de plumes de son chapeau frissonnait. Il dit :

– Ce n'est pas aujourd'hui que vous nous croquerez la Bête – pour reprendre l'expression prometteuse du marquis votre père, Thomas. Je crains que notre capitaine ait montré ici, aujourd'hui, les limites de ses compétences.

Le capitaine en question, pâle, ravalant sa salive et ce qu'il aurait éventuellement pu plaider pour sa défense, garda un silence de tombeau.

Thomas d'Apcher regardait (avec beaucoup de concentration, estima Grégoire) manœuvrer les valets de chasse qui chargeaient les corps sanglants des loups. Jean-François de Morangias, quant à lui, menton levé, avait piqué son regard au revers du cavalier et ne semblait pas vouloir l'en décrocher de sitôt.

– Monsieur de Fronsac, appela le marquis sur un ton plus bas et désignant d'un signe de tête Mani accroupi à cent pas de là. Voilà un... voilà quelqu'un de bien singulier, ne trouvez-vous pas ? Où donc l'avez-vous pêché ?

– Je croyais l'avoir dit, comte. Je ne vois pas que la singularité soit spécialement son lot, et je ne l'ai pas pêché : il m'a suivi de Nouvelle-

France, quand c'était encore un peu le nom donné à ce pays.

– Un Acadien ?

– Un Algonquin. Un Indien de Stockbridge dans le Massachusetts. Les Mohawks ont décimé son peuple, les survivants ont peu à peu vendu leur territoire et il n'en restait qu'un groupe vers 1740 qui formait la mission de Stockbridge. Mais c'est un autre nom que portent ces Indiens : Mohicans. Et c'est un nom qui signifie « le loup ».

Le comte avait écouté, la bouche ouverte et les yeux écarquillés. Thomas, qui connaissait déjà l'histoire et la présentation de Mani, affichait un air entendu. Puis le comte ferma la bouche et la rouvrit et dit :

– Oh.

Et il regarda du côté de Mani, et reporta son attention sur Grégoire :

– Le loup...

– C'est cela même, dit Grégoire.

Le comte hocha la tête.

– En avez-vous... bafouilla-t-il un peu. En avez-vous pu faire de beaux dessins, au moins ?

– Des croquis, des ébauches, dit Grégoire.

Sans un mot, Jean-François fit les trois pas qui le séparaient du cavalier et saisit le carton à dessins qu'il arracha vivement, par surprise, des mains de Grégoire. Le crayon de fusain vola.

– Bien sûr, dit sèchement Jean-François. Bien sûr que le chevalier a eu tout loisir de faire son art.

Il ne jeta qu'un coup d'œil au croquis en cours, ouvrit le portefeuille qu'il fouilla sans ménagement et d'où il tira le portrait de Marianne, à qui il fit dommage en froissant le papier de soie protecteur dans un mouvement imprécautionné. Il brandit le portrait.

Pour la seconde fois, le comte ouvrit grand la bouche et les yeux, fit « oh » sur le ton d'un soupir. Le capitaine du Hamel parut revigoré, en tout cas bien heureux qu'on ne s'intéressât plus, ne fût-ce que momentanément, à ses incompétences...

Jean-François replaça le dessin dans le portefeuille, qu'il referma et rendit à Grégoire d'un geste jeté à l'aveuglette par-dessus son épaule. Grégoire s'en saisit. Il dit très doucement :

– Vous avez fait sauter mon fusain à plusieurs pas, dans votre précipitation...

Jean-François de Morangias gronda du fond de la gorge, bouche close. S'en fut à grandes enjambées vers les chevaux à l'attache et la tente démontée que roulaient avec un entrain rieur des valets et des soldats. Ils lui plantèrent un bref regard dans le dos puis le laissèrent aller.

– Dieu nous garde, dit le comte comme si rien de ce qui venait de se passer sous son nez n'avait atteint ses sens. Un Mio... Oohcan ? Un vrai Peau-Rouge, morsambleu, à côté de qui nos pantres sauvages des Margerides ne sont que de bien pâles freluquets, j'en jurerais... Soyez des nôtres, ce soir, à Saint-Alban, où vous êtes déjà venu, chevalier. Nous nous amuserons. Et amenez votre valet !

– Ce n'est pas mon valet.

– Diantre, alors qui donc est-il, ce dernier du nom de loup ?

– Mon frère, dit Grégoire.

10

La ténèbre s'effilochait comme une toile d'araigne crevée par le vent, une déchirure dans la texture de la nuit s'ouvrant sur le visage de Marianne. Le visage courroucé de Marianne, dont les yeux lançaient des bluettes étincelantes. Elle disait :

– Pardonnez-moi, monsieur, mais je suis lasse de vos tours et de vos ... mascarades ! Je préfère me retirer avant que vous ne vous mettiez à jongler ou à cracher des flammes !

Il essayait de la retenir, tendait la main vers elle, sans succès.

– Bonsoir !

Vos mascarades... Et puis tournant vivement les talons, tout entière et sombrement furibonde ...

– Marianne !

– *Non sono Marianne*, murmura la voix douce, un peu rauque, dans une langue qui chantait.

Grégoire ouvrit les yeux.

Se souvint. Se remémora en désordre, en bataille. En vrac et par bribes qui lui taillèrent dans la tête comme si quelque piqueur y battait soudain de la vouge. Il referma les yeux, sous le regard de velours noir de la femme dont le carmin charnu des lèvres s'arrondissait sur la taquinerie :

– Qui, de vous ou de moi, devra le regretter ?

Seigneur !... Rassembler les morceaux de souvenances éparses pour en refaire une cohérence...

– Bien sûr, tu n'es pas Marianne... s'entendit-il prononcer malaisément d'une langue lourde. Tu es...

– Sylvia.

– *Senza dubbio... Sylvia.*

Naturellement.

Sylvia.

Sylvia la nouvelle, l'Italienne, dont la Teissier s'était mise à vanter les charmes et le savoir-faire transalpins alors qu'ils avaient à peine franchi la porte. Sylvia le mets de roi, la gourmande pour les gourmets. Sylvia, Sylvia, Sylvia ! La maquerelle n'avait que ce prénom en bouche, gueulardise sucrée qu'elle suçait goulûment et qui humectait en permanence, dans son visage aux veines des tempes outrageusement soulignées en bleu, ses grosses lèvres comme une plaie saignante. Et elle les avait entraînés – Thomas d'Apcher, l'habitué, introducteur du chevalier et de son compagnon exotique nouveaux venus – dans la pièce aux murs tendus de rouge décorée de gravures libertines et éclairée de chandelles scintillant comme une voûte céleste. Était-ce le vestibule ? un salon ? Grégoire, se souvenant, ne se souvenait plus... se rappelait surtout les deux douzaines de filles (au moins!) occupant les lieux, attablées pour certaines avec un client fasciné, les autres confortablement provocantes dans des fauteuils et sur des poufs orientaux, comme écloses des ondoiements de dentelles et de guipures qui s'écartaient et bâillaient et s'entrouvraient pour révéler un éclat de chair délicate au moindre mouvement... Traversant ce décor droit vers la femme qui leur tournait le dos, assise seule à un guéridon, dans sa robe jaune et noir. Tandis que le contenu dépoitraillé d'un canapé se levait d'un même élan enthousiaste comme une seule fille pour accueillir Thomas et cerner Mani. Tandis que la Tessier, jouant de l'éventail, s'effaçait sur une courbette qui se voulait gracieuse mais laissait surtout craindre pour un équilibre que fragilisait la plongée de sa généreuse poitrine, et l'abandonnait à la femme en robe jaune et noir. Dont la main était retombée lentement sur les cartes étalées de la réussite en cours. Qui avait levé vers lui – comment ne pas se le rappeler? – un visage suffocant de beauté sous la voilette épinglée dans ses cheveux de jais. Et cette voix, grave, amusée peut-être, provocante sans doute, chaude, en plus du timbre, de son accent chantant d'Italie :

– Je coûte cher, Grégoire de Fronsac.

Et comme il s'étonnait qu'elle connût son nom, elle avait expliqué que « vu d'ici », le Gévaudan était bien petit... Il avait dû bredouiller quelque bête assurance quant au contenu de sa bourse, et elle avait appuyé son sourire amusé pour souligner qu'il ne s'agissait pas que d'argent... Puis elle retourna la carte qu'elle s'apprêtait à jouer quand il était survenu, dévoilant le dix de cœur... Elle avait hoché la tête, s'était levée, ne prononçant qu'un mot, en italien. Obéissant, alors qu'il ne connaissait pas cette langue, il l'avait suivie...

Et puis...

– Que m'as-tu donc fait boire, Sylvia ? marmonna Grégoire, les yeux délibérément fermés sous la bastonnade rouge qui lui bourrait le crâne. Je crois remonter d'une plongée dans une mare de pitrepite...

Gardant les paupières closes, il la sentit quitter le lit qui laissa échapper un chicotement de souris. Frôlements de soie. Elle se leva. Il réalisa qu'il était nu sous le drap en même temps qu'une bouffée de nouvelles images lui revenaient... Mais se souvenir de tout...

Du fond de quelque part montaient des rires étouffés, des accents de clavecin. Un parfum d'épices lui emplit les narines.

Sylvia dit :

– Pourquoi m'accuser, chevalier ? Tu n'as pas eu besoin d'aide pour cela, pas de mon aide, en tout cas. Avant de frapper à cette porte, tu avais déjà trop bu. Et le petit marquis Thomas n'avait pas le gosier plus sec que le tien... De quelle langue est ce mot, chevalier ? Pitreppi...

– Pitrepite... dit mollement Grégoire.

Se souvenir mais ne pas confondre ni mélanger les images...

– Un langage du Nouveau Monde. C'est le nom d'un breuvage infernal qui se fait et se boit là-bas. Une eau de feu...

– C'est aussi de là-bas que tu as ramené ton compagnon qui ne parle pas ?

Grégoire ouvrit les yeux, se redressa sur les coudes :

– Où en est la nuit ?

– Elle passe et il neige, dit Sylvia.

Elle se tenait près de la fenêtre et regardait l'extérieur, penchée pour y voir mieux à travers l'épais losange du carreau. La chemise de dentelle noire tombait de ses épaules nues et blanches et lui frôlait les reins au bas de la coulée soyeuse de sa chevelure. Elle ne portait, outre cette légère tenue, que des bas de soie nacrée dont les rubans de jarretières rouge cru tranchaient le bas des longues cuisses au-dessus du genou. Elle avait les fesses rondes et hautes, chacune soulignée d'un petit pli frémissant au bas de l'ombre creuse qui les séparait, les hanches larges dont la courbe rejoignait l'attache des cuisses sans heurt. Grégoire grimaça, ferma et rouvrit les yeux. Ça dansait alentour. Sous le drap, il sentit gonfler une nouvelle vigueur décollée de moiteurs sans équivoque séchées sur sa peau.

– Je suis resté longtemps... endormi ?

Elle se tourna, lui fit face. Un instant garda cette pose, des deux mains appuyée au rebord de la fenêtre, offrant à l'admiration le léger renflement de son ventre au-dessus du sombre et parfait triangle de la toison pubienne, ses seins laiteux d'une lourdeur si bellement arrondie, aux tétons bruns, sous la dentelle, comme des papillons pris au filet. Elle marcha vers le lit.

– Évidemment non, *amore mio.* Pas même la demie d'une heure.

Elle portait une autre pièce de vêtement : des escarpins de cuir blanc dans des mules brodées à talon.

Quand elle fut à hauteur du lit, et après un regard à la sauvage plissure du drap, elle constata :

– Le temps de revenir à toi...

Elle s'assit sur le lit, glissa sous le drap une main fraîche aux doigts remuants comme un animal doux. Grégoire gémit. Se pencha vers elle, lui prit les seins dans ses paumes en coque et en lécha les bombés du pli de l'entre-deux. Elle se pressa contre lui. Puis s'écarta.

– C'est le marquis, qui a eu cette idée? demanda-t-elle d'une voix plus rauque et voilée.

– Cette idée?

– L'idée de venir ici.

– Ce n'est pas moi, et je ne connaissais pas cette maison Teissier qui est la meilleure et la plus hospitalière des auberges de Mende, à en croire Thomas, dit Grégoire. Ce n'est pas davantage une idée de mon compagnon qui ne parle pas, comme tu le nommes. Pourtant... Dieu sait qu'il a beaucoup parlé ce soir. (Se souvenant de la question posée par Sylvia quelques instants auparavant au sujet de Mani, il dit :) Oui, Mani vient du Nouveau Monde, il m'a suivi en France, et pour son malheur, peut-être...

– Tu fais allusion à cette soirée des... des totems? c'est le mot?... au château des Morangias?

– Mordieu ! C'est Thomas qui t'a raconté ?

Elle se coucha et s'insinua sous le drap et se lova contre lui.

– C'est toi, chevalier, dit-elle. Mais par bribes, et si je n'ai pas très bien saisi la règle du jeu, j'ai compris que c'était ce qui t'avait mis en colère et ce pourquoi le marquis avait quitté cette « détestable soirée », c'est ainsi que tu l'as appelée, en vous entraînant avec lui.

– Brave Thomas, sourit amèrement Grégoire.

D'une voix monocorde presque basse, comme s'il ne voulait pas fissurer le cocon douillet tressé de musique cristalline, de rires roucoulants et des gratteries vaines du vent au carreau, le plus succinctement, le plus clairement possible, il raconta à Sylvia la « détestable soirée ».

Qui avait pris vulgaire tournure au moment des hâtilles servies en milieu de repas, quand tomba de la bouche du comte maître des lieux, avec un fragment de toilette frite, la réflexion pas moins graisseuse :

– Tout de même, chevalier, comment avez-vous pu mêler votre sang à celui de ce sauvage ?

Ce qui augurait bien des finesses à venir...

Grégoire s'était cramponné à tout son savoir-vivre pour garder un semblant d'équilibre sur la corde tendue au-dessus de la fosse. Il avait tenté d'expliquer, sous le regard imperturbable de Mani – qui bien sûr avait entendu et compris, contrairement à ce que supposait le comte –, comme il est simple de ne pas « regarder en sauvage » celui qui partage votre malheur, et comment, dans quel contexte, Mani lui avait sauvé la vie en le tirant de sous le feu des Anglais à la bataille de Trois-Rivières... L'intendant Laffont, de l'autre bout de la table, avait lancé comme si l'aveu lui faisait grâce de son insolence :

– Par Dieu, croyez-moi si vous le voulez, je les croyais cannibales, ces animaux-là !

Et il avait fallu que Grégoire fît preuve d'une étonnante maîtrise pour se cacher derrière son verre et boire d'un trait son contenu plutôt que le lancer à la face enluminée et satisfaite de Laffont, et ne pas asperger mêmement le comte qui en remettait, au prétexte d'intention comique, dans la fatuité imbécile en claironnant :

– Pourrait-il se reproduire avec une femme de notre race ?

Mani avait répondu lui-même, provoquant son effet, dans la langue de ses moqueurs, que la chandelle éteinte donnait à toutes les femmes et tous les hommes une même couleur. On avait souligné son esprit, ce qui avait provoqué une âpre conversation portant sur les races et espèces, dans laquelle forcément Grégoire-le-chevalier-naturaliste avait été embarqué, Voltaire lui-même appelé à la rescousse... L'intention de Sardis, silencieux jusqu'alors et à qui le comte demandait tout soudain son avis d'homme de Dieu, était sans doute de se rendre aimable en supputant que « évidemment, le " frère de sang " du chevalier était comme tous une créature de Dieu... » et pour se rassurer tout à fait :

– L'avez-vous fait baptiser ?

Grégoire en était à son troisième ou quatrième verre. Cul-sec, sans manières.

– Il ne me l'a pas demandé.

Madame la comtesse qui gloussait par intermittence comme pour s'assurer qu'elle était bien présente, avait lâché une réflexion – à propos de la repartie et de son impertinence tellement significative de l'époque – à laquelle personne n'avait prêté attention.

Grégoire poursuivit :

– Mani a ses propres croyances, et chez les siens il est lui-même une sorte de... une sorte de curé, comme vous, mon père.

À quoi de Morangias s'était exclamé que si les Indiens avaient eux aussi des curés, ce n'était pas étonnant qu'ils soient perdus... lardon que l'assistance dans son ensemble avait également esquivé à l'exception de la comtesse qui avait adressé à son époux un regard peiné et réprobateur. Et c'est ainsi que la tournure du propos s'était enlisée dans les sables mouvants et les brumes chamaniques, avec cette réponse de Grégoire à la question du prêtre sur les croyances indigènes :

– Les Mohicans, mais d'autres aussi, croient que chaque homme peut mériter et gagner la protection d'un esprit animal, qu'il doit en contrepartie honorer et qui lui est donc tabou, qu'on appelle totem.

Le comte de Morangias fit savoir qu'il trouvait cela amusant mais n'y comprenait rien.

Peut-être, si Jean-François n'avait pas ricané, au bout de la table où il picorait de la pointe de son couteau, s'il n'avait pas braqué sur Grégoire ce regard d'ostensible ironie qui appuyait ses efforts méritoires de civilité, si ce regard n'avait pas glissé vers Marianne à la recherche de complicité et si Marianne n'avait pas eu ce sourire un peu vague, un peu ennuyé, que Grégoire dans les chaleurs du vin interpréta comme du dissentiment, si tout cela n'avait pas été, donc, et en tout cas au moins cela parmi tout le reste, peut-être que Grégoire n'aurait pas demandé à Mani de se lancer dans cette démonstration qui prit le comte pour premier sujet de l'expérience et fit ensuite le tour de la table, en dépit des protestations effarouchées de la comtesse qui n'en finissait pas de déclarer que « ces magies-là lui donnaient le frisson ». Peut-être. Mais Grégoire le demanda. Et Mani s'exécuta, avec un sérieux, une impassible morgue et une lueur dans le regard qui disaient sans trompation – pour qui savait par quels méandres pouvaient passer les manifestations de son expressivité – tout l'amusement qu'il prenait à la chose...

Dans le silence qui convenait à la solennité du moment, le comte se vit attribuer le caribou pour totem. Il fallut expliquer quel était l'animal, faire la comparaison avec une sorte de cerf : le comte en fut ravi, qui demanda à sa femme ce qu'elle en pensait et s'il était pour elle plutôt cerf par les cornes ou quelque autre partie... Elle parut ne pas comprendre le sous-entendu. Thomas d'Apcher fut désigné serpent, dans un marmonnement réprobateur et avant que monte un autre profond murmure de soulagement quand on eut appris que pour les Algonquins le serpent incarne la sagesse. L'intendant Laffont suçant ses doigts graisseux fut placé sous la garde totémique du cochon, dans l'éclat de rire qui traversa les rangs des valets et se propagea aux convives, y compris, quoiqu'en jaune, l'intéressé.

Le comte voulut savoir pour sa femme, qui elle ne voulut pas. Il insista et elle se débattit, jusqu'aux rires figés, aux regards détournés, aux rictus tout en dents dehors des valets qui en redemandaient... Le comte voulut savoir alors pour Sardis, pour les uns et les autres ; il avait renversé son verre, s'était levé de table et agitait les bras, et tranchait l'air enfumé de ses doigts pointés, dans les éclats voltigeant des bagues, désignant celui-ci, celle-là, aux quatre coins de la confusion. Ce fut Jean-François qui mit terme au désordre. Il se leva et s'avança vers Mani – imperturbable – et demanda « une consultation » pour lui. Il tendit sa main unique, paume ouverte, comme on le fait à une Bohémienne qui lit la vie dans les plis de la peau.

– Et moi, le curé mohican ? Tu me vois demi-lion ou demi-aigle ? Quelle moitié de bestion accepterait de me protéger ? Tu ne dis rien ? Je n'ai pas droit à mon totem comme tout le monde ? Sambleu, le sauvage, fais-moi lézard, que mon bras repousse !

Comme Mani ne disait rien (et ne s'amusait plus sous son masque de pierre), Jean-François éclata de rire dans le silence consterné. Il prit un verre sur la table et le leva en direction de Mani et il but. D'un trait. Puis il en prit un autre, demanda qu'on le remplisse...

– Par Dieu, murmura Grégoire après un temps et en rouvrant lentement les yeux, dans les cheveux odorants de Sylvia. Je ne sais plus très bien comment tout a tourné, ensuite. Il a levé son verre, encore, non plus vers Mani mais vers moi, et j'ai levé le mien. Nous en avons vidé quelques-uns de la sorte. À un moment, Marianne s'est approchée de lui et a voulu l'entraîner mais il ne s'est pas laissé faire. C'est alors qu'elle est partie...

– Pauvre chevalier... dit Sylvia.

Elle se tourna et se pencha sur lui. De la pointe de la langue, elle suivit le dessous de ses yeux, ses pommettes, les ailes de son nez. Le bout de ses seins frôlaient la poitrine de Grégoire.

– Ensuite, dit-il, je ne me souviens plus de ce sacré manchot... Soit il est tombé avant moi, soit il est parti... Impossible de me rappeler comment... Thomas m'a dit qu'il s'occupait de tout, que cette auberge... Mon cheval ? Nous sommes venus ici en voiture... Mes dessins...

– Tout est là, le rassura Sylvia.

Il se redressa, voulut voir, elle lui montra le portefeuille ouvert sur la petite tablette et le força à se recoucher... Il se laissa faire sans résister.

– Tu feras mon portrait, à moi aussi ? demanda-t-elle.

Souriant tendrement, les yeux durs.

– Si tu n'es pas sage, promit Grégoire.

Il l'enlaça. Quand il voulut embrasser ses lèvres si rouges, elle élargit son sourire et détourna la tête et émit une brève expiration joyeuse dont il ressentit la légère contraction dans son ventre contre le sien.

– Allons, belle dame italienne, dit Grégoire – et les cris s'élevèrent soudain du couloir, derrière la porte, on frappa au battant, on l'appela.

Les hauteurs du Mouchet avaient blanchi en un rien de temps, puis s'étaient enveloppées de nuit et de nuages. Il neigeait tout à coup comme il peut neiger en Gévaudan, sans crier gare, en silence, sur un revers de vent tombé du nord nuitantré et supprimant l'automne, après les saignements crépusculaires d'un jour de soleil vantard qui faisait croire encore à l'été.

La petite rouquine et son frère poussaient les chèvres devant eux, ruissellement gris et blanchâtre qu'un béguètement sourd et bref, parfois, rebroussait. Les chèvres étaient nerveuses, et les enfants aussi, que ce froid cru inattendu faisait marcher vite et glisser leurs sabots sur la pellicule blême.

Ils avaient souri d'abord et joué un moment à gober les flocons. C'était dans la première bouffée d'ivresse que procure toujours la neige quand elle revient, avant que la chaleur des flammes change, et l'obscurité avec, dans le buron, et avant qu'ils se souviennent des paroles du père et de ses recommandations pour les bêtes quand le froid se couchera sur la montagne, avant que les chèvres dans l'enclos se mettent à bougeotter et que le chien s'énerve, fasse des allées-venues et leur lance des regards interrogateurs en attendant qu'ils se décident...

Le taillis avait pris sur le bord des maupas qui descendaient la pente un aspect granuleux. Les coups de vent y secouaient la neige, crachant comme des fumées tournoyantes.

Le village « n'était plus si loin », c'était ce que disait Louis quand la petite levait les yeux vers lui, plus si loin et pourtant sur l'autre bord du monde et le monde était une étendue informe dans la nuit grise barbouillée que n'en finissaient pas de traverser les chèvres énervées.

Quelque chose glissa, fit trembler au passage les branches du hallier de charmille encore garnie de ses feuilles comme du papier sec, secoua les noisetiers dans une longue cataracte blanche.

Le chien gronda, s'arrêta, puis se mit à courir la queue basse et poussant des gémissements, et rejoignit le petit troupeau qui s'étirait en colonne à flanc de tertre.

Louis sentit la main de sa sœur serrer la sienne, la gamine leva vers lui de grands yeux apeurés – on ne voyait que cette ombre qui tranchait la pâleur du visage dans l'ouverture du fichu.

– Cours ! dit le frère aîné, d'une voix qu'il voulait assurée. Cours devant !

Elle hésita. Quitta la main, la reprit. Il la repoussa fermement :

– Cours devant, Cécile ! Te r'tourne point ! Cours chez nous ! vite !

Les buissons craquèrent, se froissèrent.

Les chèvres se mirent au trot, bêlant comme si une onde les touchait les unes après les autres, choquant leurs cornes et leurs colliers de bois de frêne.

Cécile allongea ses enjambées, sabots claquant sur la rocaille. Elle courait, appelait sa mère, la gorge nouée, des larmes froides sur ses joues.

Du haut de ses douze ans, Louis s'arrêta, déchaussa ses sabots pointus, se planta, pieds nus et les orteils recorbillés, dans la caillasse de l'accourcie glissante, face au taillis remuant. Il assura dans sa main droite le bâton armé du paradou de son père, de la gauche tira de sa ceinture la trompe en corne de vache qui échappa à ses doigts gourds avant qu'il puisse en tirer un son.

Le buisson s'ouvrit en hurlant.

Une giclée de sang aspergea le sentier de neige grise sarclée par les traces du troupeau, sur plusieurs dizaines de pieds de long. La corne glissa au sol et fila dans le vide juste avant que la tête du gamin suive la même trajectoire et roule et saute et rebondisse au long de la pente raide.

Enveloppé plus ou moins décemment dans le drap de soie qui glissait, Grégoire s'exclama :

– Par pitié, belles dames, ne lui faites pas un nouvel affront ! Il a eu son compte de vexations pour cette nuit !

La putain aux cheveux défaits et aux petits seins frétilleurs, seulement vêtue de ses mi-bas, s'enfouit le visage dans le vaste poitrail protecteur de la Teissier et cessa de crier. Ou ses lamentations s'étouffèrent. Elle piétina encore un peu sur place, ce qui fit comiquement trembler ses fesses, mais la Teissier la calma tout fait en lui tapotant le dos de ses doigts boudinés et bagués qui laissèrent quelques rougeurs sur cette peau nacrée de rouquine...

Une quinzaine de personnes encombraient le couloir que baignait la lumière jaunâtre des chandelles et flambeaux accrochés aux murs. Les miroirs en vis-à-vis se renvoyaient leurs reflets et multipliaient par quatre, par dix, l'agitation et le nombre des curieux attirés par les brairies hystériques de la bagasse. Il y avait là des clients et des filles, alarmés et interrompus à différents moments plus ou moins engagés dans leurs compagnie. Les messieurs généralement plus vêtus que les dames, ce qu'ils montraient de peau plutôt rougeard et ce que montraient les dames plutôt laiteux. Les moins couverts étaient incontestablement Grégoire, et Thomas qui avait fait son arrivée entortillé dans le châle de sa brune compagne, laquelle aussi nue que sa mère l'avait faite, les boucles d'oreilles et une jarretière à la cuisse gauche en plus.

Thomas, providentiel ami de cette nuit décidément fournie en incidents divers – sans compter que la première neige en tombait –, après une journée qui n'avait pas été moins remarquable, avait commencé l'apaisement rapproché de la fille paniquée avant l'arrivée de la Tessier – il en gardait un reste d'aveu sous les plis de son châle –, expliquant à tous et toutes, au fur et à mesure de leur surgissement et de l'encombrement du couloir devant la porte béante de la chambre du drame, que l'homme assis sur le lit, couvert jusqu'à la taille d'un pudique froissé de drap, n'était pas le diable ainsi que le criait la fille trépide aux fesses et seins tremblants, ni un de ses suppôts, juste un Indien du Nouveau Monde, un Mohican, un ami de monsieur le chevalier de Fronsac...

– Je ne couche pas avec ce genre d'Indien! avait hurlé la fille.

La Teissier l'avait reprise des mains de Thomas, avec une mimique destinée à faire comprendre qu'elle se chargeait désormais de l'entreprise d'apaisement, et Thomas était retourné à sa partenaire à la jarretière et au tombé décent de son châle.

Assis dans le lit, Mani attendait que s'éloigne l'orage. Les tatouages et les scarifications le couvraient jusqu'aux épaules, traçant des formes et des circonvolutions mystérieuses qui pouvaient évoquer des grouillements de reptiles... Il sourit de toutes ses dents éclatantes quand il aperçut Grégoire dans l'encadrement de la porte, surgissant du rassemblement. Haussa une épaule fataliste, dit une phrase dans sa langue, sur un ton amusé.

– Madame, dit Grégoire, pouvez-vous dire à cette personne que ce ne sont que des tatouages, et non de vrais serpents ? Mon ami dit que si un serpent se cache sous sa peau, il est ailleurs ! Vos putains, pardieu, sont bien délicates !

Des rires roulèrent et rebondirent sur le tain des miroirs. La putain effarouchée releva le nez en reniflant et cessa de piaffer et de se tortiller, et son fessier retrouva son calme.

– Alors, les filles ? lança haut la Teissier. Qui va aller avec monsieur le Peau-Rouge ? Je double la prime !

Après les rires, ce furent les murmures et les exclamations de regret de celles qui se trouvaient là accompagnées de leur client. Une petite en chemise à fanfreluches s'avança et entra dans la chambre. Elle avait de gros seins débordant du corset, des hanches émouvantes. Elle dit qu'elle aimait bien ces dessins-là...

– C'est arrangé, soyez ici chez vous, messieurs, dit la Teissier.

Ils regardèrent la fille marcher vers Mani sur le lit tout en se tortillant pour s'extraire de la chemise, et quelqu'un ferma la porte.

Elle avait quitté le sentier et s'était élancée sur la pente, glissant et culbutant, cottes en bataille, et perdit ses sabots qui filèrent l'un après l'autre comme des projectiles. Un râle et des sanglots s'échappaient de sa gorge comme un vomissement ininterrompu, elle ne criait plus consciemment, n'agissait plus, d'aucune façon, consciemment, mais s'efforçait juste d'y voir et de savoir où elle était, dans le tourbillonnement, crachant la terre, la boue et la neige. Les chèvres à un moment avaient dévalé dans un grand déversement de bêlements et de sabots martelant le sol – mais elle ne savait pas où ni vers où ni ce qu'elles étaient devenues, à présent. Elle se retrouva à genoux au bord du vide. Les lumières d'une ville perçaient la nuit neigeuse, comme des étoiles du ciel suspendues très bas sous les nuages. Elle ne savait pas de quelle ville il s'agissait. Elle ne savait pas à quel endroit de la montagne changée par la nuit et la neige elle se trouvait.

Un arbre à demi déraciné levait sa souche presque droite, presque verticale, sur l'arête du précipice. Elle se glissa derrière la souche, pour se cacher, se protéger. Se hissa sur le tronc, s'accrochant aux branches.

Elle sentit vibrer l'arbre sous le poids de ce qui venait de grimper derrière elle sur le tronc, qui s'inclina au-dessus du gouffre. Elle se figea. L'arbre continuait de vibrer, de pencher, et l'écorce glacée glissait et échappait à la prise de ses doigts pincés par l'onglée. Elle se tourna et ce qu'elle vit la fit hurler de terreur, au moment où l'arbre basculait.

Elle ondulait, ses hanches, sa taille, ses fesses roulaient sous les mains pétrisseuses de Grégoire tandis qu'elle allait et venait sur lui, le chevauchant, et quand monta sous la peau du jeune homme et pour la seconde fois le ravage du plaisir, la grande noyade, elle se crispa au-dedans d'elle, il la sentit sur et autour de lui, comme jamais cela ne lui était arrivé encore avec aucune femme, comme jamais ne le lui avait procuré aucune autre femme, alors que le déferlement de plaisir s'immobilisait graduellement, ne s'en allait pas, ne se retirait pas, mais se suspendait, prêt à submerger encore, indéfiniment et définitivement sans retenue.

Grégoire gémissait. Crissait des dents sur une douleur de miel.

Elle attendit qu'il ouvre les yeux, qu'il la regarde, pour suivre du doigt la cicatrice qui traçait sous le mamelon gauche cette croix dont une branche s'étirait vers l'aisselle.

– Qui t'a fait ça ? demanda-t-elle.

– Une flèche mohawk...

Le clavecin du rez-de-chaussée accompagnait les paroles rieuses et bondissantes d'une ritournelle chantée à plusieurs voix – dont au moins deux masculines, très fausses.

Le doigt de Sylvia, d'abord, ensuite le plat de sa main douce coururent sur l'autre cicatrice, plus large et grossièrement couturée, sur le flanc droit, de la taille à l'omoplate. Elle demanda du regard, et Grégoire renseigna :

– Un ours. Il voulait m'embrasser, je crois...

– C'est bien d'un ours...

Elle se pencha et se redressa aussitôt, à peine le temps pour un téton d'effleurer le visage de Grégoire, la rondeur de l'autre sein de se presser douillettement contre ses yeux.

À la façon dont elle tenait le stylet, elle savait s'en servir.

Tout le corps de Grégoire se crispa. Il louchait sur la lame effilée qu'elle tenait juste au-dessus de son front, posée au point de garde sur le côté de son index recourbé, maintenue en équilibre par le pouce légèrement croché sur le talon du manche – il suffisait qu'avance ce pouce et que se referment les doigts sur le manche d'ivoire pour que l'arme fût tenue prête à piquer.

Elle dit, alors que dans ses yeux s'allumait la sauvage lueur d'une voluptueuse canaillerie :

– Beaucoup, qui sous leur toit ne sont que des chauffe-la-couche, ici peuvent manquer de la moindre façon et se comporter de la pire qui soit...Tu n'imagines pas, chevalier, à quel point une putain doit savoir et pouvoir se défendre...

Elle posa la pointe du stylet au-dessus de la cicatrice en croix laissée par la flèche, appuya, souriante, carnassière, les narines frémissantes, appuya jusqu'à la goutte de sang. Il eut l'impression qu'avec la lame d'acier dans sa chair le regard de l'Italienne s'enfonçait dans le sien qu'il ne pouvait pas détourner, un regard d'étrange ressemblance avec celui du loup croisé dans la lumière jaunie du jour d'avant, près de l'abbaye maumise [1], dans l'instant précédant le saut qu'avait fait l'animal sur la muraille écroulée dans le tonnerre du coup de fusil et le miaulement de la balle déviée. Cette louve-là se coucha de son long contre lui et posa sa bouche gourmande sur la mince coupure et aspira le sang qu'elle fit couler de ses lèvres entre celles entrouvertes de Grégoire et dit, un filet de salive rose faufilant son sourire à la fossette amusée de son menton :

– C'est en souvenir de moi, dans ta peau...

1. Maumise : de maumettre, tomber en ruines, dépérir ; mettre à mal.

11

Grégoire de Fronsac n'eut pas à recourir aux évocations du souvenir pour allumer en lui la brûlante présence de Sylvia : il demeura, dans les jours qui suivirent, au bordel.

Il ne revit Marianne que quatre jours après la soirée en partie crispée et en partie brumeuse au château (sans avoir pu malgré tous ses efforts se rappeler précisément les ultimes moments et les conditions exactes dans lesquelles ils avaient quitté les lieux de ce qui était censé être une fête, et il ne s'était pas résolu à demander l'éclairement des détails à ses deux compagnons, ni l'un ni l'autre n'en parlant, ou, s'ils évoquaient occasionnellement ces instants dans une glissade de conversation, le faisaient en regards entendus et sourires qui ne l'étaient pas moins, plutôt qu'en discutaille)... Et il la revit dans des circonstances qui ne se prêtaient guère à son intention première de faire la paix et de s'expliquer avec elle, et ne lui permirent que de recevoir d'elle la promesse d'une autre rencontre dans deux septaines, pas avant, au moment où, annonça-t-elle, sa mère serait à Paris pour quelque temps et son père en cure à Langogne – elle ne dit rien de son frère.

Il ne resta pas non plus claquemuré quatre jours et autant de nuits au bordel, dans les bras et entre les cuisses de l'Italienne... Une partie du temps seulement.

Thomas d'Apcher qui avait quitté la maison Teissier dès le premier matin pour rentrer chez lui – accomplissant ensuite beaucoup d'allers-retours Mende-Saint-Chély – raconta à son père le marquis avide de tout savoir que le chevalier et son « collaborateur » broussaient dans les montagnes en recherche de traces et d'indices que la neige tombée pouvait révéler mieux. En vérité, ce fut surtout l'emploi du temps du « collaborateur », qui sortait du bordel au matin (quelquefois dans la nuit), y revenait le soir (quelquefois à la pointe du jour), après avoir effectivement quitté la ville et disparu dans les bois, soit à cheval soit sur ses jambes. Le chevalier n'accompagna l'Indien qu'à deux occasions, Thomas d'Apcher participait à la première.

La neige blanchit le monde, durant ces jours-là. Ou bien en averses lourdes et serrées, ou bien balayée par le vent qui brouillassait autant avec celle du sol que celle du ciel. Ou bien si les laments qui traversaient les grandes étendues ne portaient pas de neige, le ciel demeurait bas et gris, étirant plus ou moins vite les strates de ses nuages au ventre de plomb lourd.

On repéra la Bête à Lajous, dans une tempête presque silencieuse.

À quinze lieues de là, dans le bourg de Chaulhac, le lendemain, elle emporta et tua un enfant qui faisait la trace dans la neige entre l'arrière de la maison de ses parents et l'appentis à bois. Les traces qu'elle laissa, sans précaution et comme si elle avait su pouvoir le faire sans crainte, ne permirent pas de la distinguer d'avec celles des chiens de la ferme et du voisinage qui avaient folâtré et tourniqué par-là toute la matinée, encore moins de l'identifier, et puis il n'y avait plus de traces et les chiens refusèrent de s'engager plus loin, et la neige recouvrit tout avant d'être soufflée une fois de plus et avec elle la totalité des signes qu'elle avait épargnés un moment.

Mani revint de Chaulhac et secoua la tête négativement, et, comme Grégoire ne lui demandait pas de précision supplémentaire, il dit :

– Pas un loup.

Perché dans sa chaire, Sardis fit le dimanche un prêche vigoureux, dont Thomas bouta les foudres à l'indignation de Grégoire de Fronsac. Le curé appelait ses ouailles à la resouvenance des menaces que Dieu avait mises dans la bouche de Moïse : *Je viendrai à vous comme une ourse à qui on a ravi ses petits ! Vos enfants, je les dévorerai comme un lion et je leur ouvrirai les entrailles ! J'enverrai contre vous la Bête farouche qui vous consumera, vous et vos troupeaux, et fera de vos chemins des déserts...*

– Amen, gronda Grégoire. Voilà comment on diablicule ce qu'il est pratique de le rendre...

– Diablicule ? s'était étonnée Sylvia.
– Rabelais.
– Oh ! Rabelais ! avait-elle dit, bouche ronde et sourcils admiratifs.

Et quand Grégoire eut retouché les bavures barbouillant le portrait, puis eut fixé la poudre du fusain en soufflant dans un petit appareil métallique trempé par une extrémité dans un flacon, c'était donc le quatrième jour, et il attendit que la bruine de produit fixant déposée sur le fusain fût sèche, emballa soigneusement le dessin dans le portefeuille, et s'en fut vers le château de Morangias. Le jour n'était pas levé. Mani l'accompagnait, Thomas également qui avait passé cette nuit-là dans la chambre des roses, sa préférée, en compagnie d'Arméline, sa préférée aussi.

Le tocsin commença de battre dans les grisailleries de l'aube alors qu'ils n'avaient pas fait la moitié du chemin. Ils allaient au pas tranquille des montures et ne trouvèrent personne en chemin qui pût leur dire quelle était la figure du malheur.

Ils l'apprirent au château où une effervescence de vilaine augure les accueillit dans la cour. Une troupe se constituait, un groupe de paysans et de chiens qui prenaient place pêle-mêle dans un grand tombereau, encadrés par quelques dragons sous la conduite d'un officier hargneux, et une poignée de noblesse en attente de montures. Monsieur le fils du comte, Jean-François, leur dit-on, était déjà parti, avant mâtine, sitôt la nouvelle sue, avec d'autres soldats et une autre bande de « volontaires » réveillés à coups de crosse flanqués dans les portes...

C'était arrivé sur les pans du Mouchet (dit le comte de Morangias, estimant quant à lui un peu tôt de se joindre à l'équipée) dans la nuit de la première neige. Le troupeau de chèvres avait été retrouvé le lendemain éparpillé autour de la maison de son possesseur, en limite de Fouleyre. Il n'en manquait pas une, ni le bouc des Alpes, ni le chien transi au regard comme brûlé. Mais il manquait les deux petits, le garçon et sa sœur qui gardaient les bêtes à flanc de pâtures hautes.

Le père des enfants disparus, dont la seconde femme avait soubité au courant de l'été alors que la première s'en était allée à peine une semaine après avoir donné naissance à la gamine, était un bougre râpeux qui préférait, devant la chaude, repousser et ignorer les évidences pour s'épargner l'obligation d'y croire et d'avoir à les supporter. Il avait rassemblé les chèvres et rentré le chien dans la maison en le portant dans ses bras jusque devant l'âtre, où la bête s'était tenue couchée et tremblante, l'œil fixé sur les braises, une grande partie de cette journée, et lui le père avait regardé le chien et attendu ses enfants tout le jour et toute la nuit avant de signaler leur absence, le lendemain. Des gens lui étaient venus en secours pour chercher dans la montagne. En vain. Le curé de Paulhac avait quant à lui dit une messe avant de demander aide aux soldats, mais pas plus la messe que le sabre n'avait donné ce qu'on attendait d'eux.

On levait donc une nouvelle battue, une encore, une de plus, en espérant cette fois que la neige serait, pour étraquer, meilleure alliée que la boue... Jean-François avait pris cette décision après qu'une de ses colères rouges qui l'embrasaient parfois depuis son retour d'Afrique l'eut fait hurler et tempêter un moment.

– Vous l'avez manqué de très peu, monsieur l'ami des loups, dit Marianne, apparue derrière son père, sur le seuil de la porte au-dessus des marches, dans une robe de chambre épaisse qui l'emmitouflait jusqu'aux oreilles.

– Nous le rattraperons, assura Grégoire.

Le comte s'éloigna en gloussant, comme s'il se délectait – lui seul l'ayant saisie – de quelque finesse mussée dans la réponse du chevalier...

Grégoire sauta à terre. Elle le regarda faire, engoncée dans le col de sa robe de chambre comme pour y garder la buée de sa respiration, avec une charmante circonspection qui lui plissait le front. La cour était remplie de bruit, chargée d'une atmosphère bizarre, dans la lumière sale du petit matin, la danse froide des flocons voletant au-dessus, la fumée sombre, comme roussie, des torches. Il tira le dessin du cartable et le roula pour le protéger des flocons et grimpa les marches glissantes en trois bonds.

– J'ai quelque chose pour vous, Marianne...

Elle prit le dessin, jeta un coup d'œil dans l'entrebâillement du rouleau. Sourit.

– Je veux vous voir, pressa Grégoire. Vous voir seule.

Le sourire de la jeune femme était tombé. Elle avait glissé un regard par-dessus son épaule, comme si elle craignait l'arrivée de quelqu'un, et quelqu'un (sa mère) arrivait effectivement.

Et c'est ainsi que Marianne lui avait donné ce rendez-vous pour dans si longtemps !

Comme il grimaçait de douleur, abattu par la perspective d'une si longue attente, elle avait ajouté, sur une drôle d'œillade, qu'elle n'était pas aussi libre que lui...

Puis elle s'était envolée, emportant le dessin qu'elle montrait, enthousiaste, à sa mère, et puis elle appelait son père, comme pour, en les attirant à elle l'une et l'autre, les écarter des environs immédiats du chevalier qui pouvait ainsi s'éloigner sans attendre...

Ce qu'il fit. Et comme il remontait en selle :

– Prenez garde, monsieur, fit dans son dos la voix de Sardis.

– Vous êtes aussi de l'expédition, mon père ? demanda Grégoire.

Le curé répondit par une brève et flegmatique mimique qui pouvait tout signifier hors l'amusement. Il se tenait, sous son chapeau à large bord blanc de neige, enveloppé dans sa pèlerine de gros drap noir, le visage levé vers le cavalier, les yeux gris brillant de détermination entre les paupières entrouvertes.

– Non, je n'en suis pas, chevalier. Certainement plus utile ici.

– Pour écouter aux portes, mon père ?

Sardis eut un petit sursaut des épaules. Une lueur presque véritablement amusée dans ses yeux davantage étrécis. Il dit d'une voix douce, mais ferme :

– N'ayez crainte, chevalier, je sais taire les secrets... avant qu'ils soient trop dangereux, en tout cas. Écoutez-moi pourtant, avant de vous sauver dans la montagne. Madame la comtesse nourrit de grands projets pour sa fille. Ne le prenez pas en mauvaise part, mais elle serait bien déçue si Marianne s'amourachait d'un homme tel que vous. Elle ne le permettrait pas. Je vous le dis en ami, Fronsac. Vous n'êtes pas à Paris.

– Tiens donc !

– On vous a vu chez la Teissier...

– On y voit bien tous les cocus, reconnus tels ou l'ignorant, ou feignant de l'ignorer, et ceux qui ne le sont pas encore, de ce que le Gévaudan compte de noblesse et de bourgeoisie, mon père. Et du clergé aussi, quoique je n'aie pas croisé un ruban de calotte à ce jour, je l'admets. Mais c'est un endroit où les uniformes se retirent aisément, je l'admets aussi. Nous serions à Paris, mon père, on y verrait la Cour !

Il volta, sur le pavement glissant, rejoignit Thomas et Mani, et tous trois se portèrent à hauteur des autres cavaliers derrière la charrette couverte d'une bâche et remplie de grouillements aboyeurs, laissant le père Sardis bouche ouverte...

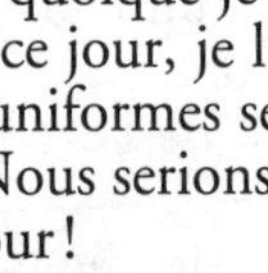

Ils retrouvèrent le corps après une journée harassante de grimpées, d'escalades et de glissades aux flancs des ravins et des pentes, dans la neige qui leur montait souvent aux genoux, tirant les montures à la bride dans les passages trop incertains quand ils ne les avaient pas laissées à la garde de quelques paysans armés de leurs simples barenclous et tout juste rassurés, le temps de battre un secteur donné et puis de revenir chercher les chevaux pour prendre une autre direction et aller ratisser ailleurs.

Progressant dans cette neige lourde qu'ils foulaient avec peine. Cette neige soufflée qui s'envolait du sol pour les fouetter de ses mèches coupantes, quand elle ne cinglait pas du ciel – comme elle le fit, en averses serrées, aveuglantes, une bonne partie du jour et principalement après le midi, une fois que la grande assemblée des chercheurs se fut scindée en groupes guidés par des pâtres-paysans familiers de la montagne.

Ceux avec qui se trouvaient Grégoire et Mani, que rejoignirent plus tard Thomas d'Apcher et deux paysans, étaient conduits par le père des enfants disparus.

Jean-François de Morangias patrouillait quant à lui avec ceux qui cherchaient au nord et à l'est du Mouchet. Grégoire l'avait aperçu dans le matin, au moment où la longue cohorte noire des traqueurs réunis s'ébranlait au sortir de Fouleyre : les deux hommes s'étaient salués de loin, aucun des deux ne prenant la peine d'aller vers l'autre, mais sans que cela prenne, dans les circonstances, des allures irrespectueuses.

Ils trouvèrent le corps nuitantré et alors que la neige s'était mise à tomber, avec la nuit descendue, dans le silence presque parfait qui protégeait le repos du vent. Les torches venaient d'être allumées, sitôt après l'apparition qui fit crier au diable le père des enfants disparus et tomber à genoux les autres pantres qui se signèrent frénétiquement, pénétrés tout à coup par la certitude de trouver au bout du signe non seulement ce qu'ils cherchaient mais, forcément, ce qu'ils redoutaient...

C'était la seconde fois qu'ils passaient là, sous la direction du père des enfants qui leur avait indiqué le chemin normalement suivi par le troupeau redescendant au village ; ils revenaient du buron désert, noir et glacé, dépourvu de tout indice révélateur de ce qu'aurait pu être le départ des petits bergers. Ils rentraient – ainsi en avaient décidé Thomas et les paysans – en empruntant des accourcies chevauchables qui étaient un chemin possible suivi par les chèvres, mais pas forcément celui-là.

Le signe, ç'avait d'abord été une silhouette confuse aperçue au pied de la cépée qui bordait le sentier du côté de la pente.

Mani qui allait en tête du groupe l'avait aperçue et désignée aux autres, s'accroupissant dans la neige et retenant son cheval derrière lui. En quelques gestes et mimiques, ils s'étaient compris sur la conduite à tenir. Descendus de cheval à leur tour, Grégoire et Thomas étaient allés à pied, remontant par le hallier dans la neige jusqu'aux genoux, contournant la silhouette accroupie pour la prendre en tenaille. La présence n'était pas identifiable dans la nuit qui rampait : une masse sombre découpée grossièrement sur la pâleur de la neige et qui s'activait mystérieusement au pied d'un arbre, enveloppée dans une cape qui lui mangeait le geste. Ils n'étaient plus qu'à quelques foulées d'elle quand elle perçut leur approche et se redressa vivement, et du même coup (et en même temps que Grégoire) vit les autres tenant les chevaux par la bride qui s'approchaient sur le sentier. Grégoire courut et cria et il entendit Thomas tomber et jurer derrière lui. La silhouette bondit lestement sur la pente après avoir de ses doigts ouverts braqué ceux qui couraient vers elle, et le geste significatif et très reconnaissable de la *jettatura* stoppa à lui seul l'élan des paysans et leur arracha des gémissements douloureux et leurs premiers signes de croix claqués de la tête à la poitrine et aux épaules.

– C'est l'affaire du diable ! avait crié le père des enfants disparus.

Grégoire l'avait reconnue – il en était certain, et comme il était certain que tous, et même et surtout Mani, l'avaient reconnue. Mais personne ne prononça son nom – le sobriquet qui lui en tenait lieu. Le signe achevé, c'était, liées au pied du tronc de l'arbre où elle se tenait recroquevillée quand ils l'avaient surprise, deux poupées de paille et de plumes tressées.

Ils ne les avaient pas touchées, les avaient laissées là, ligotées comme des pendues dans les flocons qui dansaient autour.

Les traces laissées dans la neige par La Bavarde n'étaient pas possibles à suivre, pas plus celles de sa venue que celles de son échappée. Elle s'était jetée sur la pente dans un élan d'une témérité folle et comme si elle ne craignait rien moins que la chute dans une ravine ou une faille soudaine, avec le naturel impavide d'un oiseau qui se prépare à l'envol. Et sans doute était-ce bien là ce qu'elle avait fait, au cœur de la noireté rabattue sur le soir fini, à un endroit des broussailles et taillis empêtrés où ils ne cherchèrent même pas à la suivre et que le vent soufflant la neige dans les heures suivantes secoua et où il balaya toute empreinte du passage de qui que ce soit. Mais ils trouvèrent le corps, pourtant, dans ses traces – celles de sa fuite ou celles qu'elle avait laissées avant en s'activant autour du gamin décapité, (après l'avoir peut-être tiré jusque-là) –, quelques dizaines de pieds, une bonne toise, sous l'arbre aux poupées attachées.

Le père hurla.

Au-delà des bois qui coiffaient la montée, un loup lui répondit.

Les flammes couchées des torches crachotaient dans le vent qui s'était remis à tourner alentour. Il ne se fit pas d'autres bruits pendant tout le temps que Grégoire se tint penché sur le corps abominablement mutilé pour l'examiner à la lueur du flambeau piqué dans la neige. Redressé, pâle, le visage marqué, il avait trouvé dans une des plaies ouvertes ce qui, quelques jours plus tard, quand il le montrerait au

Conseil des notables présidé par l'intendant du roi, jetterait grand trouble. À cet instant, cependant, il ne montra pas sa minuscule trouvaille qui serait très probablement passée inaperçue, hors de la nuit et sans la torche propice aux étincellements... Il avait dit, s'adressant au père serré dans le mutisme après les conjurations en chapelets :

– On va chercher ta fille.

L'homme avait branlé négativement de la tête. Deux des autres avaient répondu pour lui, deux de ces gueules tirées de fatigue, aux yeux brûlants, des glaçons pendus autour de la bouche dans les poils de barbe, pour dire que c'était fini, qu'ils ne trouveraient rien, en tout cas pas la gamine vivante, et que si elle l'était, comme si étonnamment elle pouvait l'être, c'était sans doute davantage par malédiction que par miracle, car elle était perdue pour tous aussi bien que pour elle, après avoir vu la Male Bête. Disant – et cela, ce fut le père qui le proféra – qu'il n'avait plus de fille. Thomas, pour les absoudre, ajouta qu'ils étaient tous épuisés, que les traces étaient inexistantes, définitivement perdues, qu'il serait toujours temps de revenir plus tard, le lendemain, avec des chiens...

Le loup poussa un cri glaçant, plus rapproché. Modulé, bref. Un appel, à qui une autre voix répondit. On sentit passer, sur le groupe des paysans accroupis dans la neige, le frisson de révulsion que provoque toujours la voix des loups.

– Où est Mani ? s'enquit Grégoire.

Mani n'était plus là.

Et le loup qui avait répondu au premier éleva de nouveau la voix.

Grégoire jura sourdement. Il demanda à Thomas d'accompagner ses gens avec le père et le corps de l'enfant jusqu'à Fouleyre, ce que refusa de faire le jeune marquis, qui réitéra l'ordre à son tour aux paysans et confia au meneur du groupe son fusil. Ils leur laissèrent aussi les torches.

L'empreinte laissée par la monture de Mani était très nette, et l'étraquer n'était pas difficile, même dans la nuit. Ils la suivirent à travers les taillis, descendant la pente, traversant les bois et longeant les clairières, et puis à découvert alors que la descente se faisait de plus en plus raide. Plusieurs fois, devant eux, s'élevèrent les cris des loups : Grégoire et Thomas talonnèrent leurs chevaux fatigués que ces lugubres abois énervaient et faisaient ronfler dans leur mors, piquant droit sur les appels – les deux loups qui se parlaient ainsi étaient maintenant très proches l'un de l'autre, réunis ou sur le point de l'être.

Mani les attendait au bord du gouffre ouvert dans la montagne, à côté de la souche de l'arbre déraciné qui s'était abattu contre la paroi verticale. Sa poitrine se soulevait et s'abaissait lentement. Il ne dit rien quand ils s'approchèrent et se rangèrent de part et d'autre de lui – il n'y avait rien à dire, et il avait parlé beaucoup, déjà. Thomas d'Apcher était très pâle, dans la méchante luminescence de la nuit. La neige tombait plus grosse, trousse-boulée de loin en loin par les sautes de vent.

Mani décrocha le rouleau de longe pendu à sa selle. Il s'en ceignit, et toujours sans un mot tendit l'autre extrémité à Grégoire qui sans un mot la saisit.

Personne, doué d'un élémentaire bon sens, ne se serait risqué à descendre dans ce gouffre dont la noirceur paraissait bien profonde, hors d'atteinte, la paroi impraticable sans le moindre appui raisonnable où poser les pieds et les mains. Ce fut probablement cette incrédule évidence que Thomas d'Apcher exprima, en une sorte de grognerie brève, quand Mani tourna le dos au vide enténébré pour y plonger à reculons, et ce fut contre quoi rassura Grégoire de Fronsac, d'un simple hochement de tête, avant de chercher où caler ses talons de bottes. Quand la longe se tendit au bout de ses bras, après que Mani eut disparu dans le gouffre, Thomas lui vint en aide.

L'Indien resta en bas quelques minutes, pas davantage, et sa remontée, halée par ses deux compagnons, fut du double plus longue que sa descente. La fillette qu'il tenait contre son torse, serrée au creux de son bras, était blessée à la tête, à demi scalpée. Elle respirait faiblement et, dans son inconscience, gémissait contre le cou de son sauveteur.

Il ne la lâcha point. La garda contre lui, enroulée dans son manteau, quand il monta en selle.

– Montre le chemin, maintenant, dit-il à Thomas.

Le grand loup gris s'était tenu assis à moins de cinquante pas, sur le tronc d'un arbre abattu par une vieille tempête, tout le temps qu'avaient pris la descente et la remontée du Mohican. Ils ne l'avaient pas vu venir, ils ne l'avaient pas vu se poster là. Ils ne remarquèrent sa présence que lorsqu'il sauta au bas du tronc, provoquant un bougement inattendu dans le décor, puis s'éloigna avec une sorte de léger jappement, bref, apaisé, satisfait. Grégoire le vit. Bien sûr, Mani aussi. Probablement pas Thomas qui ne tourna la tête vers cet endroit qu'une fois les branches basses secouées par le passage de la bête.

– Mani, Mani, bon Dieu, comment as-tu fait ça ? souffla Grégoire dans la langue à la fois heurtée et coulante de l'Indien, les mains au pommeau, prêt à monter en selle à son tour.

– Le nom de mon peuple est le nom du loup, dit Mani. Le loup m'a dit où la trouver.

– Mon ami, je t'en prie, nous savons tous les deux, toi aussi bien que moi, que les loups ne parlent pas ! souffla le chevalier à voix rauque et basse.

En français, cette fois, Mani répliqua, dodinant la petite fille contre lui pour calmer ses gémissements :

– Tu ne vois pas les étoiles de cette nuit. Et pourtant elles sont là...

– Bon Dieu, Mani... grommela Grégoire, sur un ton vaincu.

Et s'élevant d'un vigoureux coup de reins, retomba en selle rudement et talonna de ses éperons encrottés de neige gelée.

Le ciel parfois se découvrait, laissait voir sa peau bleue dans une déchirure de nuages trop blancs pour être honnêtes. La burle qui miaulait dans les forêts se déchirait le ventre au pointu des tourelles du château et glaçait les murs orientés au nord et tavelés par les averses neigeuses qui avaient fouetté des jours et des nuits durant.

Ils n'étaient pas entrés. Pour une raison que Grégoire ne cherchait pas à connaître et qui n'était pas la priorité de son souci, mais qu'il devinait aisément sans y accorder exagérément d'importance, Marianne l'avait accueilli dans la cour, comme si elle l'attendait là depuis longtemps, au bas des marches menant au vaste perron que des valets balayaient en permanence, et ne l'avait pas invité à entrer.

C'était sans importance.

L'important était qu'il fût avec elle, qu'il puisse la voir et la sentir près de lui, l'entendre, lui parler. Qu'elle fût avec lui et sous ses yeux, en chair et en os, en véritable présence humaine réchauffant heureusement cette atmosphère glaciaire qu'il respirait au quotidien depuis des jours et des jours, non pas seulement à travers ce qui se voit et se sent par les sens de la peau et du corps, mais surtout ce qui se taisait et rôdait sans visage comme une ombre suiveuse grippée sous les gestes au mépris du soleil.

Ils marchaient côté à côte, d'un pas sans but ni hâte dans la cour et les allées du jardin, ayant parcouru déjà plusieurs fois le même trajet, elle toute vestuveluée de rouge sombre, bottée, gantée, dans une cape de renard fauve et gris dont elle tenait le col relevé sur le bas de son visage, coiffée d'une toque de même fourrure qui éteignait entièrement sa flamboyante chevelure, lui dans son long manteau de cuir sombre à capeline et col relevé jusqu'aux oreilles, sous le tricorne enfoncé bas sur le front : l'un comme l'autre tout entier dans les regards qu'ils laissaient aller selon leur guise sur l'alentour quand ils n'en faisaient pas échange.

Il avait dû lui raconter, d'abord, la retrouvaille de la petite fille à demi morte de faim, de peur et de froid, ainsi que celle moins heureuse mais ô combien plus mystérieuse du pauvre Louis, parce que c'était de ce dernier surtout qu'il avait été question au conseil tenu en l'hôtel de Laffont où – avait-elle entendu de la bouche de son frère qui y participait – le chevalier de Fronsac s'était fait remarquer par ses propos.

– Pas seulement par mes propos, je l'espère, mais par les faits, corrigea Grégoire.

Il dit comment le conseil avait débuté, dans la salle aux murs décorés de boiseries qui étaient tout ce que le lieu avait de chaud, par ce renvoi de du Hamel, signifié d'une voix sévère par l'intendant du roi, qui n'avait pas manqué de refroidir un peu plus l'atmosphère :

– Vous avez en fin de compte, capitaine, infesté la région de pièges qui ont mordu plus de paysans que de loups. Vos soudards se sont rendu coupables, envers la population, d'exactions telles que parfois la Bête ne les aurait pas désavouées. Depuis votre battue, ce loup a tué... quatorze fois !

Le capitaine avait bafouillé des excuses et des bégaiements d'incompréhension. Jean-François de Morangias ne l'avait pas épargné, poursuivant le sarcasme en prenant « Monsieur le naturaliste » à témoin, à qui il demanda ce que pensait la science d'un tel *lupus insaisissablus*. À cette interrogation semeuse de rictus autour de la table comme dans l'assemblée de témoins notables, Grégoire avait répondu, coupant l'effet d'amusement, en affirmant que sa seule certitude en ce qui concernait la Bête était qu'il ne s'agissait pas d'un loup. Ajoutant que d'après ce qu'il avait pu étudier en Nouvelle-France où les loups sont légion, et contrairement à ce qu'il était dit et cru, ces fauves n'attaquent pas les hommes, ou très rarement.

– Votre père le comte a rétorqué que les loups de ce pays, il parlait du Gévaudan, étaient peut-être d'une autre trempe. Affirmant qu'un loup enragé attaquerait n'importe qui.

– N'avait-il pas, en cela, raison ?

– Quand la rage le prend, un animal crève dans les deux semaines. Voilà deux ans que la bête saigne vos campagnes, Marianne. J'ai vu sur les cadavres des blessures qu'aucun loup au monde n'aurait pu faire.

– Et cette empreinte que vous avez dit avoir trouvée... sur Louis ?

– Et cette empreinte-là, oui. Je la leur ai montrée.

... En sortant de sa poche une petite boîte à pilules, qu'il avait ouverte et leur avait fait passer.

– Serait-ce une laitance de cette truite poilue dont vous nous avez fait la démonstration tantôt ? avait gloussé le comte.

La boîte contenait un morceau de métal gris, comme une sorte de croc, de canine, de fer.

– J'ai découvert tantôt ce morceau de métal dans le corps labouré d'une victime. Aucun animal n'a des crocs en fer, que je sache, et nul n'a besoin de savoir scientifique pour l'affirmer.

Et Jean-François lançait :

– Ce monstre n'est donc pas un animal ? Soit, et ensuite ? Dites-nous, chevalier, comment l'attraper, qui ou quoi que ce soit. Pendant que nous discutaillons, ce... cette chose tue nos gens !

– Ce en quoi, disant cela, il n'avait pas tort, estima badinement Marianne sur un ton léger.

Grégoire en convint d'un hochement de tête et dans une exhalaison de condensation.

Le père Sardis avait tenté, d'une certaine façon, de prendre sa défense, ou encore de s'en faire un allié, à l'écoute de cette spéculation du chevalier qui prétendait que la Bête n'était pas une personne ordinaire, et arguant que l'Église n'affirmait pas autre chose ; il se voyait, dit-il, ravi de constater que le chevalier convenait de son caractère surnaturel. Mais Grégoire avait repoussé cette perche, affirmant au contraire qu'il ne convenait de rien, surtout pas de cela, et qu'il ne faisait qu'avoir des doutes, dans l'attente et l'espérance de certitudes...

Le froid s'était alors intensifié. Et plus encore quand au final l'intendant Laffont en était venu au véritable but de cette réunion : la notification de la révocation de du Hamel, ensuite l'ordre qui lui était donné par le roi, informé de l'inefficacité de ses méthodes, de rejoindre, lui et ses hommes, leur régiment de Langogne, enfin l'annonce que le sieur Beauterne, porte-arquebuse du roi, était en route, chargé par Sa Majesté de tuer ce loup féroce et seul habilité à chasser sur le territoire diocésain...

Marianne sourit avec une compassion non feinte :

– Et vous n'en êtes, pas plus que quiconque ici, et certainement pas plus que mon frère, satisfait...

– Votre regard et ce ton de votre voix me laissent entendre que je suis pardonné, pour cette mauvaise sortie d'une certaine soirée en ces murs...

Entre fourrure et fourrure, les prunelles de la jeune femme scintillèrent.

– Sans doute, dit-elle derrière sa main gantée qui fermait le col de la cape sur ses lèvres. Sans doute étais-je curieuse de connaître, moi aussi, mon... totem ? C'est bien ce mot-là ?

Il acquiesça. Gardant le silence.

– Vous ne voulez pas me le dire ?

– Cette science appartient au savoir de Mani, je suis bien incapable de la pratiquer. Vous m'avez permis de vous voir pour vous parler de totem et de la Bête ?

– Bien sûr, joua-t-elle. Seriez-vous le seul à ce jour en Gévaudan à n'en point vouloir parler ?

– Le seul en tout cas qui estime n'avoir rien à en dire, que des suppositions absurdes qui me feront passer pour fou au Jardin du Roi... Voulez-vous entendre, comme la confidence que je ne fais qu'à vous, Marianne, que la bête – la Bête ! – est constituée de chair et de fer mélangés, qu'elle est douée de raison si c'est le mot convenable et puisqu'on l'attribue aux hommes aussi, et qu'elle possède la faculté de disparaître à volonté... Est-ce cela que vous voulez entendre de ma bouche ?

– C'est ce que vous venez de me dire.

– À défaut de vous le prouver par ce qui se touche et se voit, oui...

– Seigneur, chevalier ! Voilà bien les gens de Paris et de la Nouvelle-France réunis ! Vous n'êtes pas ici depuis trois mois et vous voudriez bien sûr en avoir terminé et que le mystère vous soit rendu ! Pensiez-vous donc que la Bête allait se coucher à votre seule vue, et vous lécher les mains ?

– Ce n'est pas ce que je demande de celle-là, certes non.

– Soyez patient, Grégoire... Jean-François m'a dit que vous vouliez partir en Afrique ?

– Oh. Il vous a dit... Ce n'est qu'un rêve de naturaliste qui pour l'heure en a assez de l'*eivar*... Et vous ? N'avez-vous jamais envie d'autres paysages ?

Elle sourit, comme si ce qu'elle allait annoncer l'amusait.

– Les filles d'ici ont plus de devoirs que d'envies...

Ou comme si, l'ayant dit, elle s'en moquait... Puis ajoutant, l'œil tourné vers le haut sans bouger la tête :

– Voyez-vous Sardis, là-haut, sur le rempart ?

Grégoire, qui faisait face au château, acquiesça. Et demanda :

– Il vous surveille ?

– Il veille sur moi. Seule dans ce parc avec vous, un aventurier si peu recommandable... Voulez-vous rentrer, prendre une boisson chaude ? Faisons cela, monsieur, pour notre curé et avant qu'il nous fasse la mauvaise farce de soubiter de froid...

Il traversa le salon à grands pas, saluant au passage les filles et la Teissier derrière son éventail, s'élança dans l'escalier. Il poussa, sans frapper, la porte de la chambre. La vision qu'il eut d'elle, assise au guéridon, de trois quarts, nue dans son déshabillé de dentelle noire, levant les yeux vers lui, le poignarda au cœur. Elle était belle à hurler. Il referma la porte, doucement, derrière lui. Le sourire rouge de Sylvia changea, devint autre chose que celui sans pensée et juste aussi courtement que véritablement heureux qui l'avait illuminée à son insu peut-être, sans doute, et dont elle l'avait gratifié à son entrée.

Grégoire ouvrit le portefeuille, en sortit le dessin dans son papier de soie. Il ne dit rien, vint à elle dont le sourire avait de nouveau changé, traversé par une ombre qui s'était estompée aussitôt, s'en était allée – mais qui était passée...

La sanguine la représentait nue, couchée sur son lit, de face, appuyée sur un coude. Soutenant droit, à cœur, le regard de qui la contemplait.

Sa main qui soulevait la carte retomba. C'était le même geste, la même lenteur, que la première fois. Le clavecin, en bas, jouait une musique grave et tendue, un peu mélancolique. Ils écoutèrent quelques instants, elle hocha la tête et souffla, un doigt levé :

– *Lamentabile*...

Prit le dessin.

– *È splendido*, dit-elle de sa voix rauque.

– C'est un cadeau, dit Grégoire.

– Je sais, mon chevalier. Tu me l'avais promis...

– Un cadeau d'adieu, Sylvia.

– Oh. Déjà ?

Elle regardait le dessin rouge.

– Je ne plaisante pas, Sylvia.

– Bien entendu. Moi non plus. On ne plaisante pas quand on est amoureux. Tu es amoureux, n'est-ce pas ?

– Je ne sais pas.

– Moi, je sais.

– Les cartes ?

– Pour toi, mon ami, je n'ai jamais eu besoin des cartes.

Elle se leva. Il ne pouvait détacher d'elle les yeux. Elle alla poser le dessin sur la coiffeuse, puis marcha jusqu'à la table de chevet. Il la regarda verser le vin dans deux verres. En silence. Elle revint à lui, le déshabillé caressant ses cuisses, s'ouvrant, s'écartant et se refermant sur sa poitrine et son ventre à chacun de ses pas glissés. Elle lui donna un verre. Leva le sien.

– À Marianne de Morangias, dit-elle.

Il acquiesça des yeux.

– Son frère était ici... avant-hier, je crois. Il venait souvent, et puis il ne venait plus...

– Tu as couché avec lui ?

Elle fit une grimace exagérément ébahie :

– Lui ? coucher ? Il ne supporte pas qu'on le touche !... Il regarde, il boit, et quand il a beaucoup bu, il dort...

Elle sourit. Encore. Elle dit :

– Tu vas me manquer. Je m'étais habituée à nos jeux.

Elle le regarda boire une gorgée de vin. Et quand il eut avalé :

– Sais-tu, dit-elle, comment les Florentines gardent leur mari à la maison ? Elles leur donnent chaque matin un poison lent...

Grégoire regarda son verre.

À son tour, elle but, sans le quitter des yeux. La pointe de la langue passée sur ses lèvres. Son sourire entrouvert, lentement, sur le blanc éclatant de ses dents.

– Chaque soir son antidote...

Elle lui demanda s'il restait cette nuit.

Il dit que oui, bien sûr. Pour le contre-poison.

12

Le salon s'était progressivement rempli de bruits jusqu'à atteindre, le soir venu, un brouhaha ronflant et hoquetant de conversations mêlées qui s'épaissirent et devinrent, les minutes et les heures passant, une sorte de tourbillon que des pulsations criardes secouèrent et qui se déchira, fulmina et se répandit en un grand charivari de rires et de brailleries, de chants à boire, refrains de chasse et cantilènes explicitement militaires...

– Viens, dit-elle en l'entraînant hors de la chambre. Je veux te montrer quelque chose. Un souvenir que tu emporteras pour quand tu seras de retour à Paris...

Il lui sembla avoir déjà vécu ce moment-là, avoir déjà entendu Sylvia prononcer cette phrase. Il avait la tête un peu lourde, la vue un peu brouillée.

Elle était vêtue d'un long déshabillé de dentelle rouge et noir qui auréolait de flou et de moussu la blancheur de son corps. Ses cheveux cascadaient, parcourus de reflets mordorés. Grégoire la suivit, prenant deux doigts de la main qu'elle lui tendait, retournée un instant, tenant de l'autre main la dentelle du négligé sur la rondeur de son sein nu.

Au passage, depuis le palier, ils jetèrent un regard sur le grouillement du salon. Les filles levaient leur verre et trinquaient aux invites des soldats. Grégoire reconnut du Hamel, débraillé et sans perruque. Et puis aussi ces deux-là, d'une des milices de chienaille, que Mani avait rossés le matin de la grande battue – et dont le nom revint en sa mémoire avec la force et la soudaineté d'un soufflet : La Fêlure et Blondin –, vautrés dans un des canapés avec chacun sur ses genoux une fille dépoitraillée à la robe retroussée haut et aux cuisses blanches écartées dont ils besognaient à pleine main la noireté du bas-ventre. Et Fabio, le valet de lècherie, qui allait et venait en livrée rutilante, proposant un plateau de boissons...

– Viens, dit Sylvia.

Ils laissèrent derrière eux le chahut des bordeliers qui gonflait de seconde en seconde comme une écume proliférante et débordait du rez-de-chaussée pour s'élancer, à leurs trousses, vers l'étage...

Elle l'entraîna. Bien que marchant avec une énergie qui cadençait fermement l'arrondi de ses fesses, les talons de ses mules ne faisaient pas plus de bruit que les pieds nus de Grégoire, enfonçant mollement chaque pas dans un épais tapis. Au bout du long couloir étroit, elle poussa une porte qui tourna en silence sur ses gonds.

La pièce octogonale était capitonnée de soie rouge, décorée de grands miroirs encastrés aux formes tarabiscotées. Un porte-chandelles de fer forgé pendait du plafond à une chaîne, les flammes des bougies suantes protégées par un globe de verre percé en son dessus. Les miroirs renvoyèrent les reflets démultipliés des chandelles autour du geste que lui adressait Sylvia, le doigt sur les lèvres, pour l'inviter au silence, et il vit à l'infini le geste de la jeune femme qui désencastrait et poussait un levier. La manœuvre mit en marche quelque mécanisme caché qui eut pour effet d'éclairer les miroirs, alors que simultanément les chandelles étaient mouchées par un couvercle de cuivre rabattu sur les globes de verre.

Et voilà que...

Chacune des glaces sans tain dévoilait une pièce dans laquelle se jouait une scène, pour le plaisir de ses interprètes... et celui, éventuellement, de ceux qui se tenaient derrière les miroirs trafiqués.

La première cellule dont Grégoire, guidé par Sylvia, approcha la cloison de verre, n'était occupée que par une seule prostituée nue agenouillée sur un lit et qui se recoiffait en fixant le miroir, et qui sourit, cligna de l'œil, comme si elle avait senti et reconnu la présence des observateurs embusqués – un homme nu surgit, braquemart violacé et bavant battant contre son ventre poilu, et se précipita sur la putain qu'il bascula et dans les cheveux de qui il enfouit son sexe en grimaçant de jouissance comme s'il allait hurler. La pression de la main de Sylvia s'accentua sur le bras de Grégoire. Elle le tira vers le miroir voisin qui donnait sur une alcôve tendue de noir au centre de laquelle un homme, en culotte de peau, veste de chasse rouge abondamment passementée ouverte sur son torse maigre et révélant des seins flasques de vieille femme et un ventre rebondi qui tremblait sous les plis mous, masqué à mi-visage d'un loup de soie voletté qui ne laissait deviner qu'un menton en galoche orné sous la poudre d'un bouc de barbe grise, se faisait fouetter par une matrone à la chevelure aussi flamboyante que la veste de l'homme masqué. Dans la pièce suivante, deux jouvenceaux chaussés de talons hauts et vêtus de bas de soie et de jarretières et de déshabillés translucides harnachaient de colliers, de ceintures, de bandoulières de cuir un homme nu au membre long et fin étranglé et étiré dans un étui pénien démesuré dont l'extrémité était attachée à un anneau qui pinçait la cloison de son nez ; l'homme psalmodiait, les yeux révulsés, des propos dont le ton suppliant était ce qui en était le plus compréhensible, ainsi que les mots « cochon » et « Circé » qui s'échappaient ponctuellement du flot logomachique, et Grégoire reconnut, en ce terrible hirsute défiguré par la brûlure des sens, l'auteur de théâtre Maxime des Forêts. Dans la troisième niche, c'était Jean-François de Morangias qui se tenait debout, drapé dans une sorte de toge de velours noir agrafée sur l'épaule et retombant lourdement sur son côté, cachant la cicatrice, ou le moignon, de son bras amputé. La fille agenouillée devant lui ne portait pour tout vêtement que ses cheveux flottants et roux, des ongles-doigtiers d'argent, un bracelet de ce même métal dont les circonvolutions serpentines lui montaient à mi-bras, une chaîne d'or à la taille se creusant à la naissance du val ombré de ses fesses agréablement généreuses. Elle fit cliqueter ses ongles, les écarta et les disposa de manière à ce qu'ils ne pussent blesser malencontreusement le sexe du manchot quand elle le prit, jaillissant raidi d'entre les plis de la cape noire, et le lécha longuement avant de l'enfourner au profond de sa bouche. Et le gorgea et le dégorgea et le travailla du bout des dents et de la langue, entré et sorti, jusqu'au foutre giclé dont elle se barbouilla le visage, les lèvres et les paupières closes. Quand cela fut, le manchot la chevaucha, toujours agenouillée, passant une jambe sur son épaule laiteuse, et l'amena contre son membre qui faisait révérence, lui tourna la tête et tourna avec elle et le sourire vorace de Marianne se changea en un gouffre de liquides amers et de fers acides dans la poitrine de Grégoire. L'air respirable contenu dans la pièce aux huit cloisons ne lui suffisait plus – ou bien alors l'atmosphère respirable avait été aspirée d'un coup, ailleurs. Il vit, ou crut voir, le reflet transparent et en surimpression dans le miroir sans tain de Sylvia derrière lui, qui souriait elle aussi, avec une presque identique gourmandise. Le gouffre s'agrandit, se creusa. Il se tourna au moment même où elle levait les bras – son visage encadré brièvement par la dentelle des manches courtes et bouffantes de son déshabillé, son faciès hâve de cire fondante et coulante autour des contours et des arêtes et des rugosités de l'os et des cavités noires des orbites remplies de mouches sans ailes et de scolopendres qui grouillaient avec un léger bruit de friture – puis les abattait, tenant à deux mains le stylet à manche d'ivoire...

Grégoire se dressa en sueur, le souffle court, le cœur battant à grands coups, hagard – peut-être avait-il crié –, et d'un bond s'extirpa des draps et des bras de Sylvia, tombant du lit sur le tapis, et se souvenant, comme cinglé de brûlures successives, à la fois des images atroces du cauchemar qui déjà s'embrouillaient après avoir ébloui, de la *jettatura* lancée par l'attacheuse de poupées maléfiques qu'il avait bien cru reconnaître, des paroles de Sylvia lui donnant ce verre de vin, la veille, avant leur nuit d'adieu rudement célébrée et avant de s'endormir pesamment...

On frappait à la porte de la chambre. On appelait Sylvia. Et ce fut dans cette posture en bas du lit et cet état de nerfs et de cœur que Grégoire apprit du portier du bordel qu'un aide de camp de monsieur de Beauterne était venu où il savait trouver le chevalier pour lui annoncer que monsieur de Beauterne l'attendait, ce jour-même, à deux heures précises d'après le midi, à l'hôtel où logeait l'intendant du roi.

– J'y serai, dit Grégoire.

Puis à Sylvia, ou à lui-même :

– Ainsi donc, Beauterne est arrivé. Le bras du roi va frapper, royalement comme il se doit, en Gévaudan...

Il évita – sans se forcer le moins du monde – d'employer ce ton-là, face à Beauterne, qu'il alla donc voir, comme il en avait reçu l'ordre, à deux heures d'après le midi ce jour-là : on ne plaisante pas avec un envoyé du roi, encore moins avec un envoyé du roi qui ne manque pas de vous rappeler son rang à chaque seconde respirée en sa compagnie, et on ne plaisante définitivement pas avec un envoyé du roi qui vous reçoit dans sa baignoire posée au centre du parquet ciré d'une grande pièce vidée de tout meuble, à l'exception d'un lit de sangles, et qui évoque très étrangement, très malaisément, très incompréhensiblement, un personnage gras et masqué se faisant fouetté par une putain nue aux cheveux rouges... Car non seulement Beauterne *était* cet homme du rêve, mais sa veste de chasse, posée près de ses bottes, avec ses vêtements, sur le lit, d'un rouge sanglant comme le rêve, se révélait aussi lourdement chargée de chamarres et de passements que celle du masochiste du songe tourmenté.

Et cela fit en sorte – cela surtout, cette conformité plus que troublante entre Beauterne en chair et os et la scène cauchemardesque – que Grégoire écouta sans broncher, englué dans une épaisse sensation de malaise, l'envoyé du roi qui lui disait :

– Sa Majesté, monsieur de Fronsac, m'a demandé mon avis sur le rapport que vous avez fait parvenir au comte de Buffon... Ma foi, monsieur, je dirai qu'il s'agit là de fables bien compliquées, et je crois, moi, que cette Méchante Bête est un loup. Je partirai demain en campagne avec mes gens, et ne souhaite pas que vous en soyez. Il plaît au roi de me charger de cette affaire, jeune homme, et de me laisser seul décider des choses. Je n'ai aucunement besoin de vous, ni de quiconque, pour en finir avec cette histoire. Vous trouverez sur ce lit une lettre à vous adressée, signée par le comte de Buffon et notre bien-aimé roi... J'ai lu votre mémoire. Ne vous mettez plus en peine de cette Bête, mon ami. Je m'en occupe, désormais, et vous ferai appeler quand vos services me seront nécessaires. Vous pouvez disposer.

D'une traite, quasiment sans reprendre souffle.

Grégoire de Fronsac ainsi congédié s'en retourna séance tenante au château de son hôte, n'ayant plus personne, à Mende, à qui faire ses adieux... Il avait l'esprit embrouillé, et comme si quelque malheur informe, confus, chevauchait invisible à ses côtés dans les bourrasques de fin grésil qui s'abattirent tout au long de sa route solitaire vers Saint-Chély. Non seulement les images de la découverte des deux enfants, le mort et la survivante, lui revenaient en mémoire et s'incrustaient de plus en plus fortement derrière ses yeux, qu'ils soient ouverts ou fermés, mais celle aussi de la femme jeteuse de sort, qui devenait presque davantage une sensation qu'un souvenir visuel, et puis les étranges et incompréhensibles visions du cauchemar... À se demander si le sort lancé avant de fuir par La Bavarde – c'était elle ! – n'avait commencé à porter ses fruits amers.

– Eh bien ? s'enquit Thomas d'Apcher, dès que Grégoire eut franchi le seuil du salon de chasse du château où ronflait un feu d'enfer dans la haute cheminée.

Il fit bien longue mine quand Grégoire lui rapporta l'attitude et les propos de Beauterne qui parlait donc au nom du roi Louis, et garda pour tout commentaire un silence qui en disait long... Son père le marquis hocha la tête avec amertume, disant sur un ton mi-amusé mi-consterné :

– Qu'il s'en charge donc, de notre Bête... avec ses lévriers... Avez-vous vu sa meute de lévriers, qu'il a fait venir avec lui ?

Non, Grégoire n'avait pas vu. Mais il imaginait...

Des jours passèrent, pendant lesquels Grégoire demeura au château d'Apcher et ne sortit pratiquement pas de la bibliothèque généreusement mise à sa disposition par le marquis, où il travailla au complément et à la mise à jour de son travail d'observateur, dessinant et écrivant. On n'entendit point parler des actions entreprises par Beauterne, ni de leurs résultats, si résultats il y eut ; on ne sut pas si des actions eurent lieu – et en vérité, le cas échéant, elles n'avaient certainement pas été couronnées de succès, pour être enveloppées d'un tel silence. Thomas et son père faisaient quelques visites ou recevaient des gens que Grégoire apercevait à peine, pour une brève entrevue de courtoisie.

Mani, lui, cavalait dans les bois et les monts environnants, qu'il neige ou vente (souvent l'un et l'autre) ou que le froid s'étire et craque dans le moindre rameau. Quand il n'était pas en chevauchage, il passait beaucoup de son temps au chevet de la petite Cécile, dans la chapelle du château transformée en hôpital, la veillant parfois en compagnie du père George, unis dans le silence. La petite fille n'était pas revenue à elle, depuis que le Mohican l'avait tirée des ombres glacées du gouffre ; elle respirait à peine, parfois gémissante et les paupières papillotantes comme si dessous s'agitaient des horreurs, la plupart du temps les yeux clos. Elle ne pesait sans doute pas plus que la maigre paillasse de feuilles et bruyères sèches sur laquelle elle était couchée, emmaillotée dans des couvertures, son visage émacié seul découvert et rougi par la fièvre aux pommettes...

La Bête passa aux Sept-Sols et à Venteuges où on la vit rôder, et près de Grèzes où elle emporta une bergerette de douze ans retrouvée nue et bleuie, le visage et la gorge à moitié dévorés, ventre ouvert, éviscérée, un bras et une demi-jambe arrachés, émergeant d'un trou dans la glace qui prenait une sagne.

Grégoire fit un autre rêve, après qu'il eut demandé à Thomas le service de lui arranger une rencontre discrète avec Marianne et que le messager fut revenu du domaine de Saint-Alban, triomphant comme s'il se fût agi d'une affaire de son propre cœur, avec l'accord de la jeune femme et le nom d'un étang et la date et l'heure.

– J'ai pu la voir, dit-il, debout devant l'âtre de la bibliothèque, dos aux flammes et les mains agitées dans leur chaleur. La voir et lui parler, hors les yeux et l'oreille de son triste frère manchot qui ne cesse de traînailler comme une espèce d'ombre et qui lance des regards de braise sur tout ce qui bouge alentour. Je lui ai dit le mal dans lequel tu es, avec des mots qui lui ont mis les larmes aux yeux, je te l'assure !

– Le mal ? Grands dieux, quel mal ? Je suis donc pris par un mal ?

– Et tu le sais bien, chevalier. Tu as la fièvre, tu trembles, tu manges à peine et tu ne dis plus rien, et rien qu'à t'entrapercevoir mon père se désespère.

– Allons, ce soir je mangerai, et je boirai à ta santé, ami Thomas. À la bonne hospitalité de ton père.

La brume couvrait le lac au sommet de la colline, entre les langues de bois qui s'enchevêtraient et descendaient jusqu'à vingt pas de ses rives formant les flancs de la cuvette. Une brume d'après l'aube, épaisse, mouillée, lourde, qui peut traîner jusque sous le midi et parfois même traverser la journée du bord matinal à celui du soir, sans frémir, sans trembler, quand le vent guette, plus immobile qu'un chat aplati devant une galerie de musaraignes. Mais du vent se leva, s'en vint, s'en alla, baguenauda, et ce faisant chatouilla et asticota la brume qui tressaillit et s'ébroua et se disloqua en lambeaux effilés. Le soleil n'était pas loin, aux aguets, prêt à pointer.

Grégoire approcha au pas, dans la blancheur qui crissait sous les sabots de sa monture. Nulle autre trace, aux abords du lac blanc, entre lisière et joncs raidis emprisonnés dans la glace...

Apparue soudainement au sortir du bois que modelait la brume effilochée, tenant sa jument à la bride, elle vint à lui, creusant son approche dans la neige haute. Le bas de sa robe de satin doré, jusqu'aux genoux, semblait avoir été trempé dans une poudre de sucre scintillante. Ses lèvres rouges souriaient, soufflant la condensation de sa respiration, et ses joues étaient colorées comme des pommes d'été. Grégoire descendit de cheval, jeta la bride sur un buisson qui tressaillit dans un soupir de poudre blanche. Ils avancèrent l'un vers l'autre, quelques pas seulement les séparèrent, et puis un seul. La jument de Marianne avança la tête par-dessus l'épaule de la jeune femme et vint souffler sous le nez de Grégoire, qui se porta en arrière en riant.

Ils étaient dans les bras l'un de l'autre. Elle avait un corps souple et chaud, doux et ferme à la fois, ses lèvres sur les siennes, et sa langue fouilleuse comme un tendre bestion dans sa bouche... Et sous la robe troussée, la blancheur soyeuse de ses cuisses qui se couvraient de frissons, sous ses doigts avides et curieux... Elle l'entraîna avec un petit rire de défi et ils tombèrent dans la neige, et la capuche de son manteau rabattue libéra les lourdes mèches de sa chevelure. Son regard se troubla, planté dans celui de l'homme au-dessus d'elle, et son sourire se figea lentement sur ses lèvres que le baiser avait gonflées et rougies d'une autre ardeur que celle du vent froid. D'une main sur son épaule, elle l'attira vers elle, de l'autre retroussa plus haut sa robe et découvrit la nudité de son ventre jusqu'à la taille, et le ricanement s'abattit sur eux, tombé du ciel de nuages gris lumineux, et Jean-François de Morangias dans son habit noir, sorti à son tour de la forêt, s'approchait, tenant les rênes de son unique main, le torse un peu de biais, le menton haut...

Ce rêve-là.

Son regard était descendu sur Marianne, couchée dans la neige sous lui... et il ne savait plus quel visage elle avait, quelle expression, n'avait qu'un souvenir de masque flou et le rêve s'était achevé, une fois de plus, comme l'autre cauchemar, dans le sursaut presque douloureux d'un réveil brutal, couvert de sueur poisseuse...

Le cavalier qui apparut, comme dans le rêve, en lisière du bois dans une grande cascade neigeuse qui reflua des basses branches vers le haut des arbres, n'était pas Marianne, mais son frère, et uniquement lui. Uniquement son frère, Jean-François de Morangias, qui s'avança, marqua un temps, puis traversa la pente découverte en droite ligne vers la rive du lac, *tenant les rênes de son unique main, le torse un peu de biais, le menton haut,* et s'arrêta face à Grégoire. Il le toisa en silence, un instant, avant de dire :

– Je sais qui vous attendez, chevalier. Ce n'était ni moi ni vos amis les loups, qui rôdent pourtant dans ces montagnes proches... Je comprends votre étonnement à me voir.

Grégoire eut un sourire amer... Résista à la tentation de lui dire qu'il n'était pas, sous la chamade qui battait dans sa poitrine, si étonné que cela... Il s'enquit :

– Où est Marianne ?

– Marianne est souffrante.

– Soudainement ?

– Oh, je vous rassure, si toutefois vous avez besoin de l'être, ce qu'il ne semble pas, cela lui passera sans aucune doute avec le temps. Et je l'espère, peu de temps... Mais vous revoir lui causerait des tourments que vous aurez à cœur de lui épargner. Et c'est ce qu'elle m'a chargé de vous dire.

– Je ne comprends pas. Je ne vous crois pas.

– Évidemment. Elle m'a chargé, aussi, de vous remettre ceci.

Il se tourna sur sa selle et prit dans ses fontes le rouleau de papier, dont l'extrémité dépassant avait été mouillée par la neige, le tendit à Grégoire qui le saisit, sachant de quoi il s'agissait... mais ne le sachant pas complètement. Deux feuilles étaient roulées l'une dans l'autre : le portrait au fusain de Marianne, et le nu à la sanguine de Sylvia.

– Et ceci, dit Jean-François.

Grégoire prit la lettre dans ses doigts bleuis de froid, qui tremblaient... L'écriture était belle, coulée, généreuse et volontaire. Portée par une décision qui n'hésitait pas :

> *Vous m'avez offert un présent. Je vous en rends deux. Pour votre collection. On m'avait prévenue contre ceux de votre espèce, j'ai eu grand tort de ne pas croire à ces mises en garde.*
> *M.*

Une colère douloureuse battait dans la poitrine de Grégoire qui releva les yeux sur le cavalier manchot, pratiquement botte à botte avec lui, et qui arborait un insupportable rictus sur ses lèvres minces.

– Qui m'assure de la sincérité de ce mot? Et même que c'est Marianne qui l'a écrit? Et qu'elle ne l'a pas écrit contrainte par la force?

Jean-François de Morangias, pour toute réponse, se contenta d'opposer un regard ahuri et réprobateur – sans doute, cette réprobation s'adressait-elle surtout à la naïve réplique, plus qu'à l'attitude fautive de Grégoire à l'origine de provoquer l'écriture du billet.

– Comment cette sanguine est-elle venue entre ses mains ? Pour vous être fait ce plaisir de la lui donner, il vous a fallu la trouver...

Cette remarque-là non plus ne toucha guère le jeune comte, qui crut utile de préciser pourtant :

– Je ne l'ai pas *trouvée*, on me l'a *apportée*... Mais c'est vrai que je l'ai communiquée à ma sœur avec un certain plaisir.

– Et je suppose que les « mises en garde » dont parle ce mot...

– ... sont également de mon fait, vous supposez juste, mais, encore une fois, la vérité complète est légèrement différente et je ne suis pas seul à les lui avoir adressées... Allons, de Fronsac, ne rendez pas ces instants plus désagréables. Convenez que vous n'étiez pas un compagnon pour elle, mon ami, et quittons-nous sans rancune.

Le ricanement amer était monté à la gorge de Grégoire sans qu'il le retienne ni le refoule :

– Sans rancune, pardieu ! Croyez-vous donc, quant à vous, qu'elle restera toute sa vie votre garde-malade ?

Le visage de Jean-François devint livide.

– Soyez heureux, Fronsac, dit-il sur un ton plat et bas. Soyez heureux car vous quittez en vie notre beau pays. En vie et entier. Sans plaies ni bosses ni cassures et sans être non plus définitivement estropié. Car dites-vous qu'en d'autres temps mes gens vous auraient rossé pour l'avoir seulement regardée...

– Les temps changent...

– Pas ici, Fronsac. Sachez-le bien. Pas ici.

Jean-François tira les rênes, vit volter sa monture et s'en fut dans le poudroiement que les sabots projetaient et qui, avec la brume et le silence, se refermèrent sur lui.

De retour chez son hôte de Saint-Chély, Grégoire fut bien aise de n'y point trouver Thomas, le sachant impatient de connaître la suite du rendez-vous qu'il avait contribué à arranger, et n'ayant aucune envie de lui raconter le lamentable traquenard dans lequel il s'était trouvé embourbé. Le marquis d'Apcher était lui-même en promenade, en compagnie de Mani – ce qui n'était pas rare, aussi étonnante que puisse paraître la compagnie des deux hommes (et Mani avait rapporté à Grégoire que le vieux marquis, au cours de ces chevauchées tranquilles à travers monts et vaux enneigés, et contrairement à son ordinaire, ne disait pas un mot).

Thomas rentra dans le milieu d'après-midi, et ce fut lui qui apprit à Grégoire que la traque menée par Beauterne venait de faire un retour triomphal dans Mende, après seulement deux jours de chasse, exhibant le cadavre monstrueux de la Bête morte. Il précédait de très peu un aide de camp de Beauterne, hautain et minéral à souhait, qui enjoignit Grégoire à le suivre, sur ordre de son maître qui avait « à lui parler expressément ». Puis ce furent le marquis et Mani qui revinrent, alors que Grégoire faisait seller son cheval et que l'aide de camp attendait en piaffant devant l'entrée du château, et toute cette agitation détourna Thomas de la question qu'il eût dû normalement poser...

Mani n'était pas descendu de cheval et suivait Grégoire à une allure de petit trot imposée à l'aide de camp qui se serait, lui, volontiers laissé aller au triple galop... Une foule éparse composée d'habitants de la ville et de groupes de traqueurs était encore rassemblée devant l'hôtel où résidaient l'intendant Laffont et l'envoyé du roi. Un vent gris soufflait sans grande vigueur, attisant des uns aux autres les racontements de la chasse et de sa conclusion heureuse.

On entraîna Grégoire dans un couloir souterrain, qui paraissait sans fin, vers quelque partie de la cave où Beauterne avait donc choisi de le recevoir. Mani marchait à son côté, une inquiétude non dissimulée marquant ses traits de cuivre – et ce n'était pas l'algarade entre Fronsac et deux autres aides de camp de l'Envoyé prétendant l'empêcher de suivre le chevalier qui l'avait perturbé le moins du monde ni qui avait changé d'un poil son expression. Les gardes s'arrêtèrent devant une porte, la dernière au bout du couloir, qu'ils ouvrirent, s'effaçant pour laisser entrer les deux hommes, puis les suivirent et refermèrent la porte.

C'était une vaste cave aux murs incurvés, avec au sommet de sa voûte un trou d'aération par lequel s'en allait la fumée des flambeaux fichés dans des encoches murales. Une forte odeur d'humidité montait de la paille couvrant le sol, sourdait des murs de gros moellons généreusement salpêtrés. Et puis des senteurs d'alcool, de médications et de macérations, issues des divers et nombreux bocaux et récipients alignés, entassés, sur les étagères de planches qui suivaient le périmètre de la pièce, du sol à l'inclinaison convexe du mur. Une odeur de sang, une odeur de sauvagerie, sur le grand loup brun au pelage poisseux, allongé sur la table couverte d'un linge blanc sanglant.

Ils s'approchèrent de la bête morte, frappée visiblement par plusieurs balles, dont une au moins lui avait traversé le crâne. Mani posa sa main sur le corps froid du loup, à la place du cœur – sur son visage, l'expression de tristesse inquiète avait laissé la place à une crispation de colère.

– Viens, dit Grégoire fermement, sur un ton bas.

Il lui pressa le bras, marcha vers la porte, disant aux deux gardes présents :

– Ce n'est évidemment pas la Bête et tout ceci est ridicule. Nous partons.

L'aide de camp à la figure méprisante ouvrait la bouche pour répliquer, faisant un pas qui le plaçait entre Grégoire et la porte, quand celle-ci s'ouvrit sur Beauterne, et Beauterne entra, poitrine gonflée, comme dans un salon, foulant la paille jusqu'aux chevilles de ses chaussures d'intérieur, congédia les deux aides de camp d'un geste, et dit quand la porte fut de nouveau refermée :

– Eh bien, Fronsac ? Ne vous l'avais-je point dit, que les choses iraient rondement ?

– Ce n'est pas la Bête.

– Croyez-vous, mon ami ? dit Beauterne avec un sourire entendu et un haussement de sourcil caricaturant une très grande surprise.

– Que signifie tout cela, monsieur l'envoyé du roi ? Vous avez lu mon mémoire et vu mes dessins, et sans aucucun doute pris connaissance des témoignages par dizaines, en tout cas je le souhaite, et vous savez donc fort bien que ce loup n'est qu'un loup, un grand loup, mais pas autre chose, comme vous savez bien que les mâchoires de la Bête sont décrites par tous comme deux fois celles-ci.

Beauterne sourit. Grimaça, la bouche en cul de poule, et retira du bout du doigt quelque miette réelle ou imaginaire aux commissures. Il désigna d'un souple et large geste les étagères garnies alentour :

– Vous avez ici tout ce qu'il vous faut pour nous arranger cela, monsieur le naturaliste...

Ce que craignait Grégoire depuis quelques instants se concrétisait donc. Pourtant, et bien qu'il s'y attendît, les mots prononcés produisirent leur effet stupéfiant, et Grégoire demeura bouche ouverte sur une protestation qui resta muette.

Le visage ravi de Beauterne se métamorphosa, se durçit, comme si ses traits soudain alourdis tombaient, comme si ce qui brillait dans ses petits yeux se figeait. Il dit :

– Défaites-vous de cet air qui pourrait laisser croire que vous allez nous pondre un œuf, mon ami, et écoutez-moi attentivement. Vous le savez : je dois ramener la Bête à Paris... Rapidement. Et je n'ai, et je n'aurai sans doute jamais que ce loup de belle taille. Alors... C'est donc très simple, monsieur le naturaliste, vous allez me fabriquer une Bête.

Grégoire jeta un coup d'œil à Mani, qui attendait, le visage impénétrable, bras croisés, devant la table où gisait le loup. Il reporta son attention sur l'Envoyé :

– Vous espérez faire croire au roi...

– Bien sûr que non, Fronsac! trancha Beauterne. Je ne veux rien faire croire au roi : *j'exécute sa volonté!* (Il marqua un temps, pendant lequel ses yeux braqués sur Grégoire ne frémirent pas d'un cil. Puis, d'une voix changée, plate, menaçante :) Et vous devriez faire de même, mon ami. Ce serait la sagesse.

– Est-ce une menace, Beauterne?

Beauterne laissa courir une œillade sur les murs voûtés, puis revint sur Grégoire. Il souriait de nouveau :

– Allons donc, mon ami... Moi, vous menacer, ici, dans cette cave où nous pourrions bien pourrir vous et moi sans que l'on sache jamais comment ni pourquoi et sans que... (Son sourire s'accentua. Se fit, silencieusement, radieux.) Vous savez qui je suis et vous êtes trop intelligent pour qu'on ait besoin de vous menacer. Si vous faites votre devoir – je dis bien : votre devoir –, le roi saura se montrer reconnaissant, sinon, assurément, il sera très... contrarié.

Grégoire ne baissa pas les yeux. Pétrifié, pâle. Il entendit, venue de très loin, la voix de l'envoyé du roi, il voyait bouger ses lèvres luisantes comme des bourrelets de chair vive :

– Je ne vous ai pas demandé de prendre votre sac de naturaliste, pour ne pas éveiller des interrogements indiscrets. Vous trouverez ici un tablier de cuir, et les outils pour exercer votre art. Couteaux, pinces, fil et aiguilles... que sais-je ? Tout ce qu'il faut. Et s'il vous manque quoi que ce soit, appelez à cette porte. Je dois maintenant vous quitter, mon ami, car on m'attend, vous l'imaginez, pour fêter l'événement. Je compte sur vous, Fronsac.

Et un moment encore après que Beauterne, ayant appelé, fut parti, Grégoire n'avait toujours pas bougé, fixant la porte refermée, avec en tête, l'écho résonnant sous la voûte de la clef tournant plusieurs fois dans la serrure massive. Puis il regarda Mani. Mani ferma les yeux, lentement, les rouvrit. Fit les quelques pas, silencieux dans la paille, qui le séparaient de la porte, tenta de l'ouvrir en poussant la clenche, mais elle ne s'ouvrit pas.

Après plusieurs heures de travail ininterrompu, Grégoire, les mains et le tablier sanglants, cogna au vantail, non plus pour demander ce qui lui manquait comme il l'avait fait deux fois, mais pour signaler qu'il en avait terminé. Aux odeurs fades qui composaient l'atmosphère de la cave s'ajoutaient les puanteurs fortes du contenu de quelques-uns des bocaux pratiquement vidés, celles des entrailles et viscères du loup dans les bassines sous la table, et des entrailles et de la peau et des restes osseux du mouton qui avait servi à la métamorphose, celles des teintures qui avaient transformé le pelage brun et gris à la crinière épaisse et laineuse en toison rousse du plus bel effet diabolique, avec une raie noire au long de l'échine...

Beauterne arriva sans attendre – et il venait apparemment de l'extérieur, les épaules de son habit marquées de taches humides. D'abord, il grimaça atrocement, fouetté par l'odeur et sa première réflexion fut :

– Grands dieux, Fronsac, comment pouvez-vous supportez cette pestilence ?

Ensuite il oublia de se pincer le nez ainsi que de se protéger la bouche, qu'il ouvrit à se la décrocher d'ébahissement, incapable de dire mot durant un grand moment et de détacher ses yeux de la Bête bourrée de paille qui se dressait sur ses pattes au milieu de la table et découvrait les crocs de sa gueule infernale béante. Enfin, il souffla :

– Je vous donne ma parole, Fronsac, que pour un peu j'y croirais moi-même !

– Gardez-la au froid et ne tardez pas à la ramener à Paris, dit Grégoire. Je n'ai fait là qu'un premier travail.

– Le roi sera content, soyez-en certain !

– Monsieur, dit Grégoire d'une voix fatiguée mais sur un ton ferme, sachez que je rendrai compte de la vérité à qui de droit.

Beauterne lui lança un coup d'œil amusé :

– Voyez-vous cela, mon ami ? Et qui est votre « qui de droit », quand Louis décide ? Nous repartons demain, et vous rentrez à Paris avec nous.

– Je suppose, se raidit Grégoire, que je n'ai pas le choix.

– Mon ami, lança Beauterne pour qui la discusion était visiblement close, votre choix peut s'exercer pour l'heure entre retourner passer votre dernière nuit dans cette contrée au château de votre hôte, ou alors vous joindre à moi et mon équipage, dont vous êtes désormais. Le plus grand bordel de Mende nous accueille ce soir... et vous le connaissez, me suis-je laissé dire... La fête sera belle, je vous le garantis !

Cette nuit-là, dernière donc que Grégoire croyait passer en Gévaudan, alors que les vainqueurs de la Bête réunis et braillant dans les salons rouges et les chambres du « plus grand bordel de Mende » buvaient à leur santé et baisaient les putains, la petite Cécile brusquement désestourdie hurla d'une terrible voix stridente qui transperça le sommeil ou la somnolence des autres patients de l'hôpital, et elle ne se calma que dans les bras de Mani prévenu et accouru, tandis que Grégoire de Fronsac, de fort méchante humeur depuis son retour de Mende et qui n'avait pas dit quatre phrases au repas après avoir annoncé son départ et celui de l'Indien, malmenait un peu le père George bafouillant, qui voulait arracher la gamine aux mains du diable et de Mani (il accusait le Mohican d'avoir fait boire à la bergerette des sorcerons de sa composition à base de poudre de plantes séchées sorties de la bourse de peau frangée pendue à sa ceinture – il l'avait vu faire !), et finit par le pousser hors de la chapelle-hôpital à coups de botte dans le cul, ce qui choqua moins qu'il ne s'en amusa le marquis d'Apcher témoin de l'outrage, et Grégoire empoigna le curé par le col quand il revint à la charge et le força, en le bâillonnant de la main, à entendre la petite fille se souvenir, à voix haute et délivrée, de ce qu'elle avait vu avant de tomber, non pas seulement une bête mais une haute silhouette dressée sur ses deux pattes, un homme, un milegroux, le diable, qui lançait sur elle sa créature aux crocs bavants.

13

Le grand loup gris allait désormais solitaire.

Il n'avait pas retrouvé de harde, n'en avait pas cherché. Mais il était resté sur ce même territoire qui était le sien depuis toujours – depuis ses premières visions débrouillées et les premières odeurs ressenties palpant son être dans la chaleur de sa mère – et sur lequel, depuis le carnage des siens, de la louve qui avait été sa compagne et de toute sa famille, il avait accepté que passent d'autres clans, d'autres familles, et même toléré qu'une bande s'installe plus ou moins, et ceux-là qui passaient aussi bien que cette bande-ci, non seulement l'acceptaient, lui, mais se soumettaient à ses priorités si d'aventure il en manifestait (ce qu'il ne faisait guère) sur une proie qu'ils avaient chassée et tuée.

Il avait gardé la dernière tanière, celle que la louve avait choisie, où des petits maintenant disparus étaient nés, du seuil de laquelle un matin ils avaient entendu et senti et vu au loin s'avancer les colonnes de tueurs puants.

Les jours froids s'en allaient, le vent n'était plus comme un fleuve hurleur charriant des flots de morsures, et les odeurs nouvelles de la terre s'étaient levées, les torrents bondissaient et sautaient et dévalaient les pentes des montagnes. La neige coiffait encore le front des plus hautes cimes, encombrait de ses croûtes grises les plus profondes serres où le soleil ne descendait pas encore, mais ailleurs elle avait fondu, et les herbes reverdissaient sous la fane que le vent faisait se balancer. Les feuilles revenues montaient sans se précipiter vers les hauteurs.

Le grand loup gris qu'une vieille balafre, laissée par la griffe, le croc ou l'épine, marquait au poitrail était parti après le milieu du jour, en dépit du danger à parcourir un tel trajet avant la nuit. Il avait suivi un chemin déjà emprunté une fois, presque pas pour pas, et dont il se souvenait parfaitement – un jour de pluie et de ciel grondeur et de violents éblouissements tombés des nuages, avant le froid qui recouvre tout de silence blanc et étouffe presque toutes les odeurs de la terre. La lumière rentrait dans le sol et se fondait aux brumes du soir, transperçait presque horizontalement les frondaisons tendres, quand il arriva où il devait se rendre.

Depuis, il attendait, dans le soleil déclinant, sous un ciel pratiquement vierge, d'un bleu très flou glissant vers le violet et souillé par les nuages incendiés du couchant. L'ombre effilée de la croix de pierre n'était plus qu'à un pas du grand loup assis, droit, tous les sens en alerte.

Il les entendit venir, bougea à peine. Ses oreilles se dressèrent. Mais dès avant, il regardait très exactement dans cette direction et ce point de la lisière au bord de la pente coupée d'où sortait une mauvaise trace, comme une estafilade dans le gazon. Il ressentit le pas des chevaux vibrant dans le sol, il entendit cliqueter et crisser les harnachements des montures. Garda une immobilité parfaite. Ses yeux étaient deux fentes dans l'or brûlé du soleil qui l'éclairait de face.

Mani allait devant, puis venaient le chevalier et, enfin, le troisième, Thomas d'Apcher.

Ils avaient apparemment chevauché longtemps, longuement. L'allure au pas des montures en témoignait, l'apparence des cavaliers aussi, la voussure de leurs épaules, la terne fixité du regard, comme la poussière rude dans les plis des vêtements. Et le creusement de leurs traits.

Si les quelques mois écoulés n'avaient guère changé Mani et Thomas d'Apcher, Grégoire paraissait amaigri, le visage plus fermement dessiné, comme si l'os y gagnait, le regard durci qui désormais ne s'égarait plus aux détails et aux périphéries de son attention.

Ils revenaient. C'était un soir de printemps avancé.

On dit, dans les domaines et les villages, que Thomas d'Apcher fut l'artisan de ce retour du chevalier Grégoire et de son ami le Mohican – et c'était la vérité, bien que Thomas d'Apcher, en dépit de ses talents persuasifs, n'y eût pas suffi s'il n'eût été porteur, une fois encore, d'un message.

Ils revenaient, pour engager une guerre et la gagner.

Le premier, Mani vit le loup et s'arrêta. Derrière lui, les deux autres cavaliers s'immobilisèrent. Le cheval de Thomas, que la vue et l'odeur du loup surprirent, émit une brève ronflée et fit un léger écart, obligeant Thomas, par ailleurs le seul des trois sur qui la rencontre provoquait un certain saisissement, à rassurer sa monture en lui caressant le cou. Les deux autres ne bronchaient pas, le visage empreint de gravité sereine, comme une sorte d'épanouissement intérieur, et le silence qu'ils partageaient, qu'ils échangeaient avec le loup était d'une consistance presque tangible. Puis le loup se releva, s'ébroua, tourna les talons et s'en fut, et il entra dans le sous-bois et disparut.

– Il nous attendait ? demanda Grégoire.

Manu acquiesça.

– Il nous aidera, affirma-t-il. C'est ce qu'il est venu nous dire.

Ils talonnèrent et reprirent leur marche, tandis que Thomas d'Apcher, qui avait ouvert la bouche, la refermait sans avoir proféré un son, car se souvenant des mots de Grégoire sur le quai du port de Nantes où il était allé lui mettre *in extremis* le grappin dessus, se souvenant de ces mots que Grégoire avait eus après avoir pris connaissance de la lettre et décidant à la seconde de leur retour en Gévaudan, lui et Mani, pour une nouvelle et dernière chasse qu'ils mèneraient cette fois à leur façon, et se souvenant de Mani qui souhaitait les esprits à leur côté et de Grégoire assurant imperturbablement leur présence...

Ce soir de printemps, le chevalier de Fronsac et son compagnon indien du Nouveau Monde revenaient. Thomas d'Apcher et une lettre les ramenaient dans les montagnes.

Quelques lieues avant Saint-Chély, la draille à flanc de coteau bifurquait – plus exactement, une mauvaise sente s'en écartait qui poursuivait son allée vers le sud.

À cette fourche, Grégoire quitta ses compagnons. Ils le suivirent des yeux un instant, dans le crépuscule rougeoyant, puis ils prirent la direction de Saint-Chély et c'était maintenant Thomas qui menait la marche.

Un jour de froid noir, Grégoire de Fronsac avait quitté le pays à la suite de Beauterne, l'envoyé du roi, et des derniers dragons encore cantonnés ici et là. En tête de colonne roulait une charrette couverte d'un dais bâché sous lequel était exposée la carcasse de la Bête vaincue ; au long des routes entre Mende et Paris, nombre de ceux qui virent passer l'étrange attelage se signaient.

À partir de ce jour, ce jour-là de sa mort très officielle, la Bête fut aperçue sur la paroisse du Malzieu, puis elle tua et saigna un garçon comme boucher ferait d'un veau à Prunières, puis elle tua un autre petiou à Lajo, elle attaqua une fillette qui allait fagoter dans la neige à La Flageolle, puis elle arracha la tête d'une jeune femme de la Vachellerie, puis elle éventra deux enfants près de Lorcières. La Bête courait d'un bout à l'autre du Gévaudan déserté par les chasseurs et les dragons et laissé à la protection des pantres, barabans et pagels armés de leurs fourches et de leurs lames et ferrailles emmanchées de longs bâtons. Elle tuait et assassinait comme jamais, bien qu'elle fût morte sous les balles des envoyés du roi, et que son cadavre fût exposé dans le jardin d'hiver de Sa Majesté Louis.

Ni *La Gazette de France*, ni *Le Courrier d'Avignon* ne rendirent compte de ces meurtres, sauf une fois ou deux et les attribuant à des chiens errants – le nom de la Bête ne fut pas imprimé.

Puisque la Bête était morte, de par la volonté du roi.

Grégoire n'oublierait jamais le jour de la présentation du cadavre monstrueux au roi. Il s'y trouvait, bien entendu, fut publiquement remercié par Beauterne pour ses recherches et travaux, pour son savoir-faire d'empailleur et pour « le rôle qu'il avait tenu dans cette affaire ». Au fond de la grande salle de marbre blanc aménagée de buffets somptueusement garnis, dans un espace décoré en fausse caillasserie, se dressaient plusieurs animaux naturalisés, renards et loups, lynx, chats sauvages, divers rongeurs, et bien sûr, trônant au milieu et au-dessus de tous, la Bête, et la Bête de ses yeux de verre ne quittait pas, où qu'il se trouvât dans la salle, son très habile créateur faussaire. Tandis que claironnait la voix de l'emphatique Beauterne :

– La Bête du Gévaudan n'est plus, et c'est un peu grâce à cet homme dont la valeur n'a d'égal que la modestie... Mais c'est surtout grâce à Votre Majesté, oui, car c'est en votre personne seule que réside la puissance souveraine, c'est à vous seul qu'appartient le pouvoir législatif, sans dépendance ni partage, et l'ordre public tout entier émane de vous ! Un animal pouvait l'ignorer, soit, cet animal n'est plus. Je n'ai quant à moi que fort peu de mérite, en vérité. Investi de vore puissance, Majesté, je n'eus qu'à paraître en Gévaudan pour que la Bête rende les armes !

À Buffon, son maître, qui se tenait à son côté et, comme tous, applaudissait, Grégoire avait demandé la signification de cette mascarade. Juste un peu trop fort pour que Buffon lui en fasse remontrance en plissant le sourcil. Et lui intime de se calmer. Et lui précise, comme si besoin en était, que Beauterne ne faisait qu'exécuter les ordres.

– Les ordres ? Les ordres de qui ? avait craché Grégoire dans les applaudissements qui s'adressaient à la fois au discours de Beauterne et au salut du roi qui allait se retirer.

– Les miens, dit l'homme à sa gauche en se penchant vers lui.

Celui-là s'appelait Mercier, était conseiller spécial de Sa Majesté, chargé des Affaires intérieures : ainsi le présenta Buffon, en se penchant vers lui. Et c'était lui, Mercier, poursuivit Buffon, qui avait eu l'idée d'envoyer Antoine de Beauterne en Gévaudan. À lui donc que l'on devait cette prompte et définitive victoire sur la Bête...

– Vos scrupules, Fronsac, vous honorent, souffla Mercier en entraînant Grégoire à faire quelques pas dans l'assemblée. Mais il s'agit de raison d'État. On se moquait du roi, voyez-vous, jusqu'à la cour d'Angleterre.

Et Mercier lui montra le petit livre à couverture rouge qu'il avait sorti discrètement de sa poche et sur la couverture duquel Grégoire eut le temps de lire le titre – *L'Édifiante Histoire de la Beste* – et d'entrevoir l'illustration représentant une sorte de lycanthrope dressé sur ses pattes postérieures qui n'était pas sans rappeler un de ses dessins, avant que Mercier le fasse glisser, tout aussi discrètement, sous le revers de sa manche.

– Gardez-le, lisez-le. Vous ne le trouverez plus en librairie. Nous l'avons fait interdire. Sous le couvert du conte on y bafoue l'autorité du roi, et si nous avions trop attendu, cette histoire aurait pu devenir très gênante. Excessivement gênante. Ce qui est extraordinaire et faux a beaucoup plus de pouvoir sur la multitude.

– Il vaut donc mieux mentir que laisser dire des mensonges...

– Fronsac... votre esprit est décidément tel que ce qu'on m'en a dit... Mais la vérité, la vérité... Le visage de la vérité, Fronsac, est parfois bien lourdement maquillé pour paraître de toute fraîcheur... Gouverner nécessite souvent d'utiliser les moyens les plus simples. Cette Bête et un problème. Plus de Bête, plus de problème. Et si elle continue de tuer, comme c'est et comme ce sera le cas, je pense, jusqu'à ce qu'un chasseur anonyme, et qui le restera, la tue, personne n'en saura rien. Les moyens les plus simples, Fronsac.

La proposition qui fut faite ensuite à Grégoire était du nombre et à l'exemple de ces moyens.

Une proposition signée du roi en personne. Une offre de Sa Majesté, « qui avait entendu dire que le chevalier capitaine Grégoire de Fronsac rêvait d'explorer l'Afrique »...

Une goélette partait dans les six mois pour les comptoirs du Sénégal, et Sa Majesté invitait le chevalier à être du voyage. Lui octroyait en outre une récompense de dix mille livres... Acceptait-il ?

– Eh bien, Fronsac, vous acceptez, naturellement ?

Naturellement... Accepte-t-on d'autre manière que *naturellement* ce qu'on ne peut pas ne pas accepter ?

Le mois d'avril, sur Nantes, faisait puer le port différemment, avalant certaines odeurs pour en recracher d'autres, venues autant de l'océan et des coques et des ventres des bateaux à quai que des rues de la ville.

Ce fut au port que Thomas d'Apcher retrouva Grégoire et Mani, sur le pont de *La Caraille*. Il avait chevauché de Mende à Paris, et de Paris (où on lui avait appris la décision de Grégoire) à Nantes, était épuisé, dormait debout, mais avec encore assez d'énergie pour évoquer la situation catastrophique dans sa province et avouer qu'au fond ce n'était pas tant à lui, Grégoire, qu'il venait demander aide, qu'à Mani... Et, ce faisant, parlait en son nom comme en celui de son grand-père marquis d'Apcher, tous deux au nom des malheureux de cette province que la terreur rendait fous et dont les enfants et les femmes continuaient de tomber sous les griffes et les crocs du monstre...

Puis Thomas lui donna la lettre confiée par Marianne, en assurant, comme s'il s'en souvenait incidemment, que c'était elle la première qui avait eu cette idée et la lui avait soumise et lui avait suggéré de le rappeler, devant l'église de Mende, au sortir de la messe de Pâques.

Le cavalier entra dans le hameau avec la nuit. Les pans de son manteau de cuir ouvert tombaient de part et d'autre de la selle, plus bas que ses talons aux étriers. La sueur faisait des traces soyeuses sur la robe du hongre bai, au gré des mouvements et selon que la luminosité du ciel de nuit claire traversait ou pas le feuillage nouveau des arbres bordant le chemin. Mais qu'il fût dans l'ombre ou éclairé, le visage du cavalier rendait une tache pâle tranchée par une barre sombre au niveau du regard.

Les chiens, dont les abois montaient, eût-on dit, de chaque cheminée, avaient annoncé son approche. Deux de ces noirs gardiens l'accueillirent, lui tournant autour en donnant de la voix, à hauteur de la première des dix ou douze maisons qui composaient le village, tassées sur elles-mêmes comme des grosses bêtes à l'affût. Les gueulards furent calmés par un homme, poussant la porte entrebâillée de la maison, qui les rejoignit, le barenclou à la main, et se découvrit pour saluer le cavalier. La lueur jaune d'une chandelle de suif traçait le tour de la porte. On entendait monter des étables les meuglements de quelques vaches, des bêlements aussi, insinués parmi les aboiements. Le cavalier demanda la maison de Pierre et Jeanne Roulier, et l'homme au barenclou la lui indiqua, de la voix et du geste : la dernière, à l'autre bout de la traversée du village et légèrement à l'écart, derrière la bosse du terrain qui replongeait et au-delà des taillis de noisetiers et les cépées d'une épaisse hêtraie. On ne la voyait pas d'ici, mais c'était imposible de se tromper – la dernière de Garrefou, répéta l'homme plusieurs fois en agitant son chapeau informe en direction des chiens comme s'il voulait souffler leurs grondements spasmodiques.

Le cavalier remercia et traversa donc le village de Garrefou, au pas. Sa progression fut accompagnée par les aboiements qui redoublaient à son passage devant les maisons et par les entrebâillements de portes et de volets et les rais de lumières apparus entre les plis des rideaux de toile écartés brièvement.

Ainsi que par une ombre animale se coulant dans les taillis, les broussailles, dans les ronces en tapis serré qui recouvraient le sol du coteau, derrière les maisons, une ombre qui semblait parfois longue et parfois trapue et parfois même étrangement bossue, qui avançait sans produire plus de bruit qu'un tressaut de vent, soufflant fort, mais cette puissante et sonore respiration, tantôt hachée et tantôt lente, couverte par les clabaudements montés des maisons, et peut-être ce déferlement de hurlées était-il causé surtout par l'ombre épaisse et son odeur plutôt que par le cavalier tranquille, et qui sait si la nervosité du cheval n'était pas davantage causée par cette présence rampante que par les chiens...

Le cavalier passa la bosse puis la déclivité et poursuivit jusque devant la dernière maison du hameau, et l'ombre onduleuse, serpentante, qui tantôt paraissait avoir allure humaine, tantôt se mouvait avec une félinité indiscutable et pouvait avoir l'instant d'après des attitudes maladroites et incertaines, se coula par-dessus un muret de pierres sèches – ce qui rendit un son curieux de raclement – puis, glissant sous les ronces, s'approcha elle aussi de la ferme, et elle ne s'en trouvait plus qu'à quelques pas quand la porte s'ouvrit grande, crachant de la lumière avec les pleurs d'un bébé et l'ombre projetée de la femme qui avait ouvert et se tenait sur le seuil et s'y tint une ou deux secondes, saisie, avant de s'élancer, de se jeter dans les bras de l'homme descendu de cheval. L'homme et la femme furent ainsi, embrassés, un moment, un long moment, dans la lueur des chandelles et les ombres qui s'agitaient dans la maison et les pleurs du bébé qu'une voix de femme tentait de calmer en le dodinant. Et puis on entendit le rire étouffé, l'exclamation heureuse de la femme dans le creux de l'épaule de l'homme, puis elle s'en écarta après un rapide baiser, et un paysan en blaude de serge délavée s'encadra dans la porte, sortit, prit la bride du cheval et s'en fut la passer à l'anneau d'attache dans le mur, revint à la porte et attendit que le cavalier et la femme entrent, puis les suivit et referma la porte derrière eux.

Il n'y avait apparemment pas de chien dans cette maison-là. Ceux du village continuaient de japper et plusieurs s'étaient mis à hurler lugubrement à la mort.

L'ombre recroquevillée dans les buissons proches émit une sorte de crachement de dépit.

Cent fois Grégoire s'était figuré cet instant des retrouvailles avec Marianne, cent fois l'avait goûté par avance et cent fois l'avait craint. Et ce fut comme il n'avait pas imaginé, comme il n'aurait pu croire que se puissent mêler tant de force et de tendresse. Comme si le temps, ces presque sept mois de temps s'étaient envolés d'un seul souffle, comme si cette faille béante s'était comblée en un claquement de doigts par la magie d'une lettre, comme si une partie tout entière de l'histoire qui n'avait été que brûlure et douleur et cicatrisation lente était devenue juste une souvenance inconsistante, un morceau de cauchemar dont on se souvient comme d'un événement irréel.

Marianne rayonnait. Au fond de ses yeux dorés de larmes d'émotion, passaient des ombres fugitives d'incrédulité manifestant la crainte que cet instant ne fût qu'une illusion. Une crainte qu'elle chassait bien vite, ravalait d'un sourire appuyé, repoussait d'une caresse de la main à plat sur la poitrine et les bras de Grégoire. L'habit qu'elle portait, la robe très simple de bougran, les bottes masculines de cavalerie, démontrait qu'elle était venue ici en cachette, sans accompagnement et dans le souci qu'on ne la reconnût point. Il y avait cela aussi dans ses yeux : la bluette pétillante du danger encouru, l'étincelle d'aventure vécue à cœur.

Puis ils parurent se rappeler ensemble l'endroit où ils se trouvaient, qui n'était ni quelque chambre d'hôtel momentanément occupée contre monnaie ni chez l'un ou bien l'autre, mais l'âtre d'une maison de chevriers modestes, murs de pierre et cloisons de perches équarries à l'herminette, dont le seul luxe par rapport au commun semblait tenir au verre épais du carreau et au plancher de sapin, plutôt que sol de terre battue ou dallage de pierre. Et les occupants du lieu, sinon ses possesseurs, les regardaient bonnement avec de grands sourires, l'homme évitant de croiser le regard de Grégoire, la femme berçant le bébé emmailloté jusqu'aux épaules contre sa généreuse poitrine de nourrice.

– Eh bien... dit Marianne d'une voix nouée, voici le chevalier de Fronsac...

L'homme et la femme firent un mouvement de la tête et l'homme retira prestement le calot de feutre difforme qui recouvrait sa calvitie ; Grégoire leur donna son salut dans une même inclination.

– … Et voici Jeanne ma nourrice, et voici Pierre, son mari.

Jeanne et son mari Pierre réitérèrent leur saluade. Un temps de silence s'installa qui pesa aux regards et alourdit les gestes ; alors, Jeanne dit à son mari d'aller chercher du vin, injonction à laquelle le bonhommeau s'empressa d'obéir. Quelques éclats du hourvari que menaient toujours les chiens se plantèrent dans la maison avec force, le temps que s'ouvre et se referme la porte sur le dehors, et cela fit pleurer le bébé de plus belle. La femme dit que c'était un enfant chigneur, énonça le nom de son géniteur et commenta pour l'amusement que son mauvais caractère n'était pas étonnant, et dit qu'elle allait le coucher et l'endormir après avoir essayé encore de lui donner une tétée, et elle passa dans la pièce voisine en chantonnant pour l'enfant qu'elle berçait à petits coups.

Dehors, le chevrier dénoua la bride du cheval du chevalier qu'il conduisit sur l'arrière de la maison où il l'attacha à une barre scellée dans le mur, à côté de la monture de Marianne. Puis il retourna sur ses pas, son ombre portée à sa droite par la nuit claire coulant contre le mur, souleva la porte d'entrée extérieure de la cave qu'il rabattit contre le mur, et descendit les marches de pierre taillée. Quand il eut disparu, la grande silhouette, comme plusieurs animaux en un, sortit du taillis et fit quelques pas confus dans la lueur pâle du ciel clair qui traversait la ramure, retrouva une agilité stupéfiante pour franchir d'un bond, un seul, l'espace dégagé au bout duquel elle plongea dans la cage ouverte de l'escalier.

Grégoire avait repris Marianne dans ses bras, qui finissait un sourire à l'adresse de la nourrice et de son attitude discrète. Elle dit :

– Ma mère me fait surveiller. Ce fut une aventure, pour quitter Saint-Alban et me rendre jusqu'ici sans éveiller les soupçons.

– Le regrettez-vous ?

Elle secoua la tête avec fougue, en fronçant délicieusement le nez.

– On sait déjà peut-être votre retour, dit-elle.

– Dans une semaine, je vous emmène à Paris.

– Pourquoi attendre ? souffla Marianne avec un nouveau et charmant froncement caricaturalement contrarié.

– Je repars en chasse, Marianne. C'est ma parole donnée à Thomas.

Elle caressa de son nez le creux du cou de Grégoire :

– Je croyais, souffla-t-elle, que c'était pour moi, que tu étais revenu...

Des hurlements claquèrent et emplirent brusquement la maison, cris d'épouvante et de douleur qu'il eût été difficile d'attribuer à un animal ou à un humain et mêlés à des rauquements tout aussi peu connaissables ; la braillerie soudaine pétrifia Grégoire et Marianne embrassés convulsivement. De la pièce voisine déboula Jeanne au visage gris déformé par la terreur, serrant contre son sein le bébé braillant.

Les hurleries démoniaques montaient de sous le plancher, s'y heurtaient, s'y écrasaient, et avec elles des violents coups de boutoir qui firent trembler les lames de bois et sauter en longs traits pâles qui retombaient poudreux les jointoiements de poussière accumulée depuis des années. Une force gigantesque vomie des entrailles de la terre, surgie d'un autre âge, cognait sous la maison qui vibrait dans ses murs et ses cloisons et tremblait tresque [1] ses poutres.

Grégoire lui aussi cria. Cria de reculer à la femme qui se penchait sur la trappe dans le plancher et il n'attendit pas de savoir si elle l'entendait, ni ce qu'elle allait avoir ou pas le temps de faire : il fonça, entraînant Marianne, empoigna par le dos de sa robe la nourrice, tira à lui et poussa de toutes ses forces les deux femmes vers la pièce voisine, entrevoyant leurs visages déformés par la peur stupéfaite, et il criait toujours, leur criait de fuir et de se cacher, alors que la braillée de l'homme sous le plancher s'était changée en longue hurlade stridente secouée par des coups sourds et entrecoupée de grognements hachés ; la trappe explosa littéralement, poussée d'en dessous par une force terrible, ses planches furent pulvérisées en fragments acérés, en poussière, ses ferrures volèrent et la Bête bondit dans la pièce.

Immense et informe, sa fourrure rousse et inégale de poils rêches tout empoussiérée, poisseuse de sang et de liquides indicibles. Gueule ouverte sur une denture noire étincelante. Des yeux

1. Tresque (conj.) – vieux langage, dit le complément au dictionnaire de l'Académie française de 1856 : jusqu'à ce que, aussitôt que ; tresqu'ici, jusqu'ici.

injectés, de la bave giclante. Le grondement comme une énorme palpitation qui battait dans la pièce et l'emplissait du sol au plafond de poutres, et le cri de l'homme dans la cave éteint abruptement.

Grégoire ne pensait ni ne raisonnait plus – il était passé de l'autre côté de l'épouvante qui l'avait fauché net et lui avait séché veines et artères dès les premiers hurlements –, il agissait, avec des gestes qui n'appartenaient plus à sa conscience. Il ne sut pas comment la fourche-fière, qu'il n'avait pas plus remarquée près de l'âtre que les autres instruments de cuisine ou aratoires qui y étaient appuyés, se retrouva entre ses mains. Mais il frappa, de toutes ses forces, au hasard, et les deux dents de l'outil s'enfoncèrent dans le dos du monstre, et le manche vibra dans les poignets et les bras de Grégoire avant de se briser net avec un claquement de coup de feu. La Bête le percuta de plein fouet, il ferma les yeux, aspira une grande goulée de la puante haleine qui le gifflait, rouvrit les yeux au moment où le coup d'épaule, la poussée, l'atteignait en pleine poitrine et l'envoyait dinguer contre un meuble à deux portes dont il creva et dégonda les battants et dans lequel il s'encastra parmi les écuelles et les pots. Effondré dans le meuble et pétrifié par la terrible certitude que son dos insensible était brisé, Grégoire vit la Bête se redresser après une sorte de roulade, la fourche brisée dans le dos. Il vit Marianne affalée contre le chambranle de la porte de la chambre voisine. Il vit la Bête bondir vers elle et... s'arrêter net dans son élan, et se pencher sur la jeune femme... et les bras levés de Marianne s'abaisser... les pattes courtes munies de griffes, de serres, retomber lentement... Au-delà de l'horreur pure, c'était une lueur éperdue d'incompréhension qui brûlait dans les yeux agrandis de Marianne tétanisée et recroquevillée, que la Bête humait bruyamment de son muffle bardé de crocs noirs... sa tête d'animal mystérieux, ou comme si plusieurs animaux étaient rassemblés en un seul corps hideux, penchée, hésitante, soufflante, sur Marianne qui détourna les yeux et dont Grégoire saisit l'appel terrorisé.

La douleur, sourde, grimpait dans son dos – il l'accueillit avec presque un cri de joie. Bougea – il pouvait bouger. Au bruit que cela fit quand il s'extirpa du meuble défoncé, la Bête rompit son immobilité, se tourna vers Grégoire qui plongea à genoux et ramassa le couteau tombé à terre avec tout ce qui se trouvait sur la table renversée, parmi les éclats de vaisselle brisée. Une lame d'un bon pied emmanchée de bois poli par des années d'utilisation. À genoux. La Bête se ramassa, devint une masse plus incertaine encore dans la mauvaise lumière que diffusait parmi celles renversées, éteintes et fumantes, la seule chandelle encore allumée sur une crédence.

Les chiens se firent de nouveau très présents. Des coups furent frappés à la porte, des appels s'élevèrent du dehors et la Bête se redressa, la porte s'ouvrit sur plusieurs paysans, parmi eux celui qui avait indiqué son chemin à Grégoire à l'entrée du hameau, armés de fourches et de trinque-buissons, brandissant des lanternes. Le spectacle découvert brusquement les figea sur le seuil, avec eux les chiens qui se pressaient en grondant entre leurs jambes, et ce temps d'hésitation stupéfaite suffit. La Bête s'élança et sauta dans le trou de la trappe cassée par laquelle elle dégringola à grand bruit, et presque aussitôt on l'entendit gronder dehors, puis on entendit ronfler les chevaux dans le silence comme écrasé par un grand coup de pierre.

Elle se coula parmi les ronciers et fila de taillis en taillis à vive allure, sans que son attitude fût visiblement marquée par les coups reçus dans l'affrontement. Au sifflement modulé qui retentit dans la nuit, elle s'arrêta de grimper, écouta, tous les muscles de son corps tendu, le vent peignant à rebrousse poil sa crinière hurlupée. Les chiens aboyaient encore et maintenant ceux des hameaux environnants leur répondaient. Une chevêche en chasse ulula. Puis le sifflement reprit et la Bête se remit en marche sans hésiter. Après qu'elle eut gravi la rocaille et traversé une autre barre de ronces et d'orties et de taillis compacts au bord d'un ruisseau, puis traversé le ruisseau, le sifflement retentit tout proche sous le bois et la Bête fut devant la silhouette noire debout sous la lune et coiffée d'un masque de bois, de cuir et de tissu évoquant grossièrement un loup – et cette silhouette aurait pu être décrite comme l'avait racontée une fois déjà une petite fille qui l'avait vue, une nuit, et avait survécu à l'épreuve pour qu'on ne crût point ce qu'elle avait dit – et se coucha à ses pieds.

Et l'homme se pencha sur elle. De sa main gantée de métal lui caressa rudement l'encolure. Il saisit, par le morceau de manche brisé, la fourche encore plantée dans le dos de la Bête et l'arracha d'un coup sec en jurant sourdement sous le masque, et la Bête poussa juste un cri bref et surpris.

14

Sur la fin d'avril, la Bête fut signalée à Prunières où elle laissa des traces autour d'une sagne, puis à Serverette le jour suivant, et le jour d'après, à Lorcières qui se trouvait à près de dix lieues royales de là, un garçonnet fut retrouvé égorgé sous une haie, et le même jour deux autres petits pâtres des arrières de Marcillac ne durent probablement leur vie sauve qu'à leurs vaches qui chargèrent la Bête et la tinrent éloignée jusqu'à ce que des hommes et des femmes d'une ferme proche viennent à leur rescousse. La Bête tua deux fois encore avant la fin du mois, et de nouveau dans les fonds de la Margeride, à chaque fois des enfants, à proximité d'une grange, et d'un moulin.

Les journaux de Paris pas plus que ceux du Languedoc ne relatèrent les faits.

C'était un étrange printemps. Bien que venu de bonne heure, il avait pourtant paru bref, alors que les premiers souffles chauds avant-coureurs de l'« enfer » ne se manifestaient que maintenant. Un printemps fait de sursauts, de rebonds, de coups de dents de gels, de giboulées tardives, de matins roussilliants [1], journées caniculaires et soirs tonitruants, de sursauts en avant, de rebonds en arrière. De feuilles un jour écloses et le lendemain recroquevillées dans une sorte d'attente prudente. Mêmement eût-on dit pour le ciel et la terre que pour la tête des gens : balancée du coup de chaleur de l'espoir au rafraîchissement de la frayeur.

Les journaux ne dirent pas davantage ce qui se produisit nuitantré au hameau de Garrefou et au domicile de Pierre et Jeanne Roulier, ni la mort de celui-ci dans sa cave où il était allé tirer un cruchon de vin. Ce premier meurtre d'un homme adulte, attaqué *dans sa maison* par la Bête, ne fut pas ébruité, et même le curé du village voisin n'en témoigna par écrit de quelque manière que ce soit, et ceux qui en furent témoins, s'ils en parlèrent, le firent à mots couverts en ragounant, soit qu'ils se tussent sous l'emprise de la trépidité et parce que faire le muet et l'aveugle était encore la meilleure arme défensive de camouflement que possédaient ces malheureux, soit qu'ils gardassent le silence (plus ou moins efficacement) comme le leur ordonna le chevalier qu'ils trouvèrent dans cette maison où il était venu rejoindre en secret la fille du comte de Morangias...

Des mots s'envolèrent pourtant, s'éparpillèrent, firent des germes et des boutures et des marcottages.

1. Roussiliant : de roussilier, tomber de la rosée ; pleuvoir légèrement.

On disait que la Bête avait attendu le retour du chevalier.

Que la Bête et lui, ainsi que le sorcier du Nouveau Monde qui l'accompagnait, étaient comme garrottés par une sorte d'obligation à s'affronter un jour. Le combat ne laisserait définitivement qu'un vainqueur.

On disait des choses au moins aussi étranges sur la Bête que sur le chevalier et son compère.

La Bête disait-on, avait provoqué la revenue des deux hommes en Gévaudan par quelque sortilège à sa façon, alors qu'ils s'apprêtaient à partir pour l'Afrique. Elle n'avait guère laissé le temps de souffler au chevalier, à peine de retour l'avait suivi jusqu'à cette maison de chevrier où il retrouvait Marianne de Morangias, pour qui, autant et davantage que pour la Bête, il était là. L'avait pisté, ou bien, et comme si elle savait qu'il viendrait là, l'y avait attendu, pour l'attaquer plus aisément que dans les murs du château du marquis d'Apcher de nouveau son hôte.

Elle savait, disait-on, qu'il reviendrait.

Dans ce qui se répéta après avoir touché les oreilles de certains et certaines dans les maisons, en rampant sous les portes et en se faufilant dans l'interstice d'un volet, ou bien à l'extérieur des maisons, en planant sur le vent dans la lumière frétillonnante, le nom de Marianne ne fut pas prononcé. Et ceux qui auraient pu les surprendre éventuellement ensemble ne la virent plus en compagnie de Grégoire de Fronsac, car elle ne le rencontra sans doute plus, que cela fût de son gré ou de force, et ceux qui virent Fronsac ne la virent pas elle, et ils ne la virent pas davantage au château de son père. Le bruit courut qu'elle était partie rejoindre son père en cure à Langogne, mais on ne vit pas davantage celui-ci dans cette ville, alors on dit que c'était ailleurs qu'ils se trouvaient, mais quand le comte fut de retour en ses terres sans sa fille, on dit qu'elle avait été éloignée et placée loin, en sûreté, et on disait « en sûreté » sans préciser en sûreté de qui ou de quoi.

Pas une fois Grégoire de Fronsac ne se rendit, évidemment, au chateau de Morangias à Saint-Alban.

Il avait, sinon mieux, en tout cas autre chose à faire.

Cela aussi se colporta de vallée en montagne et de hameau en bourgade et de jasse en oustal et de causse en tourbières, comme si les bavardages des migrettes à bec jaune ne se préoccupaient plus que de cela : le chevalier et l'Indien d'Amérique dernier survivant de son peuple, aidés par Thomas d'Apcher, préparaient l'affrontement. C'était, quand on l'évoquait à voix spontanément moins haute que pour la conversation qui en était arrivée là, tendu comme une peau d'orage noir dans le ciel.

Ils préparaient, oui, l'affrontement.

Se préparaient.

Sachant, avec une absolue certitude, que l'affrontement était inéluctable ; et cela acquis, faisant tout pour décider, eux, du lieu comme du moment.

Plusieurs jours de suite, ils passèrent leur temps, du midi jusqu'au soir, à s'exercer au tir dans la cour du château, prenant pour cibles des navets de grosseur de plus en plus réduite qu'ils posaient sur des piquets et que les coups heureux faisaient éclater en morceaux. Ils n'avaient laissé à personne le soin de charger et d'armer la vingtaine de pistolets qu'ils utilisaient, pas même un valet d'armes, et tenaient à s'en occuper eux-mêmes. Le marquis les rejoignit plusieurs fois, plus exactement vint les regarder faire de loin, mais à aucun moment ne participa lui-même aux exercices de tir. Mani n'était pas en leur compagnie pour cet entraînement.

Un loup gris de bonne taille fut aperçu un matin par un bûcheron sur les pentes au-delà des bois qui faisaient face au château. Le bûcheron dit que le loup qui l'avait bien évidemment vu et senti et entendu ne lui avait accordé qu'un coup d'œil, mais n'avait pas bronché pour autant. Il avait l'air d'attendre quelque chose et toute son attention était dirigée vers le château. Le bûcheron, qui n'en était pas à son premier loup rencontré et s'en portait fort bien, n'avait pas tenu celui-ci pour plus particulier que d'autres, sinon cette impression que la bête donnait d'attendre, et il était allé son chemin.

La Bête tua une fille de Liveret le jour de ses vingt ans.

Il se trouva que Thomas fit une découverte dans les caves du château et ne voulut pas en parler mais passa des longs moments à « remettre en état », dit-il avec un sourire en coin chargé de mystère, « l'arme invulnérable ».

Mani courait les bois. Ou bien les parcourait à cheval quand ils étaient chevauchables. Quand il partait de la sorte, c'était débarrassé de ses « vêtements de Français » (qui comportaient quand même une veste d'uniforme rouge de grenadier britannique...) et vêtu seulement des tatouages qui lui couvraient le torse et les bras et d'une bande de peau cache-sexe passée entre ses jambes et maintenue à la taille par une ceinture de cuir à laquelle pendaient un poignard dans sa gaine et la hache qu'il appelait de ce nom, « tomahawk », que le marquis Aloïs ne sut jamais prononcer. Des jambières de peaux de cariacou cousues et frangées le protégeaient du haut des cuisses aux chevilles.

Il ne dit pas, jamais, les itinéraires de ses chevauchées. Et quand Thomas qui n'avait pas osé interroger le Mohican à ce sujet ni à celui de ses intentions tenta de savoir en demandant à Grégoire, Grégoire dit :

– Il parle aux arbres et aux loups.

Il n'en dit pas plus, laissant Thomas la bouche ouverte, levant son pistolet armé, visant et tirant et manquant le navet de peu et grimaçant, ajoutant en reposant l'arme sur la planche :

– Disons que c'est son secret. Comme toi, marquis, tu as le tien...

– Le mien ? Un secret, moi ?

– Ton arme invulnérable...

– Oh !... je veux bien le donner, alors, mon secret, en échange du sien...

– Alors disons que c'est son secret, sans plus, dit Grégoire.

Et son regard qui avait brillé malicieusement un instant se durcit de nouveau, redevenant ce qu'il était depuis le soir de la rencontre avec la Bête dans la maison de la nourrice.

– C'est en parlant... aux arbres et aux loups que Mani compte retrouver la Bête... ? dit Thomas.

Posant la question sur ce ton tranquille d'énoncement évident qui lui était venu depuis sa fréquentation assidue du chevalier et de l'Indien.

Grégoire répondit, tout aussi posément :

– Je le crois. Je crois qu'il a plus de chance que moi, toi et une armée de traqueurs, de la retrouver après avoir écouté les arbres et les loups... C'est son... domaine. Moi, c'est un homme que je chasse.

Moi, c'est un homme que je chasse.

– Un homme ?

Grégoire hésitait entre deux pistolets. Posa la main sur un, la retira.

– La Bête n'est qu'un instrument... comme l'une ou l'autre de ces pistoles... un autre genre d'arme, dans les mains de la chienaille... Le premier mystère de la Bête, c'est sa célébrité. Et je pense que son maître veut d'abord qu'on parle d'elle. Il s'agit, vois-tu, de faire peur et de faire du vacarme.

Il ne saisit aucun des deux pistolets, mais porta la main à la poche de ses culottes, en sortit le petit livre à couverture rouge pliée et cassée d'avoir été trop tournée. Il dit :

– Ce livre s'est vendu comme du pain dans tout le royaume. L'auteur, qui bien sûr ne signe pas, soutient que la Bête est envoyée pour punir le roi de son indulgence envers les philosophes... Et moi, je te le dis, Thomas d'Apcher : cette Bête-là a un maître, et c'est lui que je veux.

Prenant vivement le pistolet devant lui et dans un geste vif se tournant de côté et tirant sans presque prendre le temps de viser, touchant le navet qui explosa en cent morceaux.

La Bête tua, le deuxième jour de mai, un enfant qui protégeait un jardin des freux et des migrettes avec pour toute arme un chiffon qu'il agitait au bout d'un rain, près de Licones, et en tua un autre le soir de ce même jour, à Chalaneilles, qu'elle lâcha après l'avoir traîné sur plus d'une lieue dans les rocailles, où elle l'éventra et lui dévora les entrailles et le dedans de la poitrine, et on retrouva la chemise du gamin à peine tachée de sang pliée à quelques pas de là...

Mani revint des bois un soir, disant qu'il savait.

Que les arbres et les loups lui avaient parlé et lui avaient dit les courrues fréquemment frayées par la Bête.

Lui avaient dit comment et où terrasser la Bête.

Alors, au point du jour du lendemain, un bien étrange équipage quitta le château à la suite d'un homme au teint cuivré à demi nu, le torse couvert de tatouages bleuâtres et dont la chevelure s'ornait d'une natte mince et de deux plumes d'aigle d'Amérique, les fontes non seulement remplies de victuailles et de matériel et d'armes et d'outils, mais tirant un cheval bâté de paquets ficelés dans des bâches, hérissés de manches et de choses improbables, dont, partie composante de ce curieux bagage, la fameuse « arme invulnérable » de Thomas.

Les aboiements rebondissaient, se répercutaient d'un mur à l'autre et sous la voûte de la vaste salle. Le hourvari féroce était comme une masse tangible compressée dans la noireté et qui grésillait aux flammes des torchères et des flambeaux plantés dans les murs.

Ils étaient une trentaine à mêler leurs braillements au vacarme assourdissant, crapaudaille gorgée de vin, bringues et bâfreurs de hâtilles issus du même tonneau et découvrant leur denture sous des rictus ordinairement férocieux, réunis et grouillant parmi les mannequins de dressage plus ou moins déchiquetés, les fouets et les colliers cloutés, muselières, harnais et laisses pendus aux rateliers, et au centre de cette assemblée bourdonnante, l'arène. Une excavation cylindrique, dallée et murée de pierres, profonde de deux bonnes hauteurs d'homme, et comme si la palpitation prisonnière des ombres et des lumières sourdes s'agitait dans la fosse. Et les quatre mastiffs que la foule impatiente excitait de la voix, qui hurlaient à se déchirer la gorge, à s'étrangler, tirant sur les chaînes scellées dans les parois aux points de deux diagonales en croix et se lançant les uns vers les autres avec tellement de fougue qu'ils se projetaient en l'air, retombaient brutalement sur le dos ou sur le flanc, redressés aussi vite...

Dans la partie cimentée du mur de l'arène, une grille à gros barreaux entrecroisés renvoyait par intermitence des brillances projetées par les flammes des torches, qui se reflétaient pareillement sur les lames et les canons des armes passées dans les ceintures, sur les griffes de fer emmanchées que certains de ces écorcheurs de loups arboraient à leur côté comme des épées sauvages.

Il y avait dans l'assistance quelques bergers et chevriers et bûcherons, gens de la montagne aisément identifiables à leurs allures recorbillées, leur silence et leur mine fermée, leur absence d'arme à la ceinture, aussi : les seuls – hormis ceux qui, trop remplis de vin, ne regardaient plus rien – à regarder le spectacle des chiens excités avec réprobation. Parmi ceux-là se trouvait Jean Chastel, trogne sévère et tirant hargneusement sur sa pipe de racine, regard caché sous son chapeau au bord rabattu. Le désaveu dans ce regard que filtraient les paupières lourdes ne s'adressait pas seulement aux chiens dans l'arène et aux spectateurs hystériques alentour, il jetait de fréquentes œillades incendiaires à sa fille, du nombre des femelles échevelées et braillardes qui attendaient en trépant que la grille de la fosse s'ouvre.

Mais la grille ne s'ouvrit pas. Pas encore.

Au lieu de quoi, monta du fond de la cage et du boyau qui y accédait une voix désenfouie, forte et claire, qui demanda le silence et le calme, le demanda plusieurs fois, puis claquèrent des coups contre des barreaux souterrains au-delà de ceux de la porte visible. Le brouhaha, graduellement, tomba. Il y eut encore quelques cris, des rires gras, des éclats vocaux épars. Puis la voix ordonna qu'on muselle les chiens tueurs et qu'on les sorte de l'arène et qu'on les remette dans les cages.

Et la voix dit qu'il n'y aurait pas de combat, cette nuit.

Mais une véritable, une grande chasse.

Le brouhaha reprit. Il avait un autre ton.

Ils durent jeter aux molosses, pour les calmer, des quartiers de barbaque dont certains n'étaient que les cadavres d'autres chiens descendus dans l'arène avant eux.

La grande salle se vida progressivement de ses occupants, à l'exception des maîtres-chiens qui attendirent le moment de pouvoir remuseler les tueurs et les tirèrent hors de la fosse et les emmenèrent par le passage qui donnait certainement sur les cages, ainsi que la voix le leur avait commandé. Ils refermèrent derrière eux la porte de madriers ferrés.

Une grille s'ouvrit, au fond du boyau sombre, il y eut un mouvement, une agitation confuse, la grille fut repoussée et la Bête surgit, traversa l'arène, sauta en dehors d'un bond, fonça dans la salle et disparut par la seule porte restée ouverte.

À sa suite, l'homme au masque de loup sortit de la cage, courbé, et se redressa lentement.

Arrivés dans le milieu du matin, ils travaillèrent sans relâche et firent ce qu'ils devaient faire, jusqu'à ce que le soir ne soit plus que la dépouille épaisse et tressaillante du jour.

La lune bordait d'une blancheur éblouissante les nuages qui passaient parfois à sa portée, et qu'on apercevait à travers les ramures. Cette clarté lunaire plongeait à travers les feuillages frissonnants et tavelait le sol et les fougères dispersées, les troncs, autour des trois hommes assis. Un feu maigre brûlait au centre de l'espace dégagé, sa fumée montait droit puis les doigts souples du vent rôdeur la détressaient et l'eschapillaient avant de l'emporter. Mani avait dit que le feu n'était pas ce qui effraierait la Bête et ne pouvait au contraire que la guider plus vite vers eux, après que les loups l'eurent rabattue vers ici. L'ayant dit, il avait confectionné le foyer de branches sèches.

Thomas attendit que les flammes grimpent et que l'eau pour le thé soit versée d'une gourde de peau de chèvre dans la casserole posée sur des pierres sur un bord du foyer. Ou bien c'était la retombée de fatigue qui lui avait tenu closes les lèvres le temps de reprendre force... Il dit :

– Les loups, donc, la rabattront vers ici.

Une fois encore, impossible de savoir si le ton affirmatif ne cachait pas son contraire et un solide pesant de doute ironique...

Grégoire leva les yeux et considéra un instant le visage encore suant du jeune marquis que creusait la lueur dansante des flammes, puis il regarda Mani, et Mani n'avait même pas relevé le nez, continuant de scruter le feu tout en poussant d'une baguette les tisons et les morceaux de branches afin de les présenter en bon ordre à la dentée craquetante du feu, et lui savait très bien, sans aucun doute, ce que cachait et signifiait exactement la remarque de Thomas. Et Mani se mit à parler d'une voix basse, sourde, claire pourtant, dans une langue française parfaitement maîtrisée, racontant :

– Il arriva qu'un jour, dans les temps du début du monde, Celui qui Crée ne parvenait plus à suivre des yeux la multitude des choses et des gens. Alors il envoya un loup sur la terre et lui demanda d'en faire le tour en courant. Une première fois, le loup fit le tour de la terre très vite. Mais c'était trop vite et Celui qui Crée l'envoya une seconde fois sur la terre. La seconde fois le loup fit le tour de la terre en un an. Mais en un an il n'avait pas eu le temps de tout voir. Celui qui Crée l'envoya sur la terre une troisième fois. La troisième fois, le loup ne revint jamais, car la terre était devenue bien trop grande pour lui, et il s'y passait trop de choses. Celui qui Crée attend toujours aujourd'hui le retour du loup. C'est ainsi que le loup eut de nombreux descendants, qui oublièrent progressivement la raison de leur présence sur la terre. Et c'est ainsi que les loups vécurent avec tous les animaux, et qu'ils cherchèrent parmi eux ceux qui pourraient les remplacer et être leur porte-parole à Celui qui Crée, et demander son pardon pour leur désertion. Parmi les animaux, les loups trouvèrent les hommes – c'était ceux qui étaient les plus capables de les représenter. Les loups auraient donc pu devenir des hommes et ils marchaient sur ce chemin quand ils s'aperçurent que c'était un mauvais chemin. Ils virent tout ce que les hommes possédaient en eux qui pouvait en faire les meilleurs loups possibles, mais aussi les pires. Ils virent combien les hommes étaient faibles et fragiles en dedans d'eux-mêmes. Et les loups décidèrent d'être les gardiens des hommes, jusqu'à ce que ceux-ci soient de taille et de force à être leur descendance et leur porte-parole auprès de Celui qui Crée, pour Lui raconter leur histoire et apaiser Son courroux. Le peuple des loups est l'ombre du peuple des hommes.

Mani se tut. Sa voix s'était fondue dans les craquements de la nuit sur la forêt, les chicotements de la braise des branchettes moins sèches et le bouillon naissant de l'eau dans la casserole. Il releva le menton, paupières mi-closes, écouta.

Grégoire avait lui aussi tendu l'oreille, pardessus les derniers mots de Mani. Il se mit debout, en un lent mouvement précautionneux, afin de ne pas gâter son écoute des alentours, murmurant en conclusion à l'histoire racontée par l'Indien :

– Certains hommes le savent. Certains hommes sont des loups.

Le cri s'éleva deux, trois fois, jaillissant de loin et profond dans l'épaisseur des bois – à peine audible, pour une oreille qui ne s'y serait pas préparée –, puis un autre lui répondit, monté d'une distance plus courte et plus au sud.

Mani se dressa sur ses jambes, félin, parfaitement silencieux ; un éclair de lune lécha la lame du tomahawk serré dans son poing.

Et puis Thomas, debout à son tour.

Ils échangèrent un regard rapide.

Quelque chose, un souffle, l'ombre d'un souffle, une haleine qui n'était pas *que* celle du vent, passa sur les feuilles et les agita dans un étrange silence, comme si elles flottaient dans les sinuosités palpables d'une pesanteur bleuâtre. On entendit rouler et monter et s'approcher le tremblement de la cavalcade. Des douzaines de pattes frappant l'humus résonneur du sol amassé depuis des siècles et des siècles de forêts... Et japper la meute aux trousses de sa proie, qu'elle guidait comme l'avait dit Mani, exactement comme il l'avait dit, comme les loups, les arbres et lui en étaient convenus...

Si tant est que la chasse était bien une chasse, que la proie en était bien une, et les traqueurs non pas, plus véritablement, des suiveurs...

Le loup hurla de nouveau, brusquement, un long cri modulé qui fit tressaillir Thomas et lui glaça le sang. Proche. Celui-là ne courait pas, ne faisait pas partie de la harde lancée comme une vague grise panachée de queues fouettantes. Celui-là était posté avant le passage de la harde et n'appelait pas pour elle.

Grégoire saisit à terre, sur la couverture, deux pistolets de fort calibre dont il arma, l'un après l'autre, le bec de coq, et il eut pour Thomas un nouveau coup d'œil d'encouragement. Le marquis était pâle. Mais vaillant. Il se pencha vers le ballot qu'il avait gardé près de lui et en écarta la toile déficelée, découvrant une impressionnante arbalète à cry. À la vue de la chose, Grégoire ne put s'empêcher de sourire, hochant la tête et glissant en coin :

– Je m'attendais à quelque chose de ce genre...

Mais Thomas d'Apcher ne plaisantait aucunement en ajustant la bride de cordelles de la boîte du cry qu'il agrafa prestement après l'avoir passée derrière le loqueteau de blocage, puis accrochant la corde de l'arc à la double griffe de la crémaillère et tournant la manivelle jusqu'à ce que la corde tombe dans l'encoche de la noix, après quoi il détourna la manivelle et décrocha le crochet de la corde, abattit le loqueteau retenant la bride du cry et enleva le cry, et plaça un carreau à pointe de fer dans la rainure de l'arbrier. Il avait exécuté la manipulation en moins d'une demi-minute.

– Patrimoine familial, souffla-t-il à Grégoire qui l'avait regardé manœuvrer avec ébahissement.

À cet instant la nuit se déchira dans une grande éclaboussure de lune. La barrière de taillis et de broussailles dressée autour de la fausse clairière qu'ils avaient dégagée s'ouvrit, et Mani bondit simultanément vers la soudaine apparition. Derrière la Bête, à une vingtaine de pas du faux hallier, la meute des loups s'éparpillait et grouillait et sautait sur place en grondant, jappait, aboyait, arrêtée brusquement dans sa poursuite.

Mani se mit alors à rongonner, comme en réponse aux crieries des loups, dans sa langue et dans celle des loups, trépant d'un pied, de l'autre, brandissant le tomahawk qu'il agitait pour menacer la Bête au mufle bavant. La Bête le regardait, regardait autour d'elle cet endroit clos dans lequel elle était arrivée, où on l'attendait manifestement. Si elle envisagea une seconde la fuite, l'esquive, l'évitement de ce qui ne pouvait qu'être un piège, cela ne fut perceptible que dans un simple mouvement de son cou trapu sous la crinière hirsute, et le tumulte que rendait la horde des loups dans son dos l'en dissuada la seconde suivante. Elle se ramassa sur ses pattes noueuses, sa gueule mafflue grande ouverte sur une denture en lames de sabres, les yeux jetant des lueurs de sang, et se détendit et bondit, immense tout à coup, s'éleva comme si elle s'envolait, et Mani sans bouger d'un cil continuait de l'insulter.

Grégoire tira coup sur coup de ses deux pistolets et dans le quart de seconde Thomas coucha la détente de son antique « arme invulnérable »...

Des deux balles tirées par Grégoire, aucune ne parut toucher la Bête – ou, plus terriblement, *la touchèrent* sans plus d'effet, outre une giclure de sang et de poils, que celui d'une poussade qui la déporta légèrement dans l'arc de son bond et lui fit battre des pattes comme si elle eût voulu saisir une prise invisible. Le carreau de Thomas, par contre, se ficha dans son flanc avec un bruit sourd et creux ; elle hurla de douleur, retomba sur l'Indien. Le sol s'effondra, engloutissant la Bête et l'homme dans une grande envolée de feuilles et de terre poussiéreuse.

Grégoire brailla un appel qui lui déchira la gorge. Il avait jeté ses pistolets dès leur charge brûlée et s'était saisi de deux autres qu'il arma en courant vers le piège ; du coin de l'œil, il vit Thomas achever de rebander son « patrimoine familial » et y placer un second carreau. Au bord de la fosse profonde d'une taille d'homme debout, braquant ses deux armes de poing, il distingua dans l'ombre Mani accroupi entre les pointes claires des pieux dressés. Sain et sauf. La Bête, elle, se remit sur ses pattes d'un coup de reins et d'une vive contorsion qui découvrit son flanc déchiré, sous le carreau planté entre ses côtes. Mais seule la fourrure galeuse qui semblait la recouvrir de plusieurs couches, non pas comme un pelage mais comme si elle en eût été vêtue, était déchirée. Sous l'accroc dans cette peau bizarre, qui pendait en plusieurs grands lambeaux sans qu'une seule goutte de sang en eût apparemment coulé, se voyait le métal éraflé et creusé d'une sorte de cuirasse de fer. Quand la

Bête aperçut Grégoire qui braquait ses pistolets du haut du bord du trou, puis Thomas à son tour surgi et brandissant l'arbalète, elle gronda et ouvrit une gueule terrible dans un crissement de cuir et de métal et son muffle noir découvrit une autre rangée de dents d'acier par-devant les crocs d'ivoire, en eux-mêmes suffisamment impressionnants, et elle s'élança à l'instant où Thomas épaulait.

Grégoire cria une mise en garde et fit feu de nouveau de ses deux pistolets en même temps. Il fut certain qu'une balle au moins avait touché son but – il entendit le plomb s'escarbouiller avec un bruit mat contre le poitrail offert.

Thomas n'eut pas le temps de viser ni de tirer : ayant compris qu'il y avait plus à craindre de cette arme-là, la Bête referma sa gueule sur son bras qui soutenait l'arbalète par le dessous de l'arbrier. Il brailla. L'arbalète vola et roule-boula à terre sans que les chocs n'agissent sur la détente et la tension des bras métalliques de l'arc, et la Bête ne desserra pas les dents, au contraire, s'enfuit vers l'autre bout de la clairière en entraînant Thomas qui glissait et tapait du cul et fauchait des jambes et rebondissait sur le dos. Elle traversa avec sa proie le feu de camp qu'elle éparpilla et qu'au passage Thomas battit du bras et de sa main libre, parvenant miraculeusement à saisir au hasard un des pistolets posés sur la couverture qui fut entraînée, mais c'était malchanceusement une des armes qui avaient déjà tiré, et l'arme échappa à ses doigts. En même temps, Grégoire lâchait, lui, la seconde paire de pistolets qu'il venait de vider et saisissait l'arbalète tombée à ses pieds et dans la rainure de laquelle il relogea le carreau, puis leva le lourd engin, pressa la détente après avoir vaguement visé, regrettant aussitôt de l'avoir fait et criant pour que le carreau ne touche pas Thomas, tandis que le contre-choc du coup tiré lui arrachait l'arme des mains au moment où Mani jaillissait de la fosse aux pieux et se précipitait. Le carreau toucha la Bête au cou, avec toujours ce bruit mou de fer déchiré. Elle gronda en s'écroulant de côté, lâcha le bras de Thomas qui dingua cul par-dessus tête à l'opposé. La Bête se redressa et se coula vers lui en ronflant. Puis elle vit venir Mani, dévia sa charge qu'elle dirigea vers lui, et Mani lança son tomahawk d'un geste sec et puissant. L'arme vola en tournoyant avec un bruit de souffle haché et le fer toucha la Bête en pleine tête, rendit un son clair et ricocha au loin. La Bête se recroquevilla.

– Éloigne-toi, Thomas ! cria Grégoire.

Le cri fit se tasser la Bête un peu plus, hésitante. Thomas roula sur lui-même jusqu'au pied de la barricade de branchages. Grégoire plongea au sol vers l'arbre le plus proche, sur sa gauche. En même temps que Mani se penchait et empoignait au pied d'un tronc à dix pas le grand saignoir caché dans l'herbe, lui-même saisissait la hachette, et tous deux simultanément abattirent qui sa lame qui son fer sur la corde tendue au long du tronc, et ces deux cordes tranchées filèrent, détendues, à travers branches comme des serpents sifflants et la Bête les regarda fouetter au-dessus de sa tête, sans voir les autres cordes retomber de cet entrecroisement en hauteur. Celles-là se décrochèrent de l'extrémité des deux baliveaux tendus comme des ressorts et maintenus pincés chacun entre deux pins et qui fauchèrent dans un grand froissement l'espace de la clairère, en envoyant pleuvoir en tous sens les braises et les flammèches déjà éparpillées du feu, les feuilles, les aiguilles et la terre du sol ratissé violemment. Ils touchèrent la Bête, une perche dans un sens, l'envoyant contre l'autre qui cinglait en sens inverse. Elle bondit sur ses pattes comme un énorme chat surpris par une piqûre et il s'en fallut d'un rien qu'elle soit prise et aplatie, broyée entre ces deux fléaux. Mais seulement choquée par un des deux, elle retomba au sol, par-dessus le second, où elle demeura dans un silence absolu après ce vacarme, un silence de vide total et qu'avaient déserté, avec le froissement des feuilles, les bruissements et gémissements des loups dont la présence parut tout à coup et brutalement n'avoir jamais été qu'une illusion, une hallucination. Et la Bête demeura couchée jusqu'à ce que s'élève, dans ce silence de mort suspendue aux fils de la nuit, le sifflement modulé qu'une fois déjà Grégoire avait entendu après sa première rencontre avec la Bête. Elle se dressa.

– Elle va s'enfuir ! cria Grégoire.

Dont la seule réaction fut de se laisser tomber sur place quand la Bête bondit vers lui. Elle lui passa au-dessus et il sentit le souffle d'air puant qu'elle déplaçait.

Il vit s'élancer Mani derrière elle. Il l'appela, brailla son nom, mais le Mohican n'entendit pas. Ou ne voulut entendre. Mani avait décidé de faire ce qu'il devait faire au nom des hommes pour les venger et des loups pour les innocenter.

À une centaine de pas de la clairière, alors que les appels de Grégoire se dispersaient et s'effrangeaient, déchirés en échos innombrables entre les troncs des arbres, Mani fut rejoint par le loup gris, à qui il adressa quelques mots dans sa langue mohicane ou dans celle des loups, et le loup gris l'accompagna et courut avec lui, jamais à plus de dix pas, à foulées égales et souples, sur la trace de la Bête qu'ils positionnaient aux froissis de taillis et glissements de rocailles dont elle marquait sa course, ou bien dont ils évaluaient la direction prise aux sifflements, lancés de loin en loin, qui la guidaient, ou si aucun de ces indices ne s'inscrivait dans la nuit, alors Mani laissait courir le loup gris devant et le suivait, et il le suivit longtemps à travers la montagne et la forêt, bien après que les muscles de ses jambes furent devenus insensibles, ses pieds chaussés de mocassins plus brûlants que si on les avait décarnelés, et puis tous deux de nouveau côte à côte, ensemble, se trouvèrent à l'entrée de cette grotte, cette faille, ce trou dans le talus, où la Bête s'était engouffrée.

15

Thomas s'était relevé, plus pâle qu'un mort. Il secouait la tête en grimaçant et en se tenant le bras quand Grégoire se laissa tomber à genoux près de lui. Il répétait :

– C'est le diable ! C'est pire que le diable, pour être passé sans mal à travers tout... tout cela... C'est pire que le diable !

– Mani s'en occupe, dit Grégoire. Montre-moi ce bras...

Thomas poussa un grognement douloureux quand Grégoire saisit son membre blessé pour écarter les lambeaux de la manche de chemise imbibés et gluants de sang. Il était sérieusement mordu, déchiqueté, au niveau du biceps et de l'avant-bras ; l'articulation du coude certainement foulée ; il n'était pas impossible que son épaule eût été démise quand la Bête l'avait traîné, démise et remise, luxée, et la clavicule peut-être cassée.

– Il faut soigner cela, dit Grégoire. Nous retournons au château et...

– Que non ! s'écria Thomas.

Il n'en voulut démordre et s'agita si grandement pour montrer ses capacités de gesticulation que ses blessures se mirent derechef à saigner d'abondance. Abandonner Mani était impensable, s'emporta Thomas, ajoutant qu'il avait quant à lui, maintenant, un compte très personnel à régler avec la Bête qui avait commis l'erreur de le laisser vivant ! Grégoire dut le panser sans attendre, utilisant la manche intacte et son pan de chemise, et la lame du saignoir pour lui faire une atelle, et puis le pan de sa propre chemise pour lui maintenir le membre en écharpe. Quand tout cela fut fait, ils se retrouvèrent au centre de la fausse clairière, où les baliveaux flexibles s'étaient croisés en fouettant, et ils prirent non seulement conscience du silence retombé sur la forêt mais du fait qu'eux-mêmes y participaient lourdement, comme si ce qui coulait dans leurs veines avait pris soudain une espèce de pesanteur minérale, ou comme s'ils ne s'étaient pas rendu compte avant des effets de cette curieuse alchimie. Ils attendirent.

Ils attendirent le retour de Mani.

Ils rassemblèrent les armes et les rechargèrent, les pistolets et même l'arbalète que Grégoire banda au cry et arma sous les directives de Thomas, baignés par la clarté blême de la lune qui argentait la trouée dans les arbres. Le sang imbibant le pansement du bras blessé de Thomas faisait une tache noire et luisante de plus en plus grande. Ils allèrent, sans un mot, se pencher sur le bord de la fosse et regarder le fond hérissé de pieux, cherchant à comprendre comment la Bête avait pu ne pas s'y embrocher et comment elle avait pu se tirer de là. Toujours sans un mot, ils parcoururent de long en large la clairière, cherchant à comprendre comment elle avait pu échapper aux formidables coups de faux croisés des deux baliveaux détendus, et ils retrouvèrent sur une des perches une marque de sang et un fragment de peau poilue... *avec le sang du côté des poils et non du côté de la peau...* Ils s'assirent à l'extrémité de la perche qui ploya sous leur poids. Ils attendaient. De loin en loin, Grégoire regardait son compagnon, qui cessait de grimacer, et il le rassurait d'un hochement de tête.

La forêt continuait de se taire.

Et il y eut un froissement dans les fourrés environnants. Un autre. Des yeux brillants de lune entre les feuillages du taillis, qui fixaient les deux hommes.

Les loups disparus après la fuite de la Bête et le départ de Mani étaient de nouveau là. Sinon toute la harde, au moins une demi-douzaine. Revenus. Comme s'ils attendaient, eux aussi. Et quand Grégoire se releva du baliveau pour marcher vers les deux qu'il avait repérés, ces deux-là ne s'enfuirent pas, ni ne réagirent avec agressivité, mais firent montre au contraire d'une complicité de chiens, comme quand un chien veut vous entraîner quelque part pour vous faire voir quelque chose.

– Je viens, trancha Thomas en réponse au regard de Grégoire et avant même que celui-ci ouvre la bouche.

Il tint à prendre l'arbalète, qui était munie d'un crochet, précisa-t-il, pour la suspendre à la selle...

Ils emmenèrent la monture de Mani avec eux, laissant détaché et désentravé le cheval de bât qui pourrait ainsi, à sa guise, les attendre là ou s'en retourner à son écurie du château.

Et quand ils quittèrent la clairière, les loups – ils en dénombrèrent sept –, qui se tenaient à une trentaine de pas, se rassemblèrent en un seul groupe et prirent la trace qu'avaient suivie Mani et le loup gris, derrière la Bête, quelque temps auparavant.

Mani se coulait souplement, posant et soulevant ses pieds sans bruit. Si la faille ouverte dans le talus avait la hauteur d'un homme debout, le passage étréci en hauteur comme en largeur devenait bien vite un boyau taillé dans la roche et au long duquel on ne pouvait se déplacer que courbé en deux, avec grande prudence, pour éviter de se râper et de se cogner dans le noir aux aspérités aiguës de la roche. Une odeur de moisissure et de fade fraîcheur emplissait le souterrain, traversée de relents plus sauvages, d'effluves de charogne et de fauves. Le sol, s'il n'était pas la roche affleurante, était couvert de boue que les griffes avaient labourée. Des touffes de poils, de loin en loin, avaient été arrachées aux flancs ou à l'échine de celle qui avait sans aucun doute emprunté maintes fois le tunnel dans un sens ou dans l'autre – la dernière fois quelques instants plus tôt...

Tous ces détails, Mani les avait « vus » du bout des doigts... et se serait évidemment déplacé bien plus vite s'il avait eu comme la Bête une vision nocturne... Après avoir progressé ainsi, parfois à croupetons, parfois à quatre pattes, dans le noir, un long temps qui venait après sa course en compagnie du loup gris, Mani, dont les muscles brûlaient, ne fut pas mécontent de voir poindre la lueur jaunâtre dans les ténèbres, en dépit de ce que cette lueur signifiait d'alarmant. Et puis l'odeur changea, aussi. Se conforta. S'épaissit.

Des bruits vagues, étouffés, à un moment montèrent à la source de lumière. Retombèrent. Mani crut reconnaître des grognements rauques. Il se hâta – quelques instants plus tard il comprit qu'il ne s'était pas trompé sur l'identification des rauquements.

Le boyau débouchait sur le flanc d'une vaste salle apparemment et approximativement circulaire, dont les murs de moellons laissaient place, à plusieurs endroits, à la roche de la grotte. La voûte était de pierre, avec des trous d'aération par lesquels se glissait la fumée des torches qui éclairaient la salle.

Un instant Mani demeura figé, collé contre la paroi à la gueule du boyau. Observant le curieux endroit qui s'ouvrait devant lui. Mémorisant chacun des détails visibles de son aménagement :

l'arène creusée au centre, les mannequins de combat en rangées régulières, les rateliers de piques, de bâtons ferrés, les harnais, les muselières... et les portes fermées, quelques-unes ouvertes, sur le pourtour de la salle, trois couloirs qui semblaient chacun finir là, ou commencer, par une volée de marches d'escalier montant. N'omettant pas de s'imprégner aussi des moindres indications fournies par l'environnement sonore : les aboiements assourdis, les jappements et divers cris de chiens provenant d'une des galeries sans porte, à sa droite, les bruits de grilles, ou de panneaux de fer refermés, les voix d'hommes, des rires lointains, qui descendaient par le couloir le plus proche et cascadaient le long des marches.

Et dans l'arène, à la fois visible et audible, cette scène qui s'achevait et dont il avait manqué le principal : l'homme au large chapeau informe poussant devant lui, d'une main, la Bête qui boitait, qui fit entendre comme un ragoulement de gros chat apaisé, et l'homme lui disait des paroles rassurantes, *tenant sur son épaule une partie de son pelage roux*, puis la Bête entra dans la cage encastrée au flanc de l'arène, avec une ondulation métallique, mate, de ses reins écorchés et dans le flanc toujours le carreau planté, et passa devant l'homme qui n'était autre que le père de cette fille muette qu'ils avaient rencontrée le premier jour dans ce pays, bien longtemps auparavant, et qui faisait entrer dans la cage la Bête aussi docile à sa voix qu'un mouton, puis entrant derrière elle et refermant la grille. Mani vit cela.

Il sortit du boyau. Se redressa, lentement, étira ses muscles noués par la longue position courbée. Il avança de quelques pas jusqu'au bord de la fosse circulaire afin de mieux regarder et comment et de quoi elle était faite et pour quel usage elle était équipée.

Il sut qu'ils étaient là, dans son dos, avant de les entendre et de les voir, frissonna – puis les entendit, se tourna et les vit. Il en reconnut deux, immédiatement : les premiers de la bande, avec leurs larges sourires tout en dents jaunes tranchés dans une expression de ravissement avivée par l'incrédulité, avec leurs grandes griffes de fer emmanchées qu'ils tenaient prêtes à frapper. Ces deux-là. Et derrière eux une dizaine de semblables...

Mani assura le tomahawk dans sa main.

Ils allaient lentement, Grégoire à la suite de Thomas qui, des deux, connaissait le mieux dans les bois les endroits aisément chevauchables et ceux qui l'étaient moins et ceux qui ne l'étaient pas du tout et qu'il fallait donc éviter et contourner pour ensuite retrouver la présence des loups dont la course se souciait peu de faciliter celle des chevaux suiveurs. Le jeune marquis serrait les dents. Deux fois Grégoire avait essayé de lui suggérer l'éventualité d'un retour en arrière avant qu'il ne tombe de sa selle et de sa conscience, et la seconde tentative avait provoqué quasiment la colère du jeune homme qui, après avoir bien ragouné, décréta :

– Eh bien, je tomberai, si je le dois. Et il sera bien temps pour toi d'essayer de t'en sortir seul, chevalier !

Avec dans la voix et derrière les dents serrées un vrai ton de défi ironique.

Ils continuèrent donc.

La monture de Mani suivait docilement, tenue à la longe par Grégoire.

Les loups se glissaient et coulaient et se faufilaient dans les ombres argentées de la nuit, comme s'ils eussent été tantôt de ce côté-ci du réel et tantôt de l'autre, effectuant des passages entre les deux et quittant le monde de l'invisible enténébré pour venir dans celui du visible s'assurer régulièrement, eût-on dit, de la bonne et juste marche des deux cavaliers. Ils apparaissaient soudain, disparus depuis suffisamment de temps pour qu'on eût cru les avoir définitivement perdus. Ils étaient là, à une dizaine de pas, jamais moins. Toujours au moins un d'entre eux se comportait comme s'il attendait qu'on le repérât, et, quand c'était fait, se dépêchait de rejoindre le groupe.

Ils furent, à un moment, une bonne douzaine.

Pour la troisième fois, Grégoire proposa d'en rester là. Les loups avaient disparu depuis un moment, devant eux s'effondrait la noirceur profonde d'une faille soudaine aux flancs couverts, entre les troncs, de framboisiers et de ronces touffues. Pour toute réponse, Thomas, respirant fort et le visage livide et dégoulinant de sueur, talonna, droit sur la pente raide embroussaillée. Un peu plus tard, retenant sa monture d'une main ferme, il se retourna triomphant et dit :

– Ils sont passés par ici, leurs voies sont très visibles, dans les mûriers.

Au bas de la serre, les loups les attendaient, assis en rang dans une flaque de lune le long d'un tronc de pin couché souche en l'air.

Tout espoir de rejoindre le boyau ouvert dans le mur de la salle était parfaitement vain. Mani le comprit immédiatement. Comprit que sa chance se trouvait à l'opposé de cet itinéraire emprunté pour arriver jusqu'ici : par l'intérieur de la bâtisse, quelle qu'elle soit – le tunnel réservé à la Bête n'étant certainement pas le seul et unique moyen d'accès à cet endroit...

Il recula vers la fosse. Les autres semblaient plus nombreux de seconde en seconde. D'un coup d'œil par-dessus son épaule Mani évalua la distance qui le séparait de la fosse, et on eût pu croire en surprenant ce réflexe qu'il envisageait de fuir par là, de sauter dans l'arène pour la traverser et en sortir de l'autre côté. Ce qu'imaginèrent probablement deux des guette-chemin de la bande qui s'élancèrent vers lui avant qu'il saute, poussant une sorte de hurlade guerrière à s'arracher la gorge, leurs griffes de fer levées. Mais

Mani ne tenta pas la fuite, au contraire bondit à leur rencontre, son premier coup de tomahawk coupa le cri d'un des deux et lui ouvrit le ventre sous les côtes et lui mit d'un seul jet les entrailles sur les cuisses dans une grande giclée gargouillante de sang et du contenu des viscères tranchées ; le second coup, en retour, du fer de la hache où flottait un ruban de tripe arrachée fendit le coude levé du malandrin, dont l'avant-bras avec la main tenant la griffe se replia selon un angle impossible et tourna avant de pendre et de se balancer, la main toujours serrée sur la griffe, au bout du bras que son possesseur regardait stupidement, son cri gelé dans la bouche une fraction de seconde avant que le tomahawk de Mani les coupe en deux, regard et cri, quand il s'abattit de nouveau et lui ouvrit la tête, de l'occiput au menton, en traçant un trait sombre qui rougit puis cracha du sang puis s'écarta grand ouvert sur le dedans dégueulant de son crâne, et les deux s'écroulèrent ensemble comme s'ils tombaient dans les bras l'un de l'autre et cherchaient à se soutenir mutuellement avant de s'étaler au sol dans un mélange informe et brayeux de membres tressaillants. Sans attendre, Mani poussa son attaque, exécuta un saut sur place qui l'éleva au-dessus des têtes de ses adversaires, jouant des jambes et du talon comme il l'avait déjà fait lors d'un précédent affrontement, et comme ceux de la bande qui avaient déjà expérimenté cette technique eussent dû non seulement s'en souvenir mais le répéter autour d'eux. Ses jambes se détendirent, l'une et l'autre, touchant très précisément le menton et le plexus de deux porteurs de griffes, ce qui fit deux bruits sourds et distincts claquant comme une brève pétarade, et dinguer les deux, souffle coupé et nuque brisée. Retombé sur ses pieds, Mani donna un coup de tomahawk vers La Fêlure qui l'évita en se jetant en arrière et entraîna dans sa chute ceux contre qui il buta – aussitôt relevés. La Fêlure était gris, ne riait plus du tout. Une femme en guenilles avait lâché sa griffe qu'elle laissait pendre attachée au poignet par un lacet passé dans un trou du manche, et, mains aux genoux, vomissait dans l'arène. Un formidable boucan d'abois et de hurlements s'élevait d'un des couloirs ouverts sur la salle... à moins que ce vacarme ne s'écoulât de tous les couloirs et ne traversât toutes les portes closes, à moins qu'il ne jaillît des murs mêmes...

Mani fit alors ce qu'on s'attendait à le voir faire depuis le début de l'engagement : il donna quelques coups de tomahawk en moulinant devant lui puis tourna les talons et courut sur le bord de l'arène. Il évita l'assaut d'un de ces miliciens de la traque qui déboucha en braillant sur sa gauche, le frappa au passage et le toucha à la hanche et l'homme s'abattit, aspergé par le jet de son sang, en poussant un long cri strident. Dans la lumière palpitante et sale de rares lampes à suif pendues à la voûte, Mani s'engagea dans le premier couloir aux murs constitués de cages alignées bout à bout et avec leurs portes de barreaux donnant sur le passage, dans lesquelles hurlaient et bondissaient des molosses fous de rage. Cette furie des chiens paraissait moins dirigée contre l'intrus au torse tatoué que vers ses poursuiveurs, qu'ils connaissaient pourtant (et *justement*, sans doute). Un des miliciens bousculés qui passait trop près d'une cage fut happé par deux pattes aux ongles acérés et plaqué contre un trou dans les barreaux et la moitié du visage emportée d'une seule dentée.

Une autre bande de miliciens déboula à grands cris de l'extrémité sombre du couloir, obligeant Mani à tourner de nouveau sur ses pas et à faire face aux premiers lancés à ses trousses. La Fêlure avait retrouvé son sourire railleur et brandissait son crochet dans une main et dans l'autre un pistolet armé qu'il hésitait à utiliser au cœur du tourbel. Un bâton armé d'une bayonnette improvisée avec une longue tige de fer forgée en lame toucha Mani au côté, coupant la peau et la chair sur quelques pouces et glissant sur les côtes. Il saisit la hampe et tira et accompagna le mouvement tournant dans la courbe duquel il cueillit, d'un coup de pied dans l'entrejambe, celui qui avait commis l'erreur de ne pas lâcher son bâton, puis il frappa et lui planta son tomahawk dans le milieu du dos et se retrouva, après un demi-tour sur lui-même, avec la bayonnette dans une main et le tomahawk dans l'autre. Il lança le bâton armé vers celui qui s'était battu avec lui avant la battue : Blondin. Blondin évita le jet, le fer aiguisé comme un rasoir traversa le milicien derrière lui en entrant par le bas du ventre et ressortant par le cul. Puis Mani frappa à grands coups de part et d'autre et il en fit tomber une demi-douzaine au moins dans leurs cris et leurs crachées sanglantes, et il frappa et frappa, à chaque coup expirant sèchement, les yeux comme des pierres noires. Il put ainsi ressortir du couloir aux cages, s'en extirper. Marchant sur les corps râleurs qu'il avait allongés. Glissant, s'ouvrant chemin dans la mêlée, dans les braillements, les regards de haine, les visages tordus et les mouvements entremêlés dont chacun cachait la mort.

Un de ces corps souples qu'un mauvais manteau sur une sorte de robe recouvrait se dressa devant lui et leva une hache à fendre. Il la reconnut sous la capuche, reconnut son visage, son regard – hésita. Elle aussi. Tous deux bras levés, elle avec la hache, lui avec le tomahawk. Et dans les yeux de La Bavarde, plus fort et autre chose que la haine, une colère plus vaste encore, enracinée plus loin à la source du temps, moins dirigée contre l'Indien que contre elle, peut-être et sans qu'elle le sût, et contre le reste du monde indubitablement, et de cela elle était certaine même si elle en ignorait les raisons, et dans les yeux de Mani comme une interrogation fulgurante, un grand étonnement.

Une hésitation à frapper qui se remplit du tonnerre du coup de feu.

La balle fit un trou rond et noir dans son dos sous l'omoplate, à hauteur du cœur. Il ne dirigea sans doute pas la goulée de sang noir qui jaillit de sa bouche – quand l'autre balle lui troua le ventre, tirée enfin par La Fêlure que le premier coup de feu semblait avoir décidé – et qui atteignit La Bavarde au visage et la fit pousser un grognement de dégoût et de surprise, l'aveugla et l'empêcha de voir tomber vers elle, à la suite de cet aspergement, le bras de Mani et le fer du tomahawk qui lui entra jusqu'à la douille de manche dans le cœur. Mani s'appuya sur La Bavarde qui s'effondrait, se retourna pour faire face à celui qui lui avait tiré dans le dos, eut le temps de distinguer, là-bas, au tréfonds des entrailles de pierre palpitantes comme des flammes froides, la silhouette noire d'un homme élancé au visage couvert par un masque hideux de bête à gueule rouge.

– Non, refusa-t-il fermement.

Le grand loup gris les entendit venir, il entendit leurs voix qui montaient de la terre et qui en sortaient accompagnées de rires gras, hoquetants ; il sentit leurs torches avant d'en voir la lumière qui s'insinuait comme une chose rampante et léchait le bord supérieur du trou dans la roche. Puis il les vit qui sortaient de la grotte, deux hommes puant le sang mort qui tiraient derrière eux le corps de l'Indien qu'ils envoyaient dans la ravine après l'avoir balancé plusieurs fois en rythmant la cadence de la voix, et ils rirent en bouffées puissantes quand il s'écrasa dans les broussailles et ensuite ils se retirèrent dans la grotte et on ne les entendit plus.

Le loup gris attendit.

S'il était grand comme il l'était, et de cette grise couleur de longue vie, c'était d'avoir toujours su attendre.

Puis il quitta son poste d'observation et descendit dans le fourré, prudemment, aux aguets. À quelques pas de l'Indien affalé sur le dos dans les ronces, il s'arrêta. S'immobilisa. Le vent levé un peu plus haut depuis un instant faisait glisser sur les feuilles un bruissement froissé, dans lequel le gémissement du loup – si c'était cela – fut à peine audible.

Une lueur passa dans les yeux de Mani ouverts sur les étoiles visibles, si haut, si nombreuses, entre les cimes, droit au-dessus de ces poussières d'homme et de loup. Un sourire, ou bien une ombre que souligna la lune à travers les ronces, se figea sur ses lèvres.

Et tout à coup, alors qu'ils avaient traversé la grande cassure dans la montagne et en remontaient l'autre flanc, se demandant comment l'Indien, à la seule force de ses jambes, avait pu parcourir cette distance, ils entendirent hurler le loup. Et les loups qui se trouvaient devant eux, certains d'entre eux, répondirent, brièvement, pour signaler leur position. La nuit avait basculé de sa hauteur. Puis les loups disparurent, comme si la terre les avait aspirés, et l'instant suivant cette nouvelle constatation de leur disparition, Grégoire l'aperçut, lui. Le loup gris qui les avait accueillis à hauteur de la croix de pierre pour leur souhaiter la bienvenue – avait dit Mani. Une bouffée de soulagement l'emporta, balaya sa fatigue.

– Tiens bon, Thomas ! lança-t-il en encouragement. Je crois que nous ne sommes pas loin...

Et le loup gris les mena à l'entrée de la grotte et au corps de Mani.

Un jet de foudre blafarde, en silence, un atroce silence, fracassa Grégoire de Fronsac, le fendit comme un arbre de la cime aux racines, le transperça à cœur et le vida de toute force, brûla à blanc les couleurs du monde autour de lui.

Puis, plus tard, mais pas très longtemps après, sous le regard d'eau grise stagnante de Thomas d'Apcher et dans les friselis du vent et les respirations des chevaux, ce vide qui avait creusé Grégoire s'emplit à déborder de colère. Et pourtant ses yeux étaient comme ceux de Thomas, sans plus de vie pour y briller. Terriblement tranquilles. Sans un mot, il prit le corps du Mohican dans ses bras et le serra un peu plus que l'effort ne le nécessitait et le mit en travers de la selle de son cheval, l'y attacha avec la corde souple sortie de ses fontes, et tendit la longe du cheval à Thomas.

Il dit, sans que son regard change, d'une voix aussi plate, aussi sombrement bleue que les nuages d'un ciel bas avant la tornade :

– Mène-le. Retourne au château. Donne-moi l'arbalète.

Curieusement, Thomas ne protesta point. Ne dit rien. Pas plus que Grégoire ne s'inquiéta de savoir s'il se sentait d'attaque pour ce retour en solitaire jusqu'à Saint-Chély – c'était, comme le reste, comme tout le reste, ce qui était fait et ce qui était encore à faire : l'évidence même. Thomas prit la longe, donna l'arbalète, les carreaux dans leur carquaise, et le cry.

Le loup gris qui s'était tenu à l'écart durant tout ce temps, au pied de la levée de terre couverte de rachées et de ronces qui formaient « le seuil » de la grotte, se découvrit, se glissa hors du fourré. Il eut comme une légère hésitation, entre deux partis à prendre, les regardant l'un et l'autre, l'homme de colère debout et celui de souffrance à cheval, et puis se décida et suivit le marquis et son funèbre équipage, et quand il eut pris cette décision, on vit sortir du taillis entrouvert les autres loups de la harde qui formèrent, à quelque distance du grand chef gris, une compagnie que Thomas n'avait certes pas à craindre, en escorte serrée, infaillible.

Grégoire entortilla la bride de sa monture autour d'une branche de buisson après avoir passé dans sa ceinture deux pistolets tirés de ses fontes. Calciné de colère et d'amère affliction, il éprouvait une très insidieuse sensation d'effritement, comme si la force contenue dans les fluides de son être se désagrégeait graduellement, ainsi qu'une construction de sable. Il devait impérativement agir sans attendre, et avant que cette désagrégation le terrasse et l'emporte où flottait maintenant ce que de brillants esprits sinon déniaient à Mani, du moins doutaient qu'il possédât comme tout être humain...

Il se força au calme, à respirer profondément, à repousser, devant ses yeux clos, l'image terrible du visage de Mani aux yeux grands ouverts et au regard éteint sous une rosée d'étoiles qui ne le faisait plus ciller. Comprenant que son effort ne pouvait le séréner davantage, il empoigna l'arbalète et son cry et s'avança vers la grotte.

Qu'était exactement cette grotte ? Où conduisait-elle ? De quel antre s'agissait-il pour y retrouver mort Mani devant son entrée, tué par balles et le corps couvert de tailladements, et quels étaient les diables coupables du forfait qui se réfugiaient dans ce ventre puant de la terre ? Grégoire n'en avait qu'une vague mais néanmoins prenante idée.

L'odeur de fauve le saisit dès qu'il se fut glissé de quelques pas dans la faille et la profonde noireté du lieu se colla à lui par tous ses pores et posa comme une taie sur la prunelle de ses yeux. Il comprit qu'il ne s'agissait pas d'une grotte mais d'un passage taillé dans le roc par des mains humaines, un passage menant bien sûr quelque part, à quelque demeure qui devait être très logiquement un domaine de chasse en forêt comme il en existait de nombreux sur ces terres. Il ne situait pas exactement l'endroit, s'étant borné pour y arriver à suivre les loups qui les guidaient et sans demander de précisions à Thomas, mais cela se trouvait, en estimant au mieux la distance parcourue, hors les terres du marquis d'Apcher. Un domaine de chasse, oui, comme on en trouvait maints pareillement construits sur d'importantes architectures souterraines, caves et cryptes et salles d'entraînement au tir, de dépouillement du gibier, chenils, et qui possédaient de ces galeries dérobées creusées à l'origine pour servir d'autres traques et les gibiers de bien galantes curées...

Il apparut après quelques pas dans l'étroit et sombre boyau que l'arbalète, son matériel de bandage et le carquaise à carreaux étaient des plus encombrants. Grégoire retira le carreau engagé dans la rainure de l'arbrier, pour éviter qu'une pression accidentelle sur la détente ne provoquât un tir inconsidéré, et le passa dans sa ceinture, sur son dos. Il abandonna le cry et le carquaise au sol.

Il avait les reins douloureux, les cuisses nouées, le souffle court – mais sa colère toujours intacte, toujours aussi escalabreuse et comme s'il en était drogué à plein sang jusqu'aux plus minuscules de ses veines –, quand il arriva, après avoir parcouru une distance qu'il était parfaitement incapable d'évaluer et marché pendant un temps qu'il trouva bien trop long, en vue de la lueur. Il continua d'avancer, avec une extrême prudence, un pas précautionneusement délié après l'autre. La lumière grandit, puis dessina soudain au détour d'un long coude l'autre bout du tunnel, ouvert selon toute apparence sur un vaste espace. Grégoire attendit, réfrénant son envie de se ruer – ne fût-ce que pour échapper à ses courbatures. Et comme aucun bruit suspect ne parvenait à ses oreilles, se remit en mouvements.

La salle dans laquelle il déboucha, comme Mani pour son malheur quelques heures auparavant, était vide. L'atmosphère des plus malsaines qui baignait l'endroit, dans la lueur grésillante et papillotante et enfumée des torches et des chandelles, l'odeur de fauve et d'écurie et les relents de fadeurs indéfinissables, pas plus que les éléments monstrueux et très particuliers de son architecture, depuis l'arène et sa galerie périphérique ouverte sur des portes et des passages jusqu'aux colonnades de pierres grossières et les rangées de mannequins de combat en passant par la hauteur de voûte, tous ces éléments provoquèrent une indéniable sensation de malaise, aussi fugitif qu'impressionnant, mais ne l'étonnèrent pas. Il se surprit, l'instant suivant, à s'y mouvoir comme en terrain connu. Il n'avait qu'un but, vers lequel se tendait en une seule volonté toute son attention qu'il ne voulait pas laisser se distraire à l'extravagance insolite de l'environnement. L'odeur était ici plus férocieuse encore. Il remarqua au sol, sur le dallage, les indices révélateurs de ce qui s'était passé là si peu de temps auparavant. Les traces sombres laissées par les sanglantes dépouilles traînées vers un des couloirs ouverts sur la barbare hypogée étaient toujours visibles.

Le silence, comme une chape tendue d'un bord à l'autre de la salle, grignoté seulement par les crépitations des torches, et le chuintement irrégulier, quelque part, d'un filet d'eau qui s'entortillait et se détortillait. Nul autre bruit.

Grégoire se dirigea vers celle des portes, ouverte, où conduisaient les noirâtres et luisantes traces du hâlage sanglant. Un couloir s'enfonçait droit devant, qu'à vue de nez il évalua de six pieds de large et autant de haut, éclairé par des chandelles dans leurs supports muraux et dont une sur trois était presque entièrement fondue. Si le sol du couloir à son commencement était dallé comme la salle d'arène, il se composait au bout de quelques pas de lames volantes posées l'une contre l'autre et formant un plancher flottant... néanmoins solide et stable, sur lequel Grégoire s'engagea précautionneusement. Un pied posé toutes les deux planches qui grinçaient sous son poids généreusement augmenté de celui de l'arbalète. Le plancher continuait sur environ dix toises. D'entre les planches mal jointes, sous l'orbe tremblante d'une chandelle, devant Grégoire, monta le frottement. La manifestation d'une présence, *là-dessous.* Grégoire s'immobilisa.

Écouta.

Le frottement n'était peut-être que cette légère expiration produite par la consumation de la mèche...

Du bout du pied il écarta la planche qu'il souleva et fit glisser sur sa voisine, et puis il les souleva toutes les deux et les poussa sur la suivante.

Réalisa que le plancher reposait sur une grille de barreaux de fer forgés qui occupait toute la largeur du couloir et visiblement une bonne longueur. Puis comprit que cette grille était le dessus d'une vaste cage, que cet endroit précis où il se trouvait était une trappe de la cage ; dans le même temps, il aperçut, dans le cône de lumière de la chandelle et au-delà de son ombre projetée sur les barreaux, le paquet haché de viande rouge sur le sol de la cage, carcasse qu'il identifia comme un demi-corps d'homme coupé sous le thorax et dont une partie de la tête et un bras avaient été à moitié arrachés.

Il ne la vit absolument pas venir.

Elle surgit de la partie de la cage sous les planches, poussa un bref et formidable rugissement et d'un seul coup sa masse fauve rougeâtre emplit toute l'ouverture entre les planches écartées, le coup de patte qu'elle donna fit trembler la cage et ses griffes heurtèrent la grille en même temps que de l'autre patte elle faisait voler les trois planches entassées qui retombèrent en travers et dans la cage. Grégoire se rejeta en arrière, le cœur à la dérive pour quelques battements désordonnés. Puis redressé, les jambes tremblantes, fasciné par les pattes qui fouettaient entre les barreaux et surtout par ces griffes surnuméraires de métal qui semblaient sorties directement des chairs du dessus de la patte (sans doute solidement fixées par des courroies que la rapidité des mouvements empêchait d'apercevoir).

La Bête grogna et rauqua plus fort encore, accompagnant la scansion coléreuse du battement de ses griffes entre les barreaux et du graillement des lames d'acier contre le fer forgé. Une autre planche vola, pratiquement sous les pieds de Grégoire. Il recula encore et la planche suivante fut arrachée d'un coup sous ses talons. Dans la masse de poils roux et jaunâtres, brillaient les yeux injectés, les dents clappant sur le vide. Grégoire vit cette confuse gueulée de crocs se refermer sur un barreau à quelques pouces de son pied et avec, là aussi, un choc et un grand bruit de métal contre le fer, dans la vision très brève et très impressionnante d'un mufle luisant, noir, aux larges naseaux retroussés et morveux et à l'arrête camuse de peau bleuâtre froissée de plis profonds comme les museaux de certains grands singes. Et il recula encore, tourna les talons. Absolument hors de question d'espérer atteindre l'autre bout du couloir en courant sur la cage débarrassée des planches et avec cette furie qui balayait avec ses griffes entre les barreaux.

Détaler dans l'autre sens du couloir en tenant haut l'arbalète, en bondissant sur les planches que la Bête faisait sauter à ses talons n'était pas non plus un exercice facile... Grégoire s'en acquitta sans dommages, sans tomber jambes ou bras au travers de la grille et sans que la Bête qui suivait sa course ne parvienne à le saisir ou à le faucher : elle poussa un hurlement de dépit et de colère, et lui de triomphe, quand il quitta la cage d'une dernière grande enjambée qui l'envoya retomber sur le dallage stable du pourtour de l'arène.

Il n'entendit pas le coup de feu qui retentit derrière lui au moment de son cri victorieux et en même temps que ses talons claquaient sur les dalles. Mais la balle qui souffla à son oreille, oui, et il vit son impact sur l'angle de pierre de l'entrée du couloir, et des fragments volèrent autour de lui. Il termina ce grand bond contre la maçonnerie de l'ébrasement, son épaule heurta durement le mur et il se retrouva accroupi, un des pistolets tiré de sa ceinture dans sa main droite. Il vit les quatre ou cinq miliciens qu'il entendit crier et donner l'alarme – il les identifia à leurs attifements de cuir et à leurs culottes et chemises déguenillées et à leurs bottes à larges revers – derrière la fumée de poudre brûlée du coup de fusil tiré par l'un d'eux, apparus dans la pénombre du couloir sur l'autre bord de la cage, surgis de Dieu sait où, et il en vit qui s'élançaient sur les planches encore en place. Il tira au jugé, lâcha son pistolet alors que la tête du premier milicien à dix pas se crêtait de sang, tira de sa ceinture le second pistolet qu'il arma, et l'homme était probablement déjà mort quand il s'affala à plat ventre sur la grille où on le vit tressauter et se secouer et s'enfoncer en se tordant entre les barreaux, et il y avait des hurlements divers, un autre coup de fusil fut tiré vers Grégoire, le coup passa très haut et toucha quelque chose derrière lui qui tinta et il se redressa, courut vers la porte voisine ouverte sur un escalier de pierre humide qui grimpait en colimaçon.

Il soufflait fort, son cœur battait la chamade. C'était du feu au fond de sa gorge. Il se trouva en haut de l'escalier devant une porte close... mais non verrouillée. Un couloir encore, très sombre, parcimonieusement éclairé par des torches finissantes, et qui s'ouvrait de part et d'autre. Il prit à gauche. Ses pas résonnaient sur le sol de carrelages disjoints, sa respiration raclait. Il monta quelques volées successives de quatre ou cinq marches et se retrouva tout soudain au détour d'un coude dans une sorte d'antichambre, de salle, de pièce dont les fenêtres aux carreaux en partie brisés donnaient sur les premières pâleurs du jour essorées aux étoiles.

Aux murs pendaient des tentures cramoisies, entre les panneaux de lambris crevés, les massacres et trophées sans nombre de cerfs, chevreuils, biches, blaireaux et sangliers. La pénombre était épaisse, la haute salle éclairée par un feu mourant au fond de l'âtre démesuré qui occupait presque tout un mur, et une demi-douzaine de chandelles piquées dans des goulots de bouteilles, sur une table. Il fallut à Grégoire plusieurs secondes pour s'imprégner du décor et remarquer les corps étendus sur cette table aux chandelles ainsi que sur deux autres, rangées au-delà de la première. Les corps morts et, aussi, celui qui les veillait.

Jean Chastel l'avait entendu venir, avait repéré son irruption, et sans aucun doute l'avait reconnu avant même que Grégoire remarque d'abord la présence des morts sur les tables puis le reflet de la flamme de bougie, à la fois sur le canon du fusil et dans les yeux de celui qui le tenait. Il ne bougea point. Fut ainsi, son fusil dans les mains, jusqu'à ce que Grégoire identifie le bonhomme et sa fille morte allongée sur la table, le haut du corps recouvert d'un linge souillé de rouge. Grégoire était à peu près certain de le manquer, aussi bien avec l'arbalète qu'il tenait dans la main gauche qu'avec le pistolet dans sa main droite. La voix sourde de Chastel monta :

– 'lez-vous-en, vite ! Moi j'vous veux pas d'mal. Partez d'ousque vous v'nez, ch'valier !

– Qui a tué Mani ? demanda Grégoire.

– Partez, ch'valier, par ousque vous v'nez. J'sais rien. J'sais qu'c'est lui, que vous dites, qu'a tué ceux-là et ma fille avec, ça j'le sais, pas aut'chose.

Grégoire vit que le canon du fusil s'abaissait. Il tourna les talons, attendit, une fraction de seconde, le coup qui lui brûlerait la nuque, et qui ne vint pas, et il retourna sur ses pas, redescendit les volées successives de marches, courut dans le couloir, à un moment entendit résonner d'autres pas que les siens sous les voûtes, des pas qui montaient l'escalier accédant à l'arène, et des souffles précipités, alors il courut jusqu'à la première porte sur sa gauche et la poussa sans précaution, prêt à tirer, la referma derrière lui et resta adossé au battant le temps que s'apaisent les battements de son cœur et qu'il se soit assuré que la pièce était vide. Il avisa la barre de blocage du vantail pendue au bout de sa chaîne, la posa.

Des pas retentirent, des voix lançant des ordres incompréhensibles. Passèrent. S'éloignèrent.

C'était une pièce étroite, haute, plus haute et longue que large, apparemment dépourvue d'autre porte que celle par où Grégoire était entré. La lueur acide du point du jour passait par les vitres barbouillées de poix d'une unique fenêtre découpée très haut, une manière de soupirail, plus exactement. Une pièce très encombrée.

Grégoire abaissa le bec de coq de son pistolet en position de sécurité et glissa l'arme dans sa ceinture. Il posa l'arbalète, ouvrit et referma les doigts, plia et déplia le bras pour en chasser l'ankylose. Il attrapa une chandelle et entra dans la faible lueur rousse qui se dégageait d'une coupelle de braises d'où s'élevait un reste de chaleur et alluma la chandelle à la braise, puis, à cette mèche, quatre autres dans un chandelier.

La lumière était assez belle, à cinq flammes, pour éclairer le décor et faire surgir des ténèbres ses éléments les plus spectaculaires. Bocaux et bouteilles à foison sur des étagères, remplis de liquides épais multicolores, statues et masques africains, sagaies, flèches et poignards, de très nombreux crucifix... sur d'autres étagères, des centaines de petits livres à couverture rouge, au-dessus d'une imposante presse à imprimer partiellement cachée sous une tapisserie...

Grégoire vérifia qu'il s'agissait bien de ce livre à couverture rouge-*là*, et c'était bien *celui-là*.

Il y avait aussi des livres d'anatomie, humaine et animale, des livres d'anatomie comparative, un grand nombre d'ouvrages licencieux... Accroché à une patère, un long sabre avec un rosaire entortillé à sa garde. Des robes de bure écarlates pendues à des écarteurs de bois, au côté d'un uniforme de lieutenant de Marine royale... et des masques, encore, non plus de bois ou de paille, africains, mais de matière molle, tissu encollé ou papier, à museau et crocs saillants, rouges, évoquant un faciès de loup...

Et les fusils, côte à côte, dans le ratelier.

Un long moment, Grégoire resta figé, pâle, devant les fusils. Puis s'en approcha. Sa main qui posa le grossier chandelier sur le devant du ratelier tremblait. Il prit le premier fusil et renifla le canon, puis l'autre, et c'était évident qu'un des deux avait tiré très récemment et n'avait pas été nettoyé. Il remit les fusils en place.

Au moment de reprendre le chandelier, il s'aperçut que l'objet était fait d'une main humaine desséchée, les quatre bougies tenues entre les doigts recorbillés. Il poursuivit encore un moment l'inspection du lieu, sursauta au grincement de gonds soudain, dans son dos, saisit son pistolet, l'arma et le braqua au moment où la porte cachée par la tenture s'ouvrait sur un garde en uniforme de milice régulière qui ouvrit de grands yeux et se mit à hurler et fit feu de son fusil à la hanche, fracassant une rangée de bocaux remplis d'encre noire et rouge. D'autres cris. Grégoire avait tiré et touché le garde qui hoqueta et tomba sur le cul au travers du passage en entraînant le rideau. Une galopade de bottes. Grégoire passa son pistolet vide dans sa ceinture, sur ses reins, récupéra à la volée l'arbalète et s'assura de sa position de tir armé et fila vers la porte fermée dont il fit sauter la barre.

Ils surgirent de trois couloirs et portes à la fois, au moment où Grégoire lui-même achevait de dévaler l'escalier débouchant sur la salle de l'arène. Une vingtaine, au moins. Parmi tous, reconnaissables, il y avait ces deux grandes gueules que Mani avait rossées dans la boue avant la battue. Armés de leurs griffes de fer, ils se précipitèrent en braillant et Grégoire vit qu'un des deux écorcheurs, au lieu de sa griffe, brandissait le tomahawk de Mani. Il se rua pour la seule échappée possible et que les autres n'avaient pas envisagé qu'il pût tenter : le boyau de sortie vers le dehors. Au passage arrachant du mur une torche. Il s'engouffra dans le boyau, sur un coup d'œil par-dessus son épaule, pour constater que les deux premiers poursuivants à ses trousses étaient les deux grandes gueules. Il gronda de satisfaction. N'importe lesquels auraient fait l'affaire, mais Grégoire était particulièrement satisfait que ce fût ces deux-là.

Il courut dans le tunnel rocheux, courbé, le corps moulu, jusqu'à l'endroit du coude brutal dont il se rappelait le resserrement, posa la torche, fit quelques pas, pivota et s'agenouilla. Les vit surgir, un, l'autre derrière, vit leurs grimaces éblouies et tira. Le carreau frôla le menton de La Fêlure et le transperça sous le cou et ressortit entre ses deux omoplates et entra dans la bouche de Blondin et ressortit sous la nuque et se planta dans l'œil d'un troisième qui poussait pour les faire avancer et ne ressortit pas.

16

La fatigue et le manque de sommeil, ainsi qu'une farouche détermination, marquaient le visage au teint hâve de Fronsac. Il fixait, sans ciller, les flammes hautes et ronflantes du bûcher.

À quelques pas derrière lui se tenaient le marquis – apparu, sans un mot, en habit de grand deuil pour honorer la cérémonie de crémation de cet homme si différent de lui avec qui il avait partagé beaucoup de silences et beaucoup de chevauchées, beaucoup, très étrangement, d'affinités – et Thomas, plus pâle si possible que Grégoire, les traits creusés de douleur, le bras maintenu contre son torse dans un épais pansement par une écharpe passée autour de son cou. En retrait de ces trois-là, il y avait un groupe de valets, des gens d'écurie rassemblés autour du cheval de Mani que, du château jusqu'ici, le corps de l'Indien mort avait une dernière fois monté. Plus à l'écart encore, à une dizaine de pas, se tenait un petit rassemblement composé d'amis du marquis, à qui ce dernier avait fait part de l'événement et qui s'étaient cru obligés d'être là, sans trop avoir compris si leur présence devait d'abord se prévaloir de compassion pour un ami ou de déférence envers un homme de rang touché par le malheur de ses invités... Dans la journée, on avait su jusqu'à Mende, voire plus loin, que le chevalier de Fronsac, son ami du Nouveau Monde et Thomas d'Apcher s'étaient mesurés à la Bête, l'avaient fort gravement blessée, mais que celle-ci, avant de leur échapper, avait cruellement mordu Thomas d'Apcher au bras et sur le corps et tué le chasseur peau-rouge.

Le marquis avait suggéré cet endroit, sur les affleurements de roche qui longeaient la façade nord du château, à l'opposé de son parc, répondant à la requête de Grégoire. Il avait aussi ordonné que l'on mît à disposition du chevalier tout le bois nécessaire...

Après avoir examiné la morsure au bras de Thomas, son coude et son épaule luxés, sa clavicule brisée, les profondes plaies qui lui labouraient le flanc et le bas du dos (et c'est dans cet état qu'il avait parcouru, non seulement une fois la distance jusqu'à la faille où ils avaient retrouvé Mani, mais une seconde fois au retour pour ramener au château le cadavre sur son cheval tenu à la longe...), Grégoire s'était occupé personnellement de construire le bûcher, sur l'esplanade de roche très soigneusement balayée par les gens mis à son service. Il y avait personnellement bouté le feu.

Grégoire regardait brûler le corps de Mani.

À un moment, il se mit à parler, à voix haute, mais sans crier, juste à voix haute et audible, de manière à ce que les mots se forment et puissent vivre et voler sur les ailes du vent qui grondait aux racines du feu. De manière à être entendu par ceux qui le souhaitaient. Pour dire qui avait été Mani le Mohican, de ce peuple dont le nom signifie « loup », un des derniers de ce peuple vaincu par les Mohawks et les Hollandais un siècle auparavant, qui avaient petit à petit vendu leurs territoires et dont il n'était plus resté qu'un petit groupe d'Indiens de Stockbridge. Un de ces hommes-là qui savaient être des loups. Et Mani était lui-même un loup selon ce qu'il croyait, Mani avait donné un jour son amitié, sa générosité et son savoir à un dessinateur d'animaux venu de la terre située de l'autre côté du plus grand des lacs, et Mani l'avait écouté parler de la France et Mani l'avait aidé, lui et les siens, dans cette lutte qu'ils livraient contre les Anglais, mais surtout contre leurs alliés iroquois, Mani lui avait sauvé la vie plusieurs fois, sans compter, et Mani s'était mis en tête de le suivre quand Grégoire était rentré chez lui de l'autre côté du plus grand des lacs, vaincu par ses ennemis et bafoué, abandonné, trahi par ceux qui étaient chefs de son pays et qui laisseraient détruire par l'Anglais la puissance de France en Amérique du Nord comme aux îles Caraïbes et aux Indes... Mani l'avait suivi, Mani s'était allié aux loups injustement accusés des pires méfaits, pour combattre la Bête. Mani était mort, mais il n'avait pas perdu la vie : ce fut ce que dit Grégoire de Fronsac et ce qu'il répéta, ajoutant que celui qui avait pris le souffle de Mani devrait très bientôt rendre le sien en paiement de sa forfaiture.

Parmi ceux qui regardèrent brûler le corps et le bûcher, peu étaient encore présents plus tard, à la nuit rampante, quand Grégoire balaya consciencieusement les cendres éparses, rejetant les plus gros et incontestables charbons de bois. Mais le vieux marquis était de ceux-là, avec Thomas, deux valets et un palefrenier. Claude Aloïs d'Apcher, qui s'était tu pratiquement tout le jour, et qui fit don à Grégoire d'un coffret ayant appartenu à sa mère dans lequel le chevalier transféra les cendres du Mohican.

Ces derniers témoins de la triste journée s'éloignèrent et laissèrent respectueusement Grégoire à son cérémonial... délicatesse que n'eut pas celui qui s'approcha, venu certainement du groupe des nobliaux et bourgeois, que Grégoire n'avait évidemment pas remarqué, et qui parut sortir de la nuit, se coula jusqu'à lui et se planta à son côté, sans un mot, attendant juste que l'homme agenouillé lève la tête et le reconnaisse. Quand cela fut :

– Mes condoléances, chevalier, dit Sardis.

Grégoire pâlit. Garda le silence. Il poursuivit posément son ouvrage, sans que tremblent ses mains gantées de blanc, avec des gestes précis qui s'efforçaient de ne pas le céder aux sautes de vent rasant... et ses doigts s'immobilisèrent au milieu d'un mouvement, se figèrent, quand il trouva sous les dernières cendres, dans un creux de rocher épousseté par le vent, la lourde goutte d'argent sombre, déformée, crevassée, durcie après la fonte et mêlée à de fins débris grisâtres.

Un instant, que souligna le bref grincement des dents serrées de Grégoire sur une bouffée de colère.

Grégoire prit la balle fondue, presque légère, bien plus légère que si elle eût été de plomb, la plaça dans le coffret avec les cendres. Puis il referma le coffet. Puis il retira ses gants et les posa sur le coffret. Puis il se redressa. Il s'approcha de Sardis, se tint à moins d'un pas du prêtre, le regarda fixement. Le crépuscule était bien rouge, le ciel bien brûlé. Le vent du jour rôdait et furetait comme si quelque raison cachée le trépeillait du fond des ombres installées.

– Que me voulez-vous ? demanda Grégoire d'une voix étonnamment retenue.

– Le sang a beaucoup trop coulé, dit Sardis sur un même ton. Vous risquez le pire, chevalier, si vous ne quittez pas ce pays au plus vite. C'est peut-être même déjà trop tard.

– C'est que, j'ai une affaire à régler, mon père.

– Une femme vaut-elle donc que l'on perde la vie ?

Ils se mesurèrent du regard. Ni l'un ni l'autre ne baissant les yeux.

– J'ai dit « une affaire », reprit Grégoire dans un souffle.

Sardis eut un sourire sans joie, une lueur carnassière dans ses petits yeux vifs.

– Depuis quand savez-vous ? demanda Grégoire en copiant le sourire du prêtre.

– Ce que je sais ? Depuis quand suis-je censé savoir quoi ?

Le sourire de Grégoire se fit plus mordant, dans son faciès dur. Il dit :

– C'est vous qui l'avez soigné, Sardis. Qui l'avez remis sur pattes... Vous le connaissez mieux que son père, mieux que personne. Comment en est-il arrivé là, Sardis ? comment en est-il arrivé à ... *cela* ?

Au bout d'un petit moment, la lèvre supérieure de Sardis brilla de sueur, se mit à frémir.

– Personne ne vous croira, Fronsac. Dieu vous garde...

– Allez-vous-en, Sardis, souffla Grégoire, et que le diable vous emporte.

Sardis s'en fut dans un effet tournoyant de ses soutane et cape noires. Il s'éloigna, sous le regard de Grégoire et celui du grand-père et du petit-fils d'Apcher, et les valets qui se trouvaient toujours là le suivirent des yeux également, non pas jusqu'à ce qu'il rejoigne les derniers bourgeois en train de se disperser (car il quitta le chemin et s'élança d'un pas vif à travers pré), mais jusqu'à ce qu'il arrive à quelques dizaines de pas des bosquets, à hauteur du premier muret de pacage, avant la vraie lisière d'où sortirent les dragons. Et les dragons talonnèrent et passèrent à hauteur de Sardis exactement comme s'ils ne le voyaient pas, puis on perçut la frappe des sabots et les cavaliers furent là avant que ni Grégoire ni personne ne pût tenter quoi que ce fût, et surtout pas, pour le premier, de fuir, et les autres de l'y aider. Ils étaient six, conduits par un lieutenant casqué à la Schomberg qui tira son épée et annonça d'une voix forte (que même les bourgeois retardataires, là-bas, qui hésitaient à revenir sur leurs pas après avoir vu arriver les soldats, durent entendre) :

– Chevalier de Fronsac, vous êtes en état d'arrestation. En vertu des pouvoirs qui me sont conférés par monsieur l'intendant Laffont, je vous somme de me remettre vos armes et de me suivre sans résistance.

Les fusils des soldats étaient pointés sur Grégoire mais deux se levèrent en direction du marquis lorsqu'il fit un pas et voulut protester. On lui intima l'ordre de se tenir à l'écart.

– Ne vous inquiétez pas, marquis, dit Grégoire. Obéissez-lui, vous en avez suffisamment fait pour moi. Laisse, Thomas. Ces bougres-là seraient fichus de te trouer le ventre.

Le grand-père comme le petit-fils se le tinrent pour dit, l'un et l'autre plus pâles que sous une épaisse couche de poudre. Il fallait, à n'en pas douter, que Thomas ne se sentît vraiment pas très en santé pour ne pas se rebiffer davantage et accepter sans broncher la situation.

– Que me vaut cette attention de monsieur l'intendant ? s'enquit Grégoire.

Le lieutenant tira de sa fonte deux objets, qu'il montra à Grégoire, lui demandant s'il les reconnaissait. La lumière du jour était encore assez bonne pour y voir et reconnaître effectivement le pistolet, un de ceux aimablement mis à sa disposition par le marquis, laissé derrière lui par Grégoire dans la salle de l'arène du domaine de chasse, la nuit précédente, et le tomahawk de Mani qu'il avait vu pour la dernière fois dans les mains du milicien avant que le carreau le transperce. Il ne dit rien, n'opina pas plus qu'il ne réfuta. De toute façon, le lieutenant se fichait bien qu'il pût avoir l'une ou l'autre de ces réactions comme il se fichait qu'il n'en eût aucune des deux. Il récita son accusation – Grégoire fut tout de même surpris d'apprendre que le nombre de ses victimes, ajoutées à celles de Mani, atteignait les vingt-trois, et ne se souvenait pas avoir bouté le feu aux salles de chasse de ce domaine familial du duc de Moncan.

– Me mettez-vous les chaînes aux pieds dès maintenant, ou bien puis-je vous suivre à cheval ? demanda-t-il.

Il pouvait suivre à cheval.

Et suivit à cheval, encadré par la petite troupe, les poignets menottés de bracelets réunis par une longueur de chaîne de trois pieds, qui lui permettait de tenir les rênes. Ils s'enfoncèrent dans les bois où la nuit sans nuages n'était pas moitié sombre qu'elle eût dû l'être dès avant la venue de la grosse lune. Quand il comprit que cette direction qu'ils prenaient – censée être une accourcie d'après deux des soldats à qui semblait se fier le lieutenant – n'était pas celle de Mende mais conduisait droit aux terres fangeuses et brayeuses d'un secteur de profondes sagnes, Grégoire sentit monter la méfiance et l'angoisse, d'un seul coup.

La colonne allait au long d'une sente descendante qui serpentait entre les troncs pâles d'une hêtraie. À sa tête, les deux dragons qui « connaissaient le chemin », ensuite le lieutenant casqué, un troisième soldat, les trois derniers du groupe fermant la marche derrière Grégoire – qui connaissait, lui, cette partie des terres du marquis pour les avoir parcourues souventement en compagnie de Thomas et de Mani, et avoir toujours, en l'occurrence, prudemment évité le secteur qui s'annonçait. Il savait exactement où commençaient les bourbiers et le sol mouvant du marécage. Savait exactement où il devait tenter son échappée s'il voulait avoir une chance de filer entre les pattes de ces sbires incertains et éviter le piège qu'ils lui tendaient, c'était flagrant, en venant l'arrêter nuitantré pour l'entraîner ensuite dans ces méandres. Et l'endroit n'était plus qu'à dix pas, et Grégoire se préparait à piquer des deux hors de la sente pour plonger sur sa gauche et dévaler tout droit à travers la broussaille et ce qui semblait être un à-pic tueur de chèvres, quand le soldat devant lui leva son pistolet et tira en poussant un cri et abattit le lieutenant. La confusion fut instantanée, la nuit remplie de la détonation, de cris, puis d'une autre détonation, d'éclairs de feu, d'odeur de poudre, de galopade, tout ceci tournant autour de Grégoire, qui non seulement ne piqua pas des deux mais ne put que tenter désespérément de se raccrocher au pommeau de sa selle où s'entortillait la chaîne de ses menottes, quand le soldat derrière lui claqua la croupe de sa monture qui se cabra et le jeta au sol. Il roula dans les branches mortes et les feuilles, on l'empoigna par le col, on le tira, des sabots frappèrent à moins d'un pouce de son visage et des petites pierres et des morceaux de bois l'atteignirent au front et aux joues, il entendit crier « Il a pris mon fusil ! Il a tué le lieutenant ! », crier encore « Par là ! », puis, à ses oreilles, la voix du dragon qui connaissait l'accourcie :

– Z'avez voulu vous ensauver, chevalier, z'avez tué not' lieutenant et tiré sur deux d'nos camarades. Pis, vous vous êtes perdu dans les mollards où qu'on retrouvera vot' cadavre.

Un autre des soldats, soufflant fort et grommelant, se pencha lourdement sur lui, lui empoigna une botte par le talon et tira si fort que Grégoire décolla le cul du sol – le noir se fit dans le quart de seconde où il comprit qu'on venait de lui assener sur la tête un violent coup de crosse.

Le voyage était long et sinueux dans les brumes épaisses et gluantes, jusqu'aux contrées éblouissantes de la mort. Des silhouettes tapies guettaient son cheminement, parfois se dressaient à découvert, et il savait qu'il les avait connues, et parfois elles prenaient d'autres formes avant qu'il ait fini de les reconnaître, comme si le souvenir les concernant ne pouvait se visualiser et se concrétiser qu'en de multiples façons. Dans les brouillards rampants se faufilaient des ombres qui, sans qu'il les vît jamais autrement que sous ces formes de glissades fugitives, ne pouvaient être que des loups. Un de ces bancs de brume le suivit longtemps, comme si du vent soufflant pour lui seul le tirait à ses basques, et jusqu'à ce qu'il s'aperçût qu'il ne s'agissait pas de brume mais de poussière qui, sans crier gare, se modela et prit la forme de Mani, et Mani lui adressa un signe et lui parla dans une langue absolument incompréhensible, faite de sons broyés, gutturaux, comme si tous les mots étaient hachés et déchirés et tordus au passage de sa gorge...

Des soldats passèrent. Ils riaient et lui lancèrent des saluts de la main. Parmi eux, un costaud dont la carrure et le visage lui étaient bizarrement familiers sans qu'il puisse néanmoins situer précisément le bonhomme dans son souvenir.

Derrière Mani se dressait maintenant une silhouette de femme, encapuchonnée, enveloppée dans un long manteau dont elle entrebâillait puis écartait puis refermait les pans à deux mains, faisant battre le vêtement comme des ailes sur la blancheur de sa nudité que marquaient, avec une sorte de violence, la touffe pubienne et les très sombres aréoles de ses seins lourds.

– Allons, calmons-nous, mon cœur, dit la voix de femme.

Une voix qu'il connaissait, grave, sensuellement lovée à chaque syllabe dans un chaud accent italien... Et qui ajouta :

– *Grazie, Fabio.*

Il ouvrit les yeux.

Il avait vu souvent l'homme en chemise et en gilet qui posait sur le guéridon le plateau avec les verres et la carafe de vin. Il l'avait vu souvent accomplir ce service, précisément... et réalisa à quel point le valet ressemblait furieusement au soldat qui lui avait retiré une botte avant qu'on l'estourbisse, ainsi qu'à celui qui lui faisait signe de la main dans l'inconscience hallucinée qu'il venait de traverser... à moins qu'il ne s'agît de souvenirs réels... Fabio versa le vin dans les verres, lança un clin d'œil de côté et dit :

– Désolé pour le coup sur la tête, *monsignore.* Janet me charge de vous présenter ses excuses.

– Mortdieu, grimaça Grégoire... Janet...

Le valet du bordel... Janet...

– Il a eu peur d'avoir cogné trop fort, *signor.* Mais il le fallait.

– *Grazie, Fabio,* répéta Sylvia sur un ton amusé.

– Alors... s'il le fallait, soupira Grégoire en adressant un signe de la main à Fabio qui s'inclina et s'éloigna.

Fabio, évidemment ! Comment ne l'avait-il pas reconnu plus tôt, dans son uniforme de dragon ?

La douleur qui se tenait cachée surgit et fondit dans son crâne et se répandit sur ses épaules et dans son torse et dans ses bras. Sylvia souriait.

Il se sentit immensément heureux de se retrouver en sa compagnie, là, à cet instant, et tout de suite après immensément inquiet et désorienté, prêt à chavirer derechef dans de bien méchants tourbillons. Il rouvrit les yeux – Sylvia, c'était bien elle, réelle, son sourire apaisant, ses yeux de velours noir, son teint pâle. La courbe de ses épaules dénudées, le creux ombré entre le double bombé de pêche de ses seins gonflés par le bustier dans le décolleté de dentelle... Mais dans ses yeux, aussi, une inquiétude qui à elle seule et pour sa sincérité revigora Grégoire vivement.

– Elle devra ravaler sa peine, dit Sylvia. Pendant un certain temps, en tout cas...

– Qui donc ? maugréa Grégoire, la langue épaisse et l'articulation du maxillaire douloureuse.

Sylvia élargit son sourire :

– Marianne. Tu as prononcé son nom une dizaine de fois...

– Ho !... Il faut la prévenir ! Qu'elle se tienne sur ses gardes. Elle est en danger, à cause de moi, certainement... Tu peux le faire, Sylvia ?

– Moi ? C'est à moi que tu demandes de te servir de...

– Sylvia, ne joue pas les mauvaises et les perfides que tu n'es pas. Ce ne serait pas la première fois que tu irais parler à Marianne de Morangias, et lui dire ce qu'elle doit faire.

Elle le regarda gravement, les yeux un peu trop ronds, un peu trop éberlués.

– Comprends pas, mon ami.

– Elle me l'a dit, Sylvia. Que tu es venue un jour lui parler alors qu'elle était en prière dans la cathédrale de Mende, et que tu lui as dit combien je l'aimais et que tu lui as conseillé vivement de m'écrire cette lettre... Elle me l'a dit, Sylvia.

– Comprends pas. Ou elle est sotte, ou elle aime jouer avec le feu, pour te faire croire pareilles fariboles...

Il acquiesça des paupières. Soupira :

– Où suis-je censé être?

– En sécurité... au fond d'un marais... dit Sylvia en lui tendant un verre de vin. Bois. C'est bon pour ce qui te fait souffrir...

Il tourna la tête dans un sens et dans l'autre, sur l'oreiller mœlleux, et reconnut la chambre. Il se redressa sur les coudes, avec la sensation d'avoir déjà vécu d'une certaine façon cet instant, à quelques détails près : sa première rencontre avec Sylvia, au sortir d'une pareille inconscience assortie, celle-là aussi, d'une généreuse céphalée... Il porta la main à sa nuque, là où ça tambourinait au cœur de la brûlure, et trouva un pansement collé à la blessure sous ses cheveux. Il grimaça.

– C'est vrai qu'il a cogné un peu fort, dit Sylvia.

Elle insista, d'un mouvement du menton, pour qu'il prenne le verre qu'elle lui proposait. Ce qu'il fit, d'une main qui tremblait très fort. Il essayait de rassembler sa souvenance des instants précédant le trou noir dans lequel il était vertigineusement tombé... et cela était, pour le moment, impossible. Il crut entendre le clavecin du salon, au rez-de-chaussée, le rire argentin de

Claudine... oui, c'était Claudine, c'était son nom... L'atmosphère ouatée d'un quotidien qui s'était révélé bien agréable, en son temps... Sylvia prit pour elle l'autre verre de vin sur le guéridon, le choqua délicatement à celui de Grégoire.

– À ta résurrection prochaine, mon cœur, dit-elle.

Elle porta le vin à ses lèvres et Grégoire but une gorgée. C'était un vin lourd, âpre.

– Comment as-tu fait cela ? demanda Grégoire. Comment as-tu pu... Mortdieu, ils ont tué sans sourciller ce lieutenant...

– Qui lui-même t'aurait tué sans sourciller davantage, en bon soldat obéissant aux ordres et comme c'était prévu, mon cœur. Vois-tu, j'ai beaucoup d'obligés, particulièrement parmi la soldatesque de Langogne et du régiment de Languedoc...

– Alors tu dois m'aider... tu dois... Il faut que je sorte d'ici, que j'écrive au roi. Aide-moi, Sylvia !

– Que je t'aide... dit-elle doucement avec un rien d'ironie brillant au bord du regard.

– Que tu m'aides *encore*, Sylvia.

– Tu es en sécurité tant que tu restes ici, où personne ne t'a vu entrer : un client ivre soutenu par ses amis c'est tout.

– Quand ?

– La nuit passée.

– Et nous sommes...

– Le matin. Tu seras pendu, mon cœur, si tu sors d'ici, bien avant que ta lettre parvienne au roi, si elle lui parvient jamais...

– Pour me pendre, il faudrait que je sois jugé !

Elle le regarda tendrement... très tendrement.

Il esquiva son regard et se laissa aller sur l'oreiller. Ferma les yeux. Le sang battait dans sa tête. La voix de Sylvia lui parvint changée, sur un ton sincèrement éprouvé :

– Je suis désolée, pour Mani. Crois-moi.

– Je te crois.

Et puis, de nouveau changée, la voix durcie, claire et nette de Sylvia :

– Que sais-tu de la Bête ?

Il le lui dit, sans hésiter. Comme si les mots se bousculaient d'eux-mêmes pour rouler hors de sa bouche et le quitter bien vite. Comme si le partage, enfin, était d'un grand soulagement :

– C'est un animal inconnu, il en existe tant, encore, de par le monde ! Un animal dressé, comme peuvent l'être les coqs ou les chiens de combats, paré de crocs et de griffes d'acier, cuirassé comme une bête de guerre. Nous l'avons blessé, sérieusement, je crois... Thomas l'a blessé. D'un carreau d'arbalète dans le flanc...

– C'est un carreau d'arbalète qui a tué ces gens au domaine du duc...

– Je sais qui a fait de cette malheureuse bête la tueuse qu'elle est devenue, dit Grégoire. Jean-François de Morangias. Un secret pèse sur cette affaire, et Sardis en est, lui et beaucoup d'autres. Il ne s'agit pas que de la folie d'un homme. Il y a autre chose. L'empressement du roi à régler cette affaire... Ce livre imprimé clandestinement, là-bas, dans ce domaine de chasse, et qui prophétise la fin des Connaissances et Lumières de ce siècle... J'ai raison, n'est-ce pas?

Il rouvrit les yeux. L'expression surprise sur le visage de Sylvia était d'une attention sévère qui semblait ne pas lui appartenir et qui se radoucit aussitôt. Il s'enquit :

– Et toi? Pourquoi veux-tu savoir? Depuis quand...

Il s'attendait à ce qu'elle esquive la question, mais ce fut tout le contraire : elle y répondit sans hésiter, sans la moindre réticence et avec, apparemment, le souci d'une grande clarté :

– Il y a deux ans, une lettre confidentielle de Sardis a été remise au pape... Elle annonçait la constitution récente d'une société secrète ayant pour but de faire entendre et de défendre par tous les moyens la parole de l'Église, contre les attaques des philosophes et des sciences. « Le Pacte des Loups »...

– Pauvres loups! soupira Grégoire. Le Pacte des Fous, oui! Sardis est un fou qui utilise ce fou de Morangias et la folie de cette bête qu'il a probablement ramenée d'Afrique...

– La Bête, dit Sylvia, est un avertissement lancé au roi de France, un avertissement qui lui dit : n'oubliez pas que le pouvoir de Dieu est sans commune mesure avec celui des hommes, ou vous risquez l'Apocalypse! Les conjurés s'appellent eux-mêmes les Loups de Dieu. Mais il apparaît, croyons-nous, que Sardis et ses fidèles n'œuvrent que pour eux, surtout pour lui, d'abord pour lui. Les Lumières lui ont fait perdre la raison. Rome n'a aucun contrôle sur sa secte – apparemment.

La tête de Grégoire lui tournait plus lourdement. Il se redressa de nouveau sur ses coudes, cherchant à respirer mieux. Des nuées rouges et sombres passaient devant ses yeux alourdis et piquants d'un irrépressible sommeil. Il songea : *Ah, bon Dieu...* maudissant sa naïveté.

– Je veux quitter ce lit. Je dois prévenir Marianne de... son frère va...

– Pas maintenant, mon cœur, je te l'ai dit, pas maintenant, l'apaisa Sylvia en hochant la tête. Patience, encore un peu de patience. Juste un peu, pour pouvoir faire face et organiser une riposte efficace...

– Riposte efficace... à quoi ?

– À leur réaction, qui ne va pas manquer de se dévoiler au grand jour, après ce que Mani et toi avez provoqué. Et après ta disparition. Ils se disent en ce moment qu'il s'en est fallu de très peu qu'ils soient découverts, à cause de toi, et que ce que tu as bien failli provoquer ne doit pas se reproduire...

– C'est précisément pour cela que Marianne...

– Calme-toi, mon cœur. Repose-toi.

– Et toi, alors ? bafouilla Grégoire. Pour qui travailles-tu ? Pour le Secret du roi ?

– Ceux qui m'emploient, dit-elle, d'une voix très éloignée, me paient aussi pour qu'on ne sache pas qu'ils m'emploient...

– Et... et m... moi ?

Il n'entendit pas la réponse que lui fit la jeune femme, si elle lui en fit une. Il retomba en arrière sur l'oreiller, emporté dans le lent tourbillon, lâchant le verre, et la gorgée de vin qu'il contenait encore fit une tache rouge sombre sur la chemise de nuit blanche au niveau de son cœur.

Sylvia le regarda et l'expression de son visage durcit insensiblement, se marquant de douleur affleurante. Elle se pencha sur lui, sa bouche pâle caressant légèrement la sienne, et murmura, presque inaudible et presque sans remuer les lèvres :

– Mon cœur...

Sur un ton doux interrogateur qui n'attendait pourtant réponse de personne.

Elle porta un ongle verni de noir comme une goutte de nuit au bord de ses cils fardés, pour y crever cette larme qui sourdait avant qu'elle ne gonfle et roule.

17

Environ une heure après le dîner – plus exactement après ce qui aurait dû être le dîner mais ne fut, ce jour-là, que le prolongement agité d'une interminable et singulière matinée –, Marianne apprit la mort de Grégoire de Fronsac

Elle n'en fut, à la vérité, pas vraiment surprise.

Mais faillit pourtant se trouver mal, à l'écoute des mots terribles énonçant le malheur qu'elle redoutait et dont elle sentait flotter et rôder la présence depuis son lever. Les murs de la salle de lecture couverts de livres se mirent à tourner, et avec eux toutes ces rangées brusquement gondolées de reliures de cuir et de lettres dorées, ainsi que les visages déformés de compassion, de commisération, d'apitoiement, les visages horribles de ces gens bouffis de tellement bons sentiments prêts à s'abattre sur elle, qui la scrutaient avidement après qu'un d'entre eux eut énoncé la nouvelle détestable.

À cause d'eux, de ces visages, elle ne s'enlisa point, ni ne se laissa couler à pic dans le maelström qui menaçait de s'ouvrir sous les lames du parquet ciré ; elle ressentit la mordante envie d'escarbouiller à l'aide du premier objet venu – par exemple ce chandelier d'argent massif, avec socle de marbre, sur la table au bout de laquelle elle s'appuyait, ce magnifique et pesant casse-tête – la blême face du prêtre qui s'était bien sûr attribué ce rôle de maudit messager. Encastrer le chandelier dans la gueule de Sardis – d'abord. La perspective lui parut belle. La revigora. Pourquoi Sardis plutôt qu'un des autres présents ? plutôt que le duc, que Laffont ? que Jean-François ? Parce que Sardis, qui l'avait tellement mise en garde contre les mœurs parisiennes dissolues de Grégoire au long de ces jours passés, depuis le premier soir où ils avaient rencontré le chevalier, bouillonnait tant de satisfaction au fond de lui et derrière ses regards de charité chrétienne miséricordieuse et larmoyante que ça lui sortait en puanteur par tous les pores de la peau. Puis elle se dit que la nouvelle de la mort de Grégoire ne pouvait être vraie.

– Ma petite... chicota la comtesse.

Marianne l'arrêta d'un mouvement de la main levée. La comtesse se figea.

– Allons, souffla crânement Marianne. Mort, dites-vous, mon père ?

Sardis opina.

– C'est pour vous recueillir sur le salut de son âme que vous voilà rassemblés dans ces murs depuis ce bon matin ? Que vous apparaissez les uns après les autres et que l'ordre de la journée en est tout chaviré ? Je ne puis voir ma mère depuis des heures que je le voudrais, et mon repas fut un œuf à la coque en compagnie de ma dame de chambre. J'en ai eu peur pendant longtemps, à ne rien savoir, pour le sort de mon père, et je craignais qu'il eût succombé pendant sa cure.

La comtesse mère se tourna vers Sardis et les autres, avec un air de grande misère qui voulait excuser ce qu'elle croyait percevoir d'ironie – et pour une fois devinait juste – dans le propos de sa fille, et d'ailleurs le dit :

– Excusez Marianne, elle est bouleversée. Elle éprouvait pour...

– Ne vous donnez pas de mal, maman, pour ce que j'éprouvais, ni pour ce que j'éprouve en ce moment. Le chevalier de Fronsac est mort, donc. Et comment cela s'est-il produit ? Qui l'a tué ?

– Le pays, dit Jean-François.

Elle soutint son regard qui ne cillait pas, rompit et porta son attention sur l'intendant du roi quand celui-ci expliqua :

– Un marais dans les bois, entre Saint-Chély et ici, où on le ramenait sous bonne garde.

– Sous bonne garde... souligna ironiquement Marianne.

Elle se tenait droite, pâle, aux joues une rougeur qui lui montait, le souffle un peu court mais régulier sous le corsage de sa robe de lainage chiné, appuyée sur le bord du plateau de la table d'une main qui pâlissait aux phalanges.

Laffont ignora l'acide remarque, poursuivant :

– Il a faussé compagnie aux soldats et tué le lieutenant de l'escorte et deux dragons. Le sergent et trois autres hommes l'ont poursuivi et retrouvé dans une sagne où il s'était embourbé. C'était la nuit, et pour quelqu'un qui ne connaît pas ce pays... Son cheval l'a désarçonné et jeté dans la fange. Il avait les poignets menottés... On a retrouvé une de ses bottes.

« Pourquoi me dit-il tout ce détail ? » se demandait Marianne.

– Les menottes aux poignets ? s'étonna-t-elle.

Un étonnement qu'ils ne cherchèrent pas à esquiver, et on ne la pria point de façon habile plus ou moins détournée de s'en aller ailleurs s'occuper de tout autre chose que ces interrogations – on se fit un devoir, à deux doigts d'une joie, de lui rapporter les raisons du drame :

– Pardonnez-moi, mais quand je vis ici, dans cette maison, pour la première fois monsieur de Fronsac, je ne l'eusse pas cru capable de tomber aussi bas.

– Aussi bas que quoi, monsieur l'intendant ? Était-il donc brigand ? Ou assassin ?

– Sans doute l'un et l'autre, Marianne, dit Jean-François.

La comtesse mère exprima un pauvre petit gémissement, amorça une nouvelle tentative d'approche de sa fille, que celle-ci, comme la première fois, repoussa d'un geste défensif de la main. Elle écouta de marbre le récapitulatif des méfaits dont étaient accusés Grégoire et Mani, s'entendit narrer avec encore beaucoup de détails atroces la façon dont ils avaient massacré les gens du duc qui les avaient interpellés alors qu'ils se trouvaient sur les terres du domaine de chasse de celui-ci. Et la mort de Mani. Et le rituel sauvage auquel se livrait de Fronsac, décidément contaminé par le Nouveau Monde, quand on était venu l'arrêter, pour l'emmener à Mende et de là à Paris où il serait jugé. Elle écouta tout cela, ce récit des événements qui s'étaient donc déroulés au cours des trois derniers jours, dont rien n'avait transpiré jusqu'à elle, ni même, selon toute évidence, jusqu'au château.

Elle voulait, de toutes ses forces, croire encore à la vie sauve de Grégoire de Fronsac. Et croire, aussi fort, que l'annonce de la mort de Mani n'était qu'une malheureuse méprise ou un affreux mensonge. Croire que ce bûcher...

Six visages terribles, avec ou sans perruque, la regardaient de leurs yeux de putois. Comme celui de sa mère.

– Vous mentez, dit-elle sourdement.

Et n'en était plus si certaine. Devait le dire et le crier pour s'en convaincre et pour que cette abominable certitude quitte les traits des visages accusateurs. Le duc de Moncan. Sardis. L'intendant Lafont. Elle les avait tous vus arriver les uns après les autres au château, ce matin, et s'était dit : *Seigneur faites que rien ne soit arrivé de malheureux*, sachant tout de suite, à la vérité, que quelque chose de malheureux était advenu, quelque chose de suffisamment malheureux pour provoquer, en plus d'une telle sévérité fermée et silencieuse sur le visage de Jean-François croisé dans le couloir de la bibliothèque, la réunion de ceux-là à ce moment du jour.

– Soyez courageuse, ma fille, ronronna lugubrement Sardis. C'est la volonté de Dieu.

– Je n'en suis pas certaine, mais il semble que ce soit votre contentement, en tout cas ! asséna Marianne en élevant la voix.

La stupéfaction descendit sur les visages, excepté celui de Jean-François dont le regard gris la fixait entre les paupières mi-closes.

– De toute façon, décréta Laffont, ce Fronsac aurait été pendu...

Sardis se tourna vers lui, avec au coin de l'œil une ombre furtive de réprobation ; il dit sur un ton qu'il voulait ferme et calme :

– Mademoiselle de Morangias doit se reposer. L'émotion...

– Je vous interdis ! cria-t-elle. Je vous interdis, espèce de... je vous interdis de prétendre connaître mon émotion ! Je vous...

Jean-François de Morangias avait fait les quatre pas qui le séparaient de sa sœur et l'empoigna par un bras qu'il serra rudement, l'écartant de la table au bord de laquelle elle s'appuyait, et il avait un regard aussi dur et laiteux que du silex.

– Mademoiselle de Morangias doit se reposer, répéta-t-il à la suite de l'abbé. L'émotion la fait parler sottement. Elle va suivre sa mère qui la mènera à sa chambre.

Après un temps, il ajouta sur un ton tout différent, bref et pourtant plein d'apaisement et de douceur, comme si sa voix dans la fraction de seconde était celle d'une autre personne :

– Je te rejoins. Attends-moi.

Elle se surprit à acquiescer de la tête. Ne résista pas. (Résister ? et comment ?) Laissa venir à elle, cette fois, la comtesse qui lui prit le bras où Jean-François l'avait empoignée, sans bien sûr serrer aussi fort, et qui l'entraîna, et elle suivit sa mère sans ajouter un mot, sans un regard aux visages de plâtre...

Quand elles furent à la porte, le duc de Moncan, sur un signe de tête de Sardis, rejoignit et accompagna les deux femmes...

Ils laissèrent passer un instant. Par la fenêtre, la lumière du dehors était d'une belle clarté. Le ciel balayé par des nuages qui ne faisaient que passer.

– Cette fille... commença l'intendant, et, s'interrompant, puis reprenant : Cette enfant est une menace. J'espère que vous en convenez, messieurs.

– Ce n'est pas la première fois que nous en faisons la remarque, dit Sardis.

Ils regardèrent l'un et l'autre Jean-François et Jean-François ne dit rien, livide, le regard fiévreux. Laffont hocha longuement la tête. Il dit :

– Ils se sont vus dès son retour, et nous n'avons pas su les empêcher et nous n'avons pas pu nous en débarrasser à ce moment-là. Ce qui leur a permis d'échafauder cet incroyable traquenard dans lequel la Bête a bien failli y laisser sa peau... Vous auriez eu l'air malin, Morangias, pour en produire une copie séance tenante ! Et cette mascarade de Louis prouvant la mort du monstre se serait bel et bien révélée gagnante. Peste ! mon ami, vous seriez retourné en Afrique provoquer et surveiller une autre saillie de ce je ne sais plus quoi avec je ne sais quelle hyène, et vous vous seriez une fois de plus occupé de l'éducation du bébé ?

Laffont n'attendait pas de réponse à cette acerbe gausserie ; il marcha, mains croisées dans le dos et les doigts nerveusement ouverts et refermés, vers la fenêtre dont il entrebaîlla la croisée, et un courant d'air fit voleter les cheveux de sa perruque. Il poursuivit :

– Ils connaissaient l'antre de la Bête. Ils l'avaient trouvée. L'Indien y a laissé sa peau, très bien, et Fronsac est en principe au fond d'une sagne...

Il se retourna, leur fit face. Le courant d'air frisotait par derrière ses boudins blancs.

– *En principe ?* dit Sardis.

Laffont haussa une épaule :

– Sacrédieu, l'abbé, on a retrouvé une botte, et le sergent et ses hommes survivants ont témoigné, bien. Et le lieutenant est mort, comme prévu, mais celui qui devait lui clore le bec est du nombre des deux autres victimes : ce n'est donc pas lui qui s'est chargé de l'affaire. Les survivants de cette histoire disent que Fronsac a tué le lieutenant et les deux hommes avant de s'enfuir.

Il marqua un silence. Les deux autres attendaient.

– Ces dragons témoins et rescapés sont introuvables, à cette heure, dit Laffont. Un idiot leur a signé une permission de quatre jours, et ne se souvient plus quand l'avoir fait. C'est peut-être vrai, c'est peut-être juste une mauvaise succession d'événements...

Il fixa Jean-François de Morangias :

– Nous ne savons rien de ce qu'elle sait. De ce que Fronsac, ou ce d'Apcher, a pu lui dire. Son attitude irrévérencieuse et effrontée de tout à l'heure laisse craindre le pire.

Jean-François déglutit.

– C'est à vous de vous occuper de cela, mon ami, dit Laffont. Définitivement.

Il vint à pas lents se planter devant Jean-François. Tous deux s'affrontèrent du regard un instant.

– Je peux le faire, dit Jean-François d'une voix rauque et basse. Je sais comment endormir pour longtemps par des plantes d'Afrique, et le réveil est sans mémoire.

Laffont ricana brièvement :

– Comme cette fillette que vous avez tenu à soigner à votre façon, avec ces simples plantes africaines, pour qu'elle ne puisse jamais raconter ce qu'elle avait vu avant de tomber dans son trou de neige ?

– Le sauvage s'en est mêlé, avec ses drogues. Il n'est plus là, aujourd'hui.

Laffont hocha la tête. S'abstenant de tout commentaire subsidiaire, il conclut :

– Définitivement, mon ami. Occupez-vous de cela, je vous prie.

Et quitta la pièce d'un pas heurté, en secouant ses mains réunies dans son dos... comme s'il les eût égouttées d'un sang qu'il ne tenait pas qu'elles eussent fait couler de quelque façon que ce fût.

Jean-François de Morangias et l'abbé Sardis, restés seuls dans la grande pièce, écoutèrent claquer sur les dalles du couloir les talons de l'intendant qui s'éloignait ; puis un lourd silence les englua, qu'ils semblaient aussi désireux l'un que l'autre de ne pas briser et comme s'ils craignaient la moindre fissure dans cette chape paradoxalement protectrice. Sardis fut le premier à bouger, laissant se relâcher ses muscles crispés et sa respiration contenue, marchant vers la fenêtre entrouverte devant laquelle s'était tenu Laffont. Il referma la croisée. Et se retournant vers le comte manchot à la mine défaite et grise et à l'air encore hébété, lui lança :

– Je lis tes pensées, elles sont inscrites en lettres de perdition sur ton visage, dans tes yeux, mon pauvre garçon. Ne comprends-tu pas qu'elle te basquine ? Qu'à travers elle c'est le démon qui te tente pour t'éloigner du chemin de la rédemption ?

– Je veux lui parler, Sardis. Lui expliquer...

– Tu y perdras la vie et ton âme. Fais ce que Laffont t'a dit de faire, pour le Pacte, et pour les Loups.

– Vous ne savez rien de ce que j'endure, gronda Jean-François. Jour et nuit je pense à elle. J'entends battre son cœur dans ma poitrine. Je voudrais... Seigneur, je voudrais qu'elle soit à nos côtés.

– Il y a pour cela une façon. Une seule.

Jean-François secoua la tête, essuyant d'un revers de son bras la sueur qui s'était mise à couler sur son front. Une grande déroute était descendue sur l'expression de ses traits, calcinant son regard :

– Délivrez-moi, souffla-t-il. Délivrez-moi, mon père. Délivrez-moi je vous en prie!

– Je n'ai pas ce pouvoir, mon garçon, dit Sardis. Contre ce mal qui te ronge, il n'est qu'un seul remède, pour le salut de ton âme et pour celui du Pacte, et ce remède est dans tes mains. Pour le salut de son âme à elle aussi, ne l'oublie pas. La marque que ce Fronsac vivant a imprégnée dans son corps est une suffisante souillure et le fantôme de ce païen ne doit pas maintenant la tourmenter en esprit dans la mort.

Le désarroi se changea en détermination graduellement tétanisée, sur le visage de Jean-François que décarnelait, eût-on dit, le regard tranchant de l'abbé.

Elle crut que c'était sa mère – partie depuis presque une heure après lui avoir tenu compagnie bonnement autant de temps – qui revenait, comme elle avait promis de le faire, pour lui apporter à manger et à boire, et sans doute poursuivre aussi son entreprise de consolation ainsi que de mises en garde diverses contre les tentations qu'elle avait (« ce n'est que bien normal, mon enfant ») à manifester de l'insolence vis-à-vis de l'abbé. Si la comtesse comprenait tout ce que pouvait éprouver sa chère fille en ces instants pénibles, il n'en demeurait pas moins que, pour elle, ce monsieur de Fronsac était un aventurier qui n'avait eu que le sort qu'il méritait, loué soit Dieu, et l'abbé Sardis était bien bon et bien intelligent de ne point s'émouvoir de la façon dont elle l'avait pratiquement traité de canaille et les conseils qu'il ne cessait de prodiguer quant à son devenir étaient décidément de toute sagesse...

Marianne avait donc ragé seule et en silence durant une partie de l'attente, puis pleuré douloureusement, emportée par une brutale bouffée de désespoir absolu, puis de nouveau s'était colérée et rebiffée contre ce qu'on voulait à toute force lui démontrer comme inéluctable et auquel elle ne pouvait se résoudre à croire – puis tous les doutes, toutes les incertitudes, toutes les convictions et les désespoirs brassés en un même et saoulant tourbillon vertiqueux l'avaient engloutie et jetée sans force, perdue, sur son lit.

Mais non : ce n'était pas la comtesse qui lançait un nouvel assaut d'assistanat maternel.

Il ouvrit la porte sans frapper et se baissa pour reprendre le plateau déposé au sol le temps de clencher et referma la porte en la poussant avec son épaule et il alla poser le plateau sur la table. Il avait sa tête des très mauvais jours. Comme si à lui aussi cette disparition du chevalier de Fronsac, après celle de Mani et après surtout ce dont on les accusait, lui causait un trouble intérieur au moins aussi commotionnant que celui qu'elle éprouvait – pourtant Marianne doutait fort que cela pût être le cas... Elle jeta un coup d'œil au plateau, sur lequel étaient posés un couvert et une assiette, de la volaille froide et une tisanière fumante et une tasse, un sucrier, une petite cuiller. Contre toute attente et contre ce qu'elle n'eût certainement pas cru possible dix secondes auparavant, elle eut faim. Se dégoûta l'instant suivant pour cette basse réaction.

Elle quitta le lit, d'un même mouvement déplissa machinalement sa robe et de la main qui tenait le mouchoir toucha ses yeux où une possible humidité subsistait peut-être au bord des cils.

Et Jean-François ne disait rien. Il la regarda s'asseoir, soulever le couvercle de la tisanièire et humer la vapeur de l'infusion avant d'en verser dans la tasse. Elle dit :

– C'est notre mère qui t'envoie à la charge, maintenant ?

Elle fit couler une cuiller de sucre dans la tisane, tourna. Leva la tasse et but une gorgée. Comme il ne répondait pas, elle leva enfin les yeux vers lui.

Il était livide, hébété. Comme ahuri par ce qu'il venait de voir... qui s'était fait si vite, si normalement...

À le voir aussi bouleversé, muet et pétrifié, elle se figea elle aussi et l'appréhension tourmenta son visage tendu.

– Quelle nouvelle catastrophe es-tu venu m'annoncer, cette fois ? souffla-t-elle.

– Nous allons partir, Marianne, dit-il après un temps. Toi et moi. Loin de tout cela, loin de tous ces... Et plus rien ne nous séparera. Tu auras tout oublié, tout. Il n'y aura que nous. Nous irons en Amérique... nous irons où tu voudras. Dis un endroit dans le monde, Marianne, et ce sera notre endroit !

Il s'approcha, lentement. Son regard était parfaitement déraisonnable, sa démarche machinale, somnambulesque.

– Jean-François... supplia-t-elle. Non, s'il te plaît, ne recommence pas !

– Je te fais peur ? dit-il d'une voix douce et sur un ton qu'il voulait rassurant et qui le rendait au conraire, avec un tel sourire monté à ses lèvres, plus inquiétant que jamais. Je ne veux surtout pas te faire peur, je vais te sauver... Je vais te sauver la vie. Ils veulent que je te donne la mort mais je vais te donner la vie.

– Ne t'approche pas ! S'il te plaît, Jean-François !

– Tu ne m'as pas entendu ? Ils veulent que je te donne la mort, ma jolie sœur ! Et je te donne la vie, je te sauve la vie, Marianne !

Elle avait reculé jusqu'au lit, fit quelques pas vers la porte. Il s'interposa. Lui montra la clef tirée de sa poche, où il la replaça d'une main qui tremblait et tandis que son visage prenait une expression de douloureuse gravité – l'expression, simplement, d'un homme à la torture, terrassé par la souffrance. Exprimant tout soudain une grande sérénité, de cette voix qui était la voix de l'inéluctable évidence :

– J'ai besoin de toi, Marianne... Et quand je suis revenu d'Afrique, malade à en crever, c'est toi qui m'as guéri, personne d'autre. Savoir ta présence à mes côtés... voir l'inquiétude dans tes yeux... C'est ton visage, Marianne, que je voyais d'abord, au sortir de mes cauchemars, c'est ta main sur mon front qui chassait les démons de la fièvre. Tu ne sais pas, tu ne peux pas savoir ce que je suis arrivé à faire pour te garder près de moi...

Elle s'écarta, l'horreur aux yeux.

– Je te dégoûte ? gronda-t-il.

Il se figea de nouveau brusquement, la regardant vaciller et porter les mains à ses tempes et reculer vers le lit sur lequel elle se laissa tomber lourdement assise.

– C'est à cause de cela ? poursuivit Jean-François en cognant du poing droit contre le moignon de son épaule. Mais ce n'est rien, ne t'inquiète pas pour cela, jolie sœur. Tu n'auras plus à t'occuper de moi, c'est fini, ce temps-là, où je n'avais que ce moyen pour t'avoir à moi ! Regarde !

Il ouvrit sa chemise, découvrant le corset de cuir lacé sur son torse. Tira de sa ceinture la dague avec laquelle, d'un long coup éventreur, il trancha les lacets.

– Personne ne sait ! Rien que Sardis et moi ! Regarde !

Il fallait qu'elle écarquille les yeux de toutes ses forces pour empêcher ses paupières plombées et brûlantes de se fermer, pour résister à la dérive sur les nuées torrides qui coulaient dans ses veines.

– Que m'as-tu fait boire ? balbutia-t-elle.

Ou voulut-elle le dire à voix haute – mais elle ne s'entendit pas prononcer les mots, elle entendit uniquement ceux que lançait son frère fou et qui claquaient, déformés, dans ses oreilles :

– Regarde ! Tout sera comme avant, Marianne !

Et du corset ouvert comme la carapace luisante d'une étrange créature, le bras droit surgissait de sous l'emplacement du moignon, un bras de chairs maigres et d'os torturés et de peau blême couturée de cicatrices violettes, à l'articulation du coude déformée, à la main tordue en arrière comme une serre, pour pouvoir se plier et tenir discrètement dans le dos de l'étau de cuir.

– Viens avec moi, Marianne, tu verras...

Elle voulut lui dire – sans savoir si elle y parvenait – qu'elle préférait mourir plutôt que partir avec lui où que ce soit. Il vint à elle, immense, désarticulé, la serra contre lui – et elle ne le sentait pas, elle ne sentait plus son corps. Elle s'entendit clamer que leur père le tuerait à son retour, elle entendit son rire et, nettement, l'entendit répondre que ce pourrait bien être lui qui le tuerait !

Elle sombra, savait que c'était la mort et en était infiniment heureuse. Appelant dans un murmure Grégoire de Fronsac qu'elle allait rejoindre sans doute, dans l'instant.

Thomas d'Apcher arriva au château de Saint-Alban dans la soirée. Il ne put que garder pour lui l'heureuse nouvelle qu'il apportait en secret à Marianne, au nom d'une certaine dame de Mende qui ne pouvait sensément jouer ici ce rôle de messager.

À la comtesse éplorée et à son fils impénétrable il donna impromptu, pour raison de sa venue, la fameuse nouvelle de la disparition du chevalier de Fronsac qui suivait celle de l'Indien d'Amérique, en se défendant de toute implication personnelle complice dans les exactions dont on les accusait apparemment à juste titre.

On fit comme si on le croyait, l'heure n'étant pas aux règlements de comptes, mais on ne le retint pas. Il attendit pourtant le retour du comte de Morangias qu'on avait prévenu à Langogne où il s'éternisait à soigner sa goutte et qui rentra, avant la nuit, auprès de sa fille mourante.

18

Certaines drailles qu'on pouvait joindre par les abords de certaines villes, et ensuite certaines sentes et chemins forestiers résonnèrent du trot ferré des montures, parfois de leur galop, dès la lune montée. Ils allaient en grande hâte, venaient des quatre cardinaux, mais cependant, pour la plupart, se retrouvèrent avant les bois des hauteurs de Mende. Ils chevauchaient sans un mot ni flambeau, la nuit était une nuit de lune laiteuse et tous savaient à l'évidence où aller, qu'ils fussent seuls ou en groupes, par ces chemins que traçaient avant tout l'habitude ou même broussant décidément au plus droit d'une accourcie à l'autre.

Les torches ne furent allumées qu'aux abords immédiats du lieu de rassemblement, à cœur de la fûtaie – aucun des cavaliers n'en avait apporté avec lui : ils en virent les lueurs fleurir à travers les branches et la nuit de velours noir et d'argent, sur les chemins principaux où les attendaient les gardiens encapuchonnés et armés préposés à la distribution de flambeaux qu'ils allumaient aux foyers de braises dans des coupoles de fer. Ils continuaient vers le rendez-vous moins hâtivement, la flamme crachotante au poing.

Quand la lune fut au sommet de sa course, la clairière autour des ruines de l'abbaye avait pris un aspect des plus fantasmagoriques, palpitante des reflets des flammes et des ombres déformées, agrandies, sur l'assemblée revêtue de longues capes rouges à capuche et masquée de loups de velours rouge. Ils ne parlaient pas, et chuchotaient quand ils s'adressaient la parole. Les chevaux sous la garde de sbires en armes avaient été rassemblés à l'écart, brides nouées aux cordes tendues entre les arbres, comme si l'on craignait que les ébrouements des bêtes puissent distraire la cérémonie qui ne tarderait visiblement pas à se dérouler dans les vieilles pierres surgies, enguirlandées de flammes, de la nuit. Ils se réunirent dans un curieux silence tissé de glissements et de bruits feutrés. C'était comme si les ombres grouillantes d'un peuple diabolique, monté du tréfonds des ténèbres, escaladaient la haute ruine de la chapelle, à l'assaut du vitrail de la rosace et se halant aux cent cordes de lierre qui y pendaient.

À l'aplomb de cette rosace, un homme prit place derrière l'autel de pierre. Il sortit de sa manche un livre à couverture écarlate qu'il posa devant lui sur le plateau de grès. Il les regarda, devant lui, regarda cette marée de torches et de capuches pointues. Il était revêtu comme tous de la longue robe de bure rouge, encapuchonné et masqué – mais ceci n'empêchait pas qu'on le reconnût sans difficulté, à l'allure d'abord et ensuite à la voix (qu'il ne cherchait d'ailleurs nullement à camoufler), dès qu'il se mit à parler :

– Frères Loups de Dieu, le Seigneur me l'a annoncé : la Bête va revenir pour préparer le retour de nos valeurs dans le royaume de France décadent ! Une France nouvelle renaîtra, pour les Français qui ont le sang de ce pays depuis le saint roi Louis et nous en serons les seigneurs invisibles ! Dieu est avec nous, frères Loups !

Un brouhaha latinisé s'éleva en répons d'une quarantaine de bouches dociles.

– Le peuple n'a encore rien vu de la colère de Dieu ! s'écria Sardis, saisissant le Livre de la Bête qu'il brandit et agita au-dessus de sa tête. L'injuste et maladroite censure exercée par les gens du roi sur les actions purificatrices de la Bête ne pourra résister longtemps à la terreur grandissante de la populace ! Et quand cette grande épouvante aura atteint son comble, alors, nous, seigneurs invisibles et Loups de Dieu, proposerons un marché au roi... S'il n'a pu en soumettre une seule, imaginez mes frères son désarroi quand dans toutes les provinces naîtront d'autres Bêtes, des dizaines ! Des dizaines à nos ordres ! Frères Loups, l'heure approche où nous récolterons ce que nous avons semé ! Tenons-nous sur nos gardes et prions ensemble ! Lisons ensemble le Livre de Malachie, où il est écrit : *Les lèvres du prêtre seront les dépositaires de la Science, et c'est de sa bouche qu'on cherchera la connaissance de la Loi, parce qu'il est l'Ange du seigneur des armées...*

Des coups de feu claquèrent soudain du côté des chevaux à l'attache, et une voix s'éleva qui couvrit celle de Sardis, brusquement interrompu, pétrifié dans l'emphase du geste, une voix qui tomba du ciel dans la rousseur des torches et proclama :

– ...Si quelqu'un adore la Bête ou son image, celui-là boira le vin de la colère de Dieu, et il sera tourmenté dans le feu et le soufre devant les anges, et la fumée de ses tourments s'élèvera dans les siècles des siècles!

Il y eut grand et brutal hourvari parmi les conjurés, qui tournaient sur eux-mêmes et s'exclamaient de saisissement et cherchaient dans les ombres des frondaisons cet endroit d'où tombait la sentence, où pouvait se tenir son proclamateur, jusqu'à ce qu'éclate un grand fracas de verre brisé qui tomba en pluie colorée sur Sardis, et celui dont l'action décisive et la disparition douteuse avaient sans doute provoqué à l'avance cette réunion surgit dans le ciel noir, encadré par les bords déchiquetés de la rosace comme une gueule ouverte rondement sur la nuit. Son nom fut murmuré par tous, rebondissant de bouche en bouche. Sardis, qui s'était vivement écarté et recroquevillé pour échapper à la tombée d'éclats de verre, se redressa et brailla, lui, le nom de l'apparition sacrilège :

– Fronsac! C'est impossible, tu es mort, Fronsac!

Perché là-haut dans la rosace dévastée, jetant le bâton qu'il avait utilisé pour fracasser le vitrail, Grégoire, en équilibre qui n'avait rien de téméraire pour un mort, tira d'une main un pistolet de sa ceinture, de l'autre main une courte épée à lame nue. Il cria :

– Si je suis mort, l'abbé, je suis donc revenu vous nommer devant Dieu ! Vous tous ici, réunis soi-disant en son nom ! Pierre-Jean Laffont ! Geneviève de Morangias ! Maxime des Forêts ! Gontrand de Moncan ! Louis-Pierre Sardis ! Jean-François de Morangias !

De la bouche de qui, à son nom désigné, jaillit une hurlerie cassante :

– Tirez, sangdieu ! Mais tirez !

Ce fut Grégoire qui tira, sans cesser de nommer les conjurés présents dont la plupart avaient sorti des armes de sous leur robe, et le voisin de Jean-François, qui avait à son ordre épaulé son fusil, s'effondra avec un trou dans la capuche et en crachant du sang au moment même où il appuyait sur la détente, et son coup partit et fusilla à bout portant celui qui se trouvait devant lui, dont la robe s'enflamma autour de l'impact entre les deux épaules.

– Jeanne de Lantièrerie ! Marie-Octave de Lantièrerie ! René-Jean-Louis de Lantièrerie ! Marguerite de Clermont ! Anicet de Lavier-Mornant ! Le nom de chacun d'entre vous sera appelé devant Dieu !

Fronsac s'élança dans le vide, son ombre d'araigne gigantesque coulant, noire, le temps du saut, sur la muraille. Il toucha dans un claquement léger des semelles la pierre de l'autel sur lequel il se reçut. Sardis fit un véritable bond en arrière, poussant une supplication apeurée, s'empêtra et roula dans le remous des robes rouges de ses fidèes qui l'engloutit. Grégoire se redressa, totalement découvert un instant. Des coups de feu claquèrent de nouveau. Ils semblaient provenir non seulement de ce tourbel rouge mais de partout alentour, de la forêt. Des balles sifflèrent aux oreilles de Grégoire et de la pierre s'écailla et sauta dans son dos. Il partit d'un formidable rire en voyant s'élancer vers lui deux des miliciens aux griffes de fer, dont un groupe entourait Jean-François de Morangias et le duc de Moncan. Il replaça le pistolet dans sa ceinture, d'un geste vif et précis, porta la main à son dos dont il ramena, bien empoigné, un tomahawk semblable à celui que savait si bien manier Mani...

– Jean-André Delaforge ! Mareille de Grandéclair ! clama-t-il avec belle humeur. Et vous deux, de la crapaudaille, dont je ne connais pas le nom si toutefois vous en possédez un, approchez ! Venez que je vous montre ce qu'un ami m'a appris !

Il sauta au bas de l'autel en même temps que bondissaient les deux miliciens. Le choc fut ponctué de brèves et terribles hurlades, quand le fer de la hache trancha net le poignet du premier qui garda un instant le bras levé en regardant gicler la pulsation de sang et tomber sa main serrée sur le croc de fer, et quand le tomahawk forgé en bon royaume de France à l'usage des sauvages d'Amérique s'abattit par le travers et ouvrit le tronc du second d'une épaule à la ceinture et mit à l'air ses tripes déversées à grand bruit fumant, et quand, après avoir sabré le dos du premier qui s'écroulait en tenant son bras amputé, Grégoire lui mit un genou dessus et en trois coups de pointe de la courte épée le scalpa proprement et arracha le trophée chevelu sans lâcher le couteau puis le lança en direction des autres miliciens effarés, autour de Jean-François et de Moncan, qui eurent en se bousculant un mouvement de recul. Tous sauf Jean-François. Il arracha le capuchon de la robe, le masque de soie qui lui couvrait la moitié du visage.

– Pas de quartier ! lança-t-il.

Mais fut le seul à faire un pas. Les autres n'étaient pas chauds, sans pouvoir quitter des yeux leurs deux compagnons à terre qui hurlaient et remuaient comme des bêtes massacrées dans leur sang et leurs tripes.

– Pas de quartier, c'est cela, dit Grégoire. Viens, allez ! N'attends pas ! Montre-moi ce que tu sais faire, sans le monstre que tu as dressé à tuer des enfants !

Jean-François souriait d'un sourire de pierre grise. D'une main, il déchira sa robe par le devant – Grégoire était trop loin de lui, les miliciens trop nombreux alentour, pour profiter de cet empêtrement momentané –, révélant le corset de cuir qui lui couvrait le torse, lacé de la taille au cou ; il dégaina prestement sa dague (ce qui parut bien ridicule à Grégoire pour affronter son tomahawk et son épée), avec laquelle il trancha les lacets du corset (ce qui fut aux yeux de Grégoire pour le moins inattendu...).

Les coups de fusil claquaient en véritables salves et de tous bords, tandis que s'élevaient des cris effrayés. Grégoire vit passer en courant, robes troussées sur ses jambes gainées de soie blanche, l'air terriblement décidé à atteindre le but vers lequel elle se ruait, la comtesse de Morangias qui ne voyait rien, ne voulait rien voir autour d'elle, ni son fils près de qui elle fila et qui était en train de décrocher de la bandoulière l'épée gigantesque qu'il portait dans son dos, ni les dragons surgis par magie dans la fumée des coups de feu et des torches et le chaos rouge, ni le capitaine du Hamel au milieu d'eux qui hurlait :

– Tous autant que vous êtes, bougres de bordeliers et de putains, je vous arrête, sangdieu de sangdieu ! Bande de fils de putains ! Jetez vos armes, je vous arrête ! Ha ! vous avez voulu me jeter aux cochons, saletés de mécréants ! Je vous arrête tous, nom de Dieu !

Les deux seuls sans doute à qui cette irruption aussi bien que le désordre absolu qui en résulta ne produisirent aucun effet furent Grégoire de Fronsac et Jean-François de Morangias. Les deux seuls. Seuls dans ce formidable tumulte ravageur qui remplissait la clairière, en débordait certainement, claquait contre les murs de la ruine, dans l'entrelacs des crieries et des ordres et des jurons et des coups de fusil et des brailleries de douleur...

Et Jean-François de Morangias s'était débarrassé du corset, pour libérer son bras contenu et empoigner la grande épée à deux mains.

Il avait sur le visage une terrifiante grimace, mi-sourire figé, mi-crispation douloureuse. Mais salivant de haine, une bave épaisse et blanchâtre aux lèvres. Le rosaire, entortillé à la garde de l'épée, égrenait en se balançant des gouttes de lumière comme des larmes de rubis.

– Plus de raison d'épargner un manchot, cracha Jean-François.

– Je n'en avais aucune intention, assura Grégoire.

– Tout revenant que tu sois, je vais t'étriper debout, t'ouvrir en deux de la gueule au milieu du cul ! Qu'est-ce que tu espères ? La Bête est immortelle, désormais !

– Elle peut-être. Pas toi.

– Qu'en sais-tu donc ? ricana férocement Jean-François. Je vais te manger le cœur, Fronsac ! Et je donnerai ta tripaille à mes chiens !

Il chargea, l'épée haute, frappa de taille en poussant un haut grondement. D'un coup levé du tomahawk, Grégoire dévia la lame qui heurta sans force le mur de la ruine derrière l'autel et trancha dans le lierre, puis il riposta d'une attaque à la jambe avec son coutelas, que Jean-François para d'un recul.

– Sardis t'a dressé comme tu as dressé cette pauvre bête, lança Grégoire en même temps qu'une nouvelle attaque. Je te tuerai de face, comme Mani l'eût fait si tu ne l'avais abattu dans le dos !

– Vraiment ? ricana Jean-François. Et comment le sais-tu ?

– J'ai vu tes fusils, spécialement faits pour toi, dans cette pièce du domaine de Moncan. Tu as signé ton crime d'une balle d'argent!

Morangias fit tournoyer l'épée, frappa au moment où Grégoire se fendait. Les deux lames glissèrent l'une contre l'autre, la plus lourde heurtant la garde de la plus courte qu'elle fit sauter de la main de Grégoire, et ce dernier armé de son seul tomahawk faucha en attaque, obligeant Jean-François à reculer, et il frappa encore de bas en haut et cette fois le fer de la hachette toucha sous la garde de Jean-François et érafla l'intérieur de son bras droit nu. Jean-François gronda. Il recula – une seconde, sans trop y croire pourtant, Grégoire se demanda s'il n'allait pas chercher à fuir en profitant de la grande confusion qui les cernait – puis recula encore d'un pas. Le sang coulait sur son bras et une grimace durcissait ses traits. Tenant à deux mains l'espadon pointée sur Grégoire il actionna du pouce quelque mécanisme à la base de la garde et la lame s'allongea brusquement avec un claquement, propulsée par un ressort et coulissant à l'intérieur de la partie large. La pointe toucha Grégoire à l'aisselle. Il sentit le feu de la coupure, pivota, lança le tomawak, et Jean-François, handicapé par le poids et la longueur de la terrible épée à lame coulissante, ne put se baisser à temps et éviter l'arme tournoyante qui le toucha à la tête du manche et le sonna juste en lui claquant la tête et le fit reculer et vaciller un court instant; avant que le sang se mette à couler sur son visage, il eut un autre mouvement tournant des poignets et la lame éjectée se sépara en un faisceau de trois qui vibrèrent comme des mèches de fouet rigides, et il cracha du sang, hurla en se précipitant sur Grégoire, fauchant à grands coups devant lui, soufflant, rageant, frappant de ce fléau, acculant Grégoire derrière l'autel, dans l'angle de la ruine sous la rosace détruite. Grégoire tira son pistolet de sa ceinture, arma le bec de coq, ce qui ne fit qu'élargir le sourire de Jean-François comme une entaille blanche souillée dans son visage barbouillé de sang. Il assura dans ses mains la poignée de l'espadon truqué, leva lentement la lame et son bouquet de rasoirs vibrants, savourant cet instant au-devant du coup fatal qu'il s'apprêtait à porter et qui le délivrerait enfin, sans se préoccuper du pistolet braqué dont il savait le canon vide pour l'avoir vu tirer et tuer un milicien à son côté...

– C'est pour moi qu'on a fabriqué ce pistolet à deux coups, dit Grégoire.

Il pressa l'autre détente. Jean-François ne vit sans doute jamais ni le canon jumeau ni s'abattre le silex du second bec de coq sur le deuxième bassinet. La balle entra dans sa poitrine nue à hauteur du cœur et le sang jaillit une fois, deux fois, et à la troisième fois, ce n'était déjà plus qu'une coulure faiblement gargouillante. Il tomba à genoux, tenant toujours l'épée et fixant Grégoire d'un regard extraordinairement étonné. Puis il lâcha l'épée. Le chapelet, en se décrochant de la garde, glissa le long de son bras droit. Jean-François leva les yeux vers les cimes et il appela Marianne d'une voix cassée, comme un hoquet, et tomba de côté et son bras estropié se glissa dans son dos. Grégoire s'approcha de lui, mit un genou en terre. L'œil de Jean-François, levé vers lui, brillait de vraie joie extatique.

– Tu viens de nous unir, chevalier, dit-il d'une voix très claire, très nette, parfaitement audible dans le chaos qui bourdonnait sous le crâne et aux oreilles de Grégoire.

Puis son regard se ternit et son rictus sanglant ne fut plus qu'une blessure mortelle.

Le vacarme, les bruits, autour de Grégoire, retombaient. Probablement depuis un certain temps déjà. Il entendait surtout les ordres aboyés par du Hamel et les invectives que ses dragons lançaient aux conjurés rassemblés dans cet espace étroit de la clairière derrière les ruines.

Quand il put bouger de nouveau, levant la tête et s'extrayant de sous l'énorme fatigue qui s'était abattue sur lui en même temps que son doigt pressait la détente, il vit s'approcher la longue silhouette noire dans la cape qui traînait au sol, encapuchonnée, le visage camouflé sous une voilette de dentelle, dans la rouge lueur des torches. Du Hamel salua l'apparition d'un claquement de talons et d'une plongée du buste, elle s'arrêta un instant à sa hauteur, échangea avec lui quelques mots, le quitta sur un hochement de tête et du Hamel se tourna vers ses hommes et leur cria :

– Mettez-moi cette bande de gratte-cul en rang par un, les gars ! et faites-moi-les sauter !

La suite de ses ordres vociférés participa à l'impétueuse confusion et se perdit dans les rudes exhortations lancées par les soldats obéissants...

Un moment, Sylvia se tint immobile, debout près du corps étendu de Jean-François de Morangias, échangeant avec Grégoire, à travers le voile sombre qui tombait de ses cheveux et la masquait, un long regard silencieux. Puis elle s'agenouilla à son côté. Des plis de la cape, sortit une main gantée de dentelle qui tenait le stylet effilé dont la piqûre avait laissé une marque indélébile sur la poitrine de Grégoire afin, comme elle le lui avait dit, qu'il se souvienne à jamais d'elle. Elle posa la lame sous le mamelon gauche de Jean-François, la fit glisser et contourner le trou noir de la balle, et d'un coup l'enfonça jusqu'à la garde.

– Il est mort, dit Grégoire d'une voix atone.

Elle retira le stylet.

– Maintenant, je le sais, dit-elle.

Grégoire porta sur l'agitation, autour de lui, le regard de quelqu'un émergeant des flots noirs d'un sale rêve.

– Et Sardis ? Où est Sardis ? demanda-t-il.

Elle eut, derrière le voile, une moue fataliste :

– Il a tenté de fuir... Notre brave du Hamel lui a mis la patte dessus...

– Où est-il ?

– Maintenant ? Maintenant, je le sais...

Elle essuya la lame sur la manche de chemise de l'homme mort étendu au sol, puis fit disparaître le stylet sous sa cape, puis se releva, et Grégoire se releva à sa suite et ils regardèrent, côte à côte, sans un mot, s'achever l'agitation autour d'eux, dans la clairière. À un moment, du Hamel vint annoncer que tout était terminé, « les conjurés bien sagement ficelés et prêts à marcher vers les cachots de Mende, en attendant mieux ».

– Eh bien en route, donc, dit Sylvia, sur le ton de l'invitation courtoise.

– À vos ordres ! aboya du Hamel.

Quant il se fut éloigné et eut rejoint ses hommes en escorte de la cohorte des piteux enchaînés, quand ils s'ébranlèrent à la file dans le ru enflammé des torches, Sylvia dit, sans le regarder :

– Je pourrais te présenter à Rome. Dis un seul mot... tout de suite.

Elle hocha la tête, sourit, se pencha vers lui :

– Trop tard ?... Tant pis. (Et elle ajouta dans sa langue :) Peut-être, après tout, que je t'aime trop, Grégoire de Fronsac. Peut-être, au fond, qu'on ne peut pas aimer ceux ou celles qui aiment trop...

– Dis-le en français, demanda-t-il à voix basse.

Elle posa, relevant le voile, ses lèvres sur celles de Grégoire et l'embrassa longuement, avec une fougue tranquille, étonnamment furieuse et très posée à la fois. Puis s'écarta, prit son visage entre ses mains, plongea ses yeux dans les siens :

– Alors, pour ton bonheur, chevalier, s'il te plaît mon amour, ne l'aime pas comme le fou que tu es, quand elle vivra. Si elle vit.

– Elle vivra.

– *Per mia disgrazia*, souffla Sylvia dans un éclatant sourire.

Elle lui tourna le dos, s'en fut, plongeant dans la nuit qui l'engloutit et elle ne vit pas l'esquisse de mouvement qu'il eut, ni le mouvement qu'il ne fit pas vers elle, à sa suite.

Et Sylvia disparut à jamais de sa vie en lui laissant une autre cicatrice, ô combien plus profonde que celle marquée dans sa peau à hauteur du cœur, d'une douleur vague et légèrement enivrante, quand elle se réveillerait parfois, au fil des jours et des nuits qu'il aurait à vivre, comme la brûlure d'un feu qui ne s'enflammerait jamais.

Grégoire fut, avec les soldats chargés de convoyer les morts et le capitaine du Hamel qui l'avait attendu, le dernier à quitter la clairière. À cet instant précis où il monta en selle, le premier loup hurla, proche, dans les noiretés profondes et sous la lumière de lune qui coupe à blanc comme un saignoir, puis les autres lui répondirent, hurlant un chœur monté de la terre et du sang de la montagne avec ses arbres et ses bêtes et ses hommes dessus, et Grégoire savait qui était le premier loup à avoir parlé, il le vit comme une ombre sauvage et grise magnifique, il le vit comme il l'avait vu qui les attendait en cette fin du jour de leur retour, il entendit sa voix terrible que Mani lui avait appris à reconnaître et une émotion bouleversante le submergea aux larmes et il éperonna énergiquement.

19

Marianne resta plongée dans l'inconscience trois jours et quatre nuits, couchée dans cette chambre du château de Saint-Chély où Thomas avait persuadé le comte de Morangias de la faire transporter dès le retour de celui-ci, afin qu'elle y fût soignée. Car il craignait, dit-il, après ces événements, de ne pouvoir garantir une sécurité équivalente dans les murs de la demeure familiale où le poison était sans doute à l'origine de sa soudaine maladie. Le comte, sous ses dehors fantasques d'amateur de crevaille, n'était pas mauvais homme, encore moins mauvais père, ni tout à fait idiot : il entendit le ton de supplique et le non-dit de Thomas et accéda sans barguigner à son empressement.

Au rebond des événements de cette nuit dans les ruines de l'abbaye et après ce qui s'ensuivit à la mort des principaux responsables, l'emprisonnement des conjurés arrêtés au cours de cette réunion coupable, l'arrestation de nombre d'autres et la dislocation de cette méchante secte hérétique, le comte, durement éprouvé à travers les siens, ne se remit jamais tout à fait du déshonneur. Il resta prostré au chevet de sa fille, le manger et le boire éteints, et se serait sans doute fané avec elle si le père George, de l'hôpital, ne s'était souvenu, à l'apparition des symptômes de pâleurs suantes, de vomissements et d'étouffements sporadiques suivis de spasmes des yeux, avoir vu les mêmes signes frapper la petite Cécile, pareillement plongée dans la demi-mort par sa rencontre avec la Bête, après que Jean-François de Morangias fut venu s'enquérir de sa santé et qu'il lui eut administré de ses mains un remède issu de sciences africaines et rapporté de ses voyages... La mémoire du père George et sa fébrilité soudaine (qui multiplia les effets de sa blésité et rendit son discours pratiquement incompréhensible pendant un temps) sauvèrent la vie de Marianne, et ce faisant, sans doute, celle de son père aussi. Le curé se souvint du remède concocté par, dit-il, « le zorcier d'Amzérig », dans les affaires duquel, que Grégoire avait gardées, on retrouva son sac de « médecine » ...

– Et dans ce petit sac de peau, vois-tu, les plantes séchées qui t'avaient déjà sauvé la vie, ma brave Cécile, murmura l'homme sans perruque, aux tempes grises, au regard clair perdu dans ses pensées...

...Et dans les images du passé revenues en bouffées et montées des pages couvertes de l'écriture fine, serrée, ainsi que des pages vierges qu'il restait à écrire, peu nombreuses, certes, mais quelques-unes pourtant, dans le grand portefeuille ouvert au bout de la table, devant lui.

Thomas d'Apcher saisit la plume, la trempa dans l'encre et attendit, hésita...

– Monsieur le marquis, pressa Cécile. Il vous faut vous hâter, maintenant.

Grande rouquine fortement bâtie qui retrouvait dans l'inquiétude qu'elle éprouvait pour son maître ce regard de gamine apeurée qu'il lui avait vu, presque un quart de siècle plus tôt, au sortir de son cauchemar.

– Me hâter, dit Thomas.

Il tendit l'oreille.

– On ne les entend plus.

– Mais ils viennent, monsieur le marquis. Et en colère.

– Seigneur, en colère... Que leur ai-je fait de tort, en cinquante ans de coexistence ?

Cécile le regarda sans comprendre. Ou comprenant trop bien. Elle dit :

– C'est pas vous, monsieur le marquis, c'est tout le monde. Il faut vous en aller, maintenant. La voiture attend, et Madame vous attend avec les enfants à Paris, où vous serez tous en sûreté. Elle m'a dit que j'vous presse. Elle nous l'a dit à tous et toutes...

– Je sais, Cécile, dit Thomas.

Il regarda sa plume, et les pages devant lui, et la page sur laquelle il n'avait pas écrit un mot depuis presque un mois. Depuis les premiers frémissements qui traversaient le pays. Il dit :

– Ils auraient pu me laisser le temps de finir... Ou bien ce n'est jamais fini ? Ou bien nous n'avons de toute façon jamais le temps ?

Cécile ne répondit pas.

– Il me restait, dit Thomas, à raconter comment le chevalier s'est rendu, le lendemain, au domaine de Moncan où le drame avait pris source. Je suis allé avec lui, je l'ai accompagné, malgré ce bras et mes blessures. Il n'était pas bien vaillant, il avait été choqué lui-même par tout cela, par la disparition de Mani, par... par tout cela, et Marianne entre vie et mort... Du Hamel lui avait demandé de l'accompagner là-bas. Et un autre officier. Je l'ai suivi. Il me restait à raconter cela, comment la Bête est morte, Cécile...

La servante hocha la tête, désolée, inquiète, et comme si elle s'attendait à ce que les bandes d'incendiaires qui parcouraient les villes et la montagne surgissent tout à coup, sans crier gare, des murs mêmes de la bibliothèque.

– Je crois pas que vous avez le temps, pas cette fois-ci, monsieur le marquis. S'ils vous prennent sur le chemin...

– Nous sommes descendus dans la salle où était creusée cette arène, et Jean Chastel était là, avec elle, il la soignait. C'était la plus étrange bête que...

Il regarda Cécile, eut un petit mouvement de tête.

– Oui, bien sûr, je ne vais pas te la décrire. Elle était ce que ce fou en avait fait, et peut-être qu'un seul homme l'aimait en dépit de sa monstruosité, ce Jean Chastel qui l'avait élevée et qui avait compris son malheur comme il avait reçu celui de sa fille muette ? Peut-être... Il n'a rien dit, il ne s'est pas opposé à ce qui devait être. Je ne sais pas ce qui a poussé le chevalier à s'agenouiller près d'elle, pour la regarder de près, au fond des yeux, ce qui l'a poussé à tendre la main vers elle, vers cette gueule d'enfer aux crocs d'acier qu'on lui avait ferrés dans l'os, Seigneur... et la Bête l'a léché, oui, elle a léché sa main, elle avait dans les yeux tant de souffrance, tant de terrible souffrance... Et quand le chevalier s'est relevé, quand il a pris son fusil, sous les yeux des soldats, c'est Jean Chastel qui a tendu la main à son tour, vers le fusil, et le chevalier de Fronsac le lui a donné. C'est Jean Chastel qui l'a fait. Bien sûr, c'était à lui de le faire. Marmonnant qu'il ne pouvait la guérir que de cette manière-là...

Thomas se tut. Il leva les yeux vers Cécile mais regardant plus avant d'elle, plus loin et à travers elle, regardant ce jour de la saison d'enfer en Gévaudan, ce matin-là qui avait vu s'éloigner Grégoire de Fronsac et sur un cheval bai Marianne de Morangias, prenant la route vers Nantes d'où ils devaient embarquer sur *La Caraille* vers le monde qu'on disait nouveau, et avec eux le coffret contenant les cendres d'un homme qui était aussi un loup. Il cligna des paupières. Jamais il ne les avait revus, jamais il n'avait reçu d'eux la lettre qu'il aurait tant espéré lire, qu'il avait tant espéré en tout cas pendant des années et avant de comprendre qu'il ne la recevrait jamais et de se dire que l'occasion ferait peut-être qu'un jour il serait, lui aussi, celui de qui quelqu'un attend une lettre.

Il soupira.

Il dit, dans un souffle :

– Je viens, Cécile.

Il prit la plume qui avait séché, la retrempa dans l'encrier et il écrivit sous la dernière phrase du texte :

Et de la Beste jamais plus on n'entendit parler.

Thomas d'Apcher
En ce juillet 1789

Il reposa la plume dans le porte-plume de l'encrier, attendit, les yeux mi-clos, que l'encre sèche sur le papier. Par la fenêtre entrouverte, il crut entendre monter jusqu'à lui les clameurs des gens en marche dans la nuit, torches aux poings, comme un grand serpent de colère.

Achevé d'imprimer en décembre 2000
sur les presses de l'Imprimerie Maury-Eurolivres
45300 Manchecourt
pour le compte
des Éditions Payot & Rivages
106, bd Saint-Germain - 75006 Paris

Dépôt légal : janvier 2001
N° d'imprimeur : 84188